Cream Crush
Zhuyi Author

奶油味暗恋（上册）

竹已 著

北京联合出版公司
Beijing United Publishing Co.,Ltd.

DAY 38：2011年10月24日，周一。

  给许放订了个水果蛋糕，还准备了一双他喜欢的牌子的运动鞋。要亲自把东西送到他宿舍，给他庆祝生日。另，如果足够幸运，有这么一点可能性，他的舍友都不在宿舍的话：

  点蜡烛的时候要关灯，昏暗的光线里，异性单独相处，最容易滋生出暧昧，说不定侥幸还能让许放动了心。
  吹蜡烛之前，让他先许愿，并声称要帮他实现愿望，用柔情攻势一步步将他的心拿下，让他无法抵挡，溃不成军。
……

只持续了一天的双向冷战。再然后,一直到高中毕业。
许放的早上六点半,从雷打不动的起床时间,变成了——
雷打不动地在林兮迟外公家楼下等她。

目录
CONTENTS

青梅竹马
Chapter. 1 001

要不到还打人啊
Chapter. 2 031

特别是许放
Chapter. 3 059

独一无二
Chapter. 4 085

林念迟日记♥

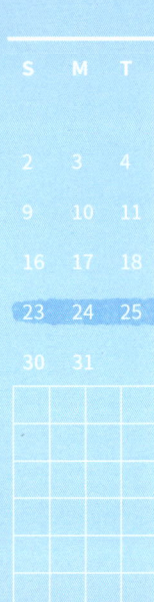

 我也缺杯子
Chapter. 5 ———— 113

 攻略PP计划
Chapter. 6. ———— 141

 连发小的主意都打
Chapter. 7. ———— 165

  你是不是暗恋我
Chapter. 8. ———— 195

 还怎么多喜欢一点儿
Chapter. 9. ———— 223

正值盛夏，下午的阳光十分灼热，被轻风一吹，热气扑面而来。沿途的湖水轻轻荡漾，清澈反光，一旁绿树成荫。

　　前往教学楼的道路上尽是成群结队的学生，五彩斑斓的雨伞将他们与太阳隔离开来。

　　尽管隔着一道防紫外线的屏障，林兮迟依然觉得皮肤有些刺疼，她眯着眼，懒散地听着身旁三个舍友说话。

　　"去哪个教室啊？"

　　"呃我看看……东二教学楼302。"

　　因为气温较高，四人走路的速度不自觉地加快，没过多久就到了教室。

　　宽大的教室里前中后各安了一台空调，冷气将闷热散去，瞬间带来几分惬意。可能是时间还早的缘故，教室里只有几个人零零散散地坐着，十分安静。

　　林兮迟和舍友随意地找了右边靠中间的位置坐下。

　　几分钟后，来了几个同班的男生，说话的声音清亮带着笑意，异常闹腾。看到她们，几人直接坐到她们的前排，熟稔地跟她们聊起了天。

　　林兮迟不太擅长跟不熟悉的人交往，只好装死般地趴在桌子上，打开微信，百无聊赖地点开一个备注"屁屁"的聊天窗，发了句话过去：今天天空很蓝，太阳很明亮。迟某认为，这不失为一个打游戏的好日子。

　　等了一会儿。

　　没回。

林兮迟扯了扯嘴角,深感无趣地把微信关掉。

再抬头时,教室里几乎已经坐满了人,系主任站在台上和旁边的老师说话,而后拿着麦克风沉声道:"好了好了,安静下来。"

全场顿时鸦雀无声。

林兮迟支着下巴,看着一脸严肃正经的系主任清清嗓子,在讲台上开启长篇大论的教育。她打了个哈欠,正想着如何打发时间。

微信收到了一条消息。

屁屁:有病。

林兮迟磨磨牙,懒得跟他计较,问道:那打不打?

屁屁:不打。

林兮迟:你在干吗?

屁屁:开会。

林兮迟:那来聊天。

屁屁:我有病跟傻子聊天?

林兮迟:如果我是傻子,那你现在不就是有病吗?

又没回。

林兮迟在等待他回复的期间把聊天记录截屏,发给高中同学蒋正旭,像个老母亲一样惆怅道:你说许放这脾气,有可能找到女朋友吗?

蒋正旭回复得很快,发过来的也是一张聊天记录的截图——

蒋正旭:放儿,哥哥这周日来你学校找你玩,怎么样?

许放:滚远点。

"……"

蒋正旭:别说女朋友了。

蒋正旭:我觉得他连朋友都要失去了。

看到这话,林兮迟突然就不气了,转头便给许放发了个"点蜡"的表情。

她刚按下电源键,耳边传来一阵起哄声。

林兮迟抬头,一头雾水地看向讲台。

系主任满脸痛心:"所以你们千万要好好学习,就算是玩游戏放松也要知道适度，你们过去十二年学习的目的不是来这里打游戏的！"

见状，林兮迟侧头问舍友聂悦："什么情况？"

聂悦喝了口水，耐心解释："刚刚系主任说，我们有个学长以七百多分考进我们学校，比我们大一届的。大一上学期成绩拿了系第一，结果上个学期考了九科，全部都挂了。"

"啊？为什么？"

聂悦笑了："因为他在宿舍打游戏，九科全旷考了。"

林兮迟：？？？

"不过玩脱了，没有修到足够的学分，所以留级了，今年跟我们一样是大一。"

"叫什么名字？"

"不知道，只说了'你们某个学长'。"

林兮迟点点头，脑袋里还回荡着那句"九科全旷考了"，她慢吞吞地思考着，倏地想起刚刚找许放打游戏的事情。

许放这人，自制力差，成绩差，脾气差。

如果因为她总是找他打游戏，他对游戏上瘾了怎么办？也跟那个学长一样全旷考了怎么办？

他绝对会把罪怪到她的头上。

然后对她大发雷霆。

尽管她觉得，他就算去考了也不一定能过。

想到这儿，林兮迟打了个寒战，飞快地给许放发了条微信。

林兮迟：以后别找我打游戏。

另一边。

许放嚼着口香糖，懒洋洋地看了眼手机。看到消息的时候，他的腮帮子咬紧，嚼口香糖的动作停住了。他缓缓地"呵"了一声，把手机扔进了抽屉里。

这真的是个傻子吧。

谁找谁啊！

过了两秒又拿出了手机，冷笑着回了话。

我找个屁。

这场会开了差不多一个半小时。

夕阳将半个学校染成金黄色，被树枝切割成碎片的阳光在地面上熠熠生辉，暮色暗暗袭来。

散会之后，也恰恰好到了晚饭的时间。

林兮迟和宿舍三人商量了一番，决定去外边吃烤鱼。

从东二教学楼走到校门口的途中，会经过文化广场。还未走到，林兮迟就听到那头传来欢笑和音乐的声音。

几人顺着声音望去。

广场上搭着许多蓝色的帐篷，上边挂着色彩斑斓的牌子。周围人头攒动，人声鼎沸，还有各式各样的表演，十分热闹。

是社团在招新。

聂悦"哇"了声，立刻扯着林兮迟往那头走："我们去看看！"

林兮迟也来了兴趣，好奇地问："你有什么想参加的社团吗？"

"不是社团，我想报名学生会。"

听到这三个字，林兮迟立刻注意到不远处的一个帐篷，上面挂着六块正方形的彩色牌子，用黑色大头笔写着——校学生会招新。

林兮迟给聂悦指了指，说："喏，在那儿。"

然后她又被聂悦兴奋地扯了过去。

帐篷前的人很多，不过大多都是拿了报名表就走，所以人流散得很快。此时，帐篷前只留下几个女生在跟坐在帐篷里的一个学长说话。

林兮迟和聂悦凑了过去。

聂悦的社交能力特别好，没过多久便跟其中一个学姐熟稔地交谈了起来。

林兮迟在旁边傻傻地站着，也不知道做什么好。

她还想着要不要去另一边逛一圈的时候，坐在她面前的男生用指节敲了敲桌子，轻笑道："学妹——啊不，同学，报名吗？"

听到这话，林兮迟抬了头。

映入眼中的是一双似笑非笑的桃花眼。

男生的肤色白得有些病态，瞳孔略带棕色，眼形像个月牙。他的鼻梁上架着一副金丝眼镜，单手支着脑袋，另一只手从桌上拿了一张报名表放在她的面前，指尖在"体育部"三个字上画了个圈。

"体育部？"

林兮迟还没来得及推辞，就看到男生已经坐直了起来，像是当她默认了，拿起笔，特别自然地替她填起了报名表。

"姓名？"

林兮迟蒙了，下意识地答："林兮迟，双木林，归去来兮的兮，迟到的迟。"

"系别、专业、班级？"

"动物医学系动物医学一班。"

……

直到他问完了，林兮迟看到他在体育部后面打了个钩才反应过来。

"……"她好像没打算报名的？

聂悦那边早就已经好了，此时正在旁边等着她。

男生把填好的报名表放进抽屉里，重新变回刚刚的姿势，单手支着脑袋，弯唇提醒道："记得来面试。"

林兮迟愣了，有些莫名其妙地点了点头。

出了广场，聂悦不怀好意地问："什么情况，那个学长怎么亲自帮你填表了？一般都是自己拿回去填的啊！"

林兮迟也晕头转向的，犹疑地猜测："可能那个学长人比较热情？"

聂悦嘿嘿地笑了几声，也没再调侃她："那你要不要去看看别的部门？"

"我不知道要报什么，就报这个吧。"

"也行。"

"你报了什么？"

"秘书部！那个学姐人好好哦，我也决定只报这个。"聂悦边高兴地跟她分享信息，边在手机上敲字，"我先问问梓丹她们去哪儿了……"

四人重新集合，直奔校外人最多的那家烤鱼店。

路上，聂悦突然想起刚刚去拿报名表的事情，扭头问道："哎，对了，梓丹、小涵，你俩有什么想报名的部门吗？"

陈涵咬着刚在路边买的手抓饼，含糊不清地回道："院团委吧。"

走在最边上的辛梓丹"呃"了一声，她的个子很小，说话也轻声细语，带了点软糯："我想、想报社联的新媒体部。"

"我和迟迟都报的学生会！"

"学生会帅哥多？"

"不知道欸，不过今天看到摆摊的那个学长倒是挺帅的，他还跟……"聂悦还没说完，突然推了推旁边两人，话锋一转，"快看那边！一点钟方向！"

陈涵往她说的方向看："什么东西？"

"就奶茶店门口那个小哥哥啊，好东西我得分享给你们呀。"

四人在不知不觉中已经走到了烤鱼店旁边的一间奶茶店附近。此刻，林兮迟就算是近视，也能很清楚地看到聂悦说的那个人的模样。

少年五官精致且鲜明，眼窝深邃，鼻梁挺直，下唇饱满，弧度却又平直。穿着简易黑短袖和淡蓝色牛仔裤，背靠着奶茶店的前台，左臂的手肘搭在台上，另一只手拿着手机。

表情漫不经心又闲散。

他的旁边站着几个男生，一行人的身材都高大挺拔，看起来格外精神。像是刚运动完，他们都大汗淋漓的，此时正笑着聊天。

少年站在最边上，因为低着头，背部还略微弓了些。

可就算如此，他站在其间也显得分外出挑。

似乎听到了什么话，少年抬了抬眼，朝林兮迟的方向瞥了一眼，目光定了几秒，很快便收回了视线，嘴角轻轻一扯，像是轻嗤了声。

林兮迟在心底腹诽：装得倒是人模狗样的。

被他这副表情刺激到，林兮迟扭头："你说的哪个？"

"还用问吗！就黑色衣服那个啊！"见她和陈涵都没什么反应，聂悦瞬间有了种品味遭到质疑的感觉，忍不住碰了碰辛梓丹的手臂，"梓丹，你说那个小哥哥好不好看！"

辛梓丹的脸一下子就红了，嗫嚅了半天都没说出话来。

林兮迟恍然大悟，大声道："哦，最丑的那个。"

注意到少年眼皮抬了抬，又往这边扫了一眼，聂悦惊了。

"你、你小声点。"

结果他完全没有反应，把注意力重新放回了手机上。

像是没有听到，又像是毫不在意。

聂悦替林兮迟松了口气，咬着牙掐住她的脸："你吓我一跳啊……"

林兮迟心里极爽，当着许放的面骂了他，他却听不出来。她任由聂悦折腾她的脸，笑嘻嘻地放松气氛："我开个玩笑。"

四人也没因此停留，正准备继续往前走的时候，林兮迟手里的手机响了。

她的脸上还挂着无法掩饰的笑容，低头一看——

屁屁：过来。

屁屁：你说谁丑？

"……"

林兮迟嘴角的笑意僵住，她默了几秒，连回头都不敢，在心里天人交战了一番，没回复，不动声色地把手机放回兜里。

仿佛料到了她会装作看不到。

与此同时，林兮迟听到身后有个男生大喊着："喂！许放，你去哪儿？"

回应他的那道声音低沉又慵懒。

"有点儿事。"

这句话似乎自带音效。

林兮迟瞬间感觉到自己身后传来了熟悉的脚步声，从远及近，一点一点地朝她的方向走来，还附带着凉意，像是阴风阵阵。

她有些腿软。

林兮迟纠结着要不要过去。

她怕许放跟她算账，但她和他确实已经差不多半个月没见了。犹豫再三，林兮迟还是选择停下脚步，小声说："要不你们去吃吧……"

宿舍另外三人因她这突然的转变感到疑惑。

聂悦主动问道："怎么了？"

林兮迟想跟她们粗略地解释一下，刚张口说了个"我"，那催命般的声音再度传来。懒懒散散的，语气带着点儿不耐烦。

"还不过来？"

林兮迟下意识回头。

许放正站在距离她两米远的位置，单手插着兜，居高临下地看着她，一双眼黝黑明亮，像是水里的鹅卵石。

淡漠得看不出情绪。

这副姿态让林兮迟把将要脱口的话又重新咽了回去，灰溜溜道："你们去吃吧，不用等我了。我晚上回去跟你们说。"

说完她便往许放的方向走去，留下几个舍友在原地面面相觑。

马路上有车在鸣笛，闹市上人来人往。店前的霓虹灯随着缓缓下沉的夕阳一盏又一盏地亮起，将城市装饰得色彩斑斓。

林兮迟走到许放的面前，站定，讶异道："好巧啊，你也在这儿。"

他冷笑一声，没搭腔。

"我本来想跟舍友去吃烤鱼的。"林兮迟摸摸脑袋，咧嘴一笑，"既然遇到你了，那我们就去吃——"

许放掉头就走。

林兮迟连忙跟上，只字不提刚刚的事情，继续道："你吃饭了吗？没吧。新开的那家海鲜餐厅你去过了吗？"

许放没理她。

林兮迟锲而不舍："听说很好吃欸，你想吃吗？"

还是没理。

林兮迟再接再厉："不过就是有点儿贵……"

这下许放终于有了反应，一顿，侧头睥睨着她："你请？"

"……"林兮迟不吭声了。

许放的眼睫动了动，上下扫视着她，嘴角不咸不淡地勾起。

"出息。"

接下来的一段路。

林兮迟跟在许放的后边，眼神放空地看着他的脚步，也不敢再随意开口，绞尽脑汁地思考着怎么让这个"祖宗"消消火。

她幽幽地想着：这家伙今天迈的步子怎么这么小？白瞎这大长腿了。

这个念头刚从脑海里划过，她灵光一闪，兴奋地抬头。

"屁屁！"

话音刚落，林兮迟感觉自己的鞋尖踩到了什么东西，疑惑地向下望，看到许放向前跨了一大步，然后定住了。

林兮迟随之停下了步伐，莫名其妙地抬了头。

恰好与许放隐晦不明的目光撞上。

过了几秒，他似乎是气笑了。

"你踩人之前还知道提醒一下的，真是客气。"

"没啊，我没想踩你。"林兮迟一副被冤枉了的模样，连忙摆摆手，加快几步跟他并肩走了起来，"我是想说，我今天看你，总觉得跟平时不一样了。"

许放用鼻腔哼了声，眼皮恹恹地耷拉着。

完全没有想搭理她的意思。

看着他的模样，林兮迟不由得想到，他们上一次见面已经是报到的时候了。

之后便是长达半个月的军训。

这段时间，两人一直都是在微信上联系。

报到那天，林兮迟是宿舍里最早到的一个，所以后来到的三人也没见到当时把林兮迟送到宿舍里的许放。

林兮迟开始回想当时许放的模样。

一身纯色白衬衫，扣子解开了一颗，露出分明的锁骨。皮肤白得像是从未见过天日，全身散发着干净矜贵的气息。他半眯着眼，像个大爷似的坐在她的椅子上，懒洋洋地看着她把东西收拾好后才离开。

而今天，因为才军训过，他的肤色明显黑了一大圈，目光也清亮了不少。不像之前那样，总给人一种病恹恹的感觉。

为了哄好许放，让他心甘情愿地请她吃饭，林兮迟开启了无脑吹捧："你变得好有气质啊。"

还没等她说下一句，耳边传来了服务员甜美的声音："欢迎光临。"

许放走了进去。

林兮迟刚刚被许放的身体挡住了视线，没注意到旁边的环境。她抬头，看着头顶的那个招牌，在原地愣了下。

是她刚刚说的那家海鲜餐厅。

林兮迟快步跟了上去，讷讷道："屁屁你怎么这么好。"

对迎面而来的服务员说了句"两位"后，许放轻描淡写地瞥了她一眼。

"再这样喊我，这顿你就可以不用吃了。"

本想继续这样喊他，听到这话林兮迟只好收敛了些。

"军训的威力怎么那么强大？"她觉得有些不真实，跟在他屁股后头自说自话，"不仅让你变大方了，还让你变得有气质了……"

服务员指了指角落靠窗的位子，问："坐那儿可以吗？"

许放正想点头。

就听到林兮迟继续道："你那副扭捏的样子，我今天这么一看，就觉得只有一点点扭捏了呢！"

"……"

许放的脚步顿住，嘴角僵直，缓缓回头，定定地看着林兮迟。随后，他单手扣住她的头顶，毫不留情地向门的那侧转。

许放看向服务员："抱歉，不吃了。"

林兮迟："……"

出了店，林兮迟垂着脑袋，懊恼地踢了踢水泥地上的小石子，心想着：早知道就等他点了菜付了款之后再说那些话了。

走了一小段路后，林兮迟问："那吃什么？"

许放抬抬下巴："前面那家川菜馆。"

"哦。"这次林兮迟不敢再多嘴，乖巧地跟在他的旁边。

进了店，两人找了个位子坐下。

林兮迟用筷子戳破包着碗的塑料膜，随口问："你突然抛下你那群朋友跟我吃饭，回去不会被打死吗？"

"没那么容易死。"

林兮迟"啊"了一声，表情略显失望。

注意到她拖腔带调的语气，许放抬眼，表情平静地看着她。

林兮迟审时度势地不再火上浇油："对了，你不是开会吗？怎么感觉你是出去玩了。"

许放翻着菜单，漫不经心回："提前走了。"

"那你老师有跟你们说有个学长因为游戏旷考的事情吗？"

"不知道。"

林兮迟想说点什么，又怕他再度直接当场走人，想了想还是没说，改口道："话说你怎么不跟我计较刚刚的事情了？"

"什么事？"

"就……"林兮迟眨眨眼，摇了摇头，"没什么。"

忘了就算了。

虽然有点儿不可思议，但莫名有种捡到便宜的感觉。

许放瞥了她一眼，恰好看到她低下头，藏住正在偷笑的嘴角。他的嘴角也随之轻翘起，不动声色地继续翻阅菜单。

等许放把菜单递给服务员，林兮迟感慨道："以后我们经常约饭吧。"

知道她就是想吃霸王餐，许放直接拒绝："不。"

虽然知道他会拒绝，但他拒绝得这么直截了当还是让林兮迟十分受伤，瞪大了眼睛问："为什么？为什么？为什么？！"

音调一声比一声激昂，像个在舞台上嘶吼的歌手。

"……"

"约呀！"

许放"啧"了一声，终于不耐烦道："约个屁。"

林兮迟指指他，理所当然道："我就是想约个屁啊。"

"……"许放抬了眼，眼神十分不友好。沉默了几秒后，他摊开手掌，把右手的手心放在她的面前。

"手机拿来。"

林兮迟犹疑地看着他："你要干吗？"

但僵持了一会儿，她还是乖乖地把手机交了过去。

许放轻车熟路地按密码解了锁，打开微信，迅速地动了动手指，随后顶着一张极度不爽的脸把手机还给她。

不知道他做了什么，拿回手机后，林兮迟立刻打开看了眼，一下子就发现他把她对他的备注从"屁屁"改成了"许放"。

林兮迟的眉头拧起，想把备注改回去。

注意到她的动作，许放瞬间猜到她的想法，冷冷地看她。

"你敢再改回去试试。"

这话让林兮迟的动作停顿了下，但还是没有改变要改备注的念头，她拍拍胸口，一副正直的模样："你今天请我吃饭了，我不是恩将仇报的人，给你改个好听的。"

许放深吸了口气，懒得理她了。

林兮迟弯唇，把备注改好，十分满意地看了好几遍。

——屁大人。

随后她抬头，像是要给他分享一个巨大的秘密："你要看吗？"

"……"

"不看？"

"……"

"看啊。"

许放被她烦得不行："还吃不吃饭？"

"……"

林兮迟"哦"了一声，不敢再闹，把手机放到一侧。见菜半天都没上，她单手托着腮帮子，用鞋尖碰了碰他的鞋子。

"我们都这么久没见了，来聊天呀。"

听到这话，许放的身子往椅背那么一靠，按开了手机的锁屏，把她当成空气人一样。脸上的情绪很明显，是"赶紧给我滚远点"的意思。

这个反应令人十分不爽。

林兮迟忍了忍，提议道："要不我们来打赌吧，跟高中一样赌一个月的生活费？"

把许放的钱全赢过来，然后让他哭着来找她要钱，把他狠狠地踩在脚底，让他尝受一下她此时的痛苦。

许放嗤了声："你的生活费？"

林兮迟被他这语气噎到了，提高了音量道："才月初！我现在也是很富裕的好吗!"

"很富裕？"许放眉头皱了下，像是在苦思冥想，语气欠欠的，"我去看看我的零头有多少。"

林兮迟咬咬牙，忽略他的话，直入主题。

"我用两只手跟你的左手掰手腕，怎么样？"

如果这样还会输，她真的服气。

不过这么不平等的要求，许放应该不会同意吧……

这话一出，许放的眉眼抬起，眼尾微微上扬，嘴角轻扯，似是来了几分兴致。他坐直起来，轻笑了声，说话的气息刻意拉长。

"好啊——"

林兮迟还没来得及窃喜，就听到他接着上句而来的话——

"又有傻子来给我送钱了。"

"……"

林兮迟顿了顿，想反驳他，突然觉得有些不对劲，皱着眉问："又？"

许放没应，他正活动着左手，拳头用力攥上又松开。皮肤很薄，能很明显地看到手背上的青筋，掌骨根根凸起，连接着五指，看起来修长有力。

十分嚣张且高调地在为接下来的比赛做准备。

恰在此时，服务员端着菜盘过来，连上了几道菜，红艳艳的一片，辣油浮在其上，冒着热气，十分诱人。

林兮迟被香气吸引到，注意力偏了几秒，很快又正了回去，望向许放。她的表情郑重严肃，有点儿像被人抢了宠物的主人。

坐在对面的许放没有看她，低头将菜盘的位置挪了挪，所以也没注意她此刻的表情。他停顿了下，像是在思考，很快便拿起筷子，声音低低淡淡的。

"先吃饭吧。"

林兮迟充耳不闻，开口问他："前一个傻子是谁？"

"……"许放眼睫翘起，疑惑地瞥了她一眼，很快就明白了，眼神变得意味深长了起来，多了几层含义。

这次就真的是在看一个傻子的眼神。

许放:"你今天没带脑子出门?"

林兮迟:"是啊,怕你自卑,我就收起来了。"

许放:"自卑个屁。"

林兮迟摇摇头,纠正他:"自卑的屁。"

许放被她这句话噎到了。一时间也想不到怎么撑回去,他气得牙痒痒,冷声道:"滚蛋。"

"这怎么行?"林兮迟立刻拒绝,好心地提醒他,"等会儿你的生活费就要转给我了,我滚了你就要吃霸王餐了。"

闻言,许放的眼睛眯了起来,下颌到脖颈的线条利落干净。他倾身,镇定从容地将桌上的盘子移到另一侧,腾出一大块位置。

再抬头时,他的嘴角浅浅勾起,瞳仁里有星星流火,含着涌起的胜负欲。

"比了再吃。"

林兮迟带着一身疲倦回了宿舍。

另外三人似乎也才刚回来没多久,此时围成一团聊天。听到门把拧开的声音,六只眼睛齐刷刷地望了过来。

等林兮迟回到自己的座位坐下,聂悦凑过来问:"迟迟,你和那个小哥哥认识呀?"

林兮迟的心情还差着,恹恹道:"嗯,我朋友。"

"高中同学?"

"是呀。"林兮迟说,"我跟他从小一起长大的。"

陈涵:"青梅竹马啊?"

聂悦:"好羡慕!我也想要青梅竹马!"

陈涵:"好奇一下,什么系的啊?刚刚那群人都牛高马大的,像出来走秀一样。"

辛梓丹:"呃……学校不是有那个什么……"

林兮迟想了想:"好像是土木工程吧。哦对了,他是国防生。"

聂悦半开玩笑:"好,我大学四年的目标,就是找个国防生当男朋友。"

她还想说些什么,突然注意到林兮迟惆怅的神情:"哎,你咋了,怎么这么丧的样子？不是去跟你的小竹马吃饭了吗？"

林兮迟摇摇头，没说什么。

辛梓丹在一旁小声问道："迟迟是不是不想说？……"

"也不是。"林兮迟叹了口气，"就刚刚跟我那个朋友打赌赌输了。"

聂悦："啊？怎么突然就打赌了，你们赌什么？"

林兮迟："掰手腕，我两只手跟他左手比。"

陈涵："输了啊？你朋友是左撇子吗？"

聂悦："应该很正常吧，我看你的小竹马至少也有个一米八五了，而且还是国防生呢！力气应该不小。"

"……"

可高中的时候，她试过只用单手都掰过他了。

这还没过一年啊。

林兮迟哀号了一声，趴在桌子上没说话。

聂悦摸了摸她的脑袋，好奇道："赌注是什么？"

"一个月生活费。"林兮迟突然坐直了起来，翻了翻抽屉，绝望道，"我的现金怎么就剩20块钱了……"

"你饭卡呢？"聂悦觉得这个赌注不太合理，"你全给他了你这个月怎么过啊？"

"就……"林兮迟沉默了几秒，"我得天天去跟他要钱，像个乞丐一样。"

"……"

其实林兮迟也习惯了。

从初中开始，她有事没事就会找许放打赌。

赢的次数虽然屈指可数，但也不是没有。

刚刚她确实是抱着一种必胜的心情上的战场。许放左手碾压了她的双手，真的让她自信心受了挫，并且猝不及防。

到后来，为了不输，林兮迟什么招都使上了，却没有一个管用。最后只能苦着脸装可怜："屁屁，我今天心情不好。"

当时许放手上的力道一下子就松了大半。

林兮迟还想终于管用了，在心里偷笑。正想趁人之危的时候，许放轻笑出声，瞬间使了全力，把她的双手扳到底。

她刚刚垂死挣扎了半天根本就毫无用处。

许放松开手，挑着眉，懒洋洋地靠回椅背。

"心情不好？"他慢条斯理地捏着左手放松肌肉，故作同情地说，"为了你，我只能赢了啊。"

呵呵，赢了就开始装腔作势。

林兮迟真的不想理他，但想到接下来的一个月，她还是忍了，咬着牙关，勉强地扯出一个笑容："这怎么就是为了我呢？"

他理所当然道："给你个放声大哭的借口啊。"

"……"

"哦。"许放的心情明显愉悦了不少，淡淡地扫了她一眼，"你现在就可以开始了。"

……

过完这一个月，她再也不会联系这个人了。

林兮迟想。

隔日上午九点，学校的选课系统开放。

除了必修的课程不能退，时间也不能调，其他的课任学生选择和调整。每个学生在大学四年需要修足一定的学分，学分不足的话就不能毕业。

大一一般是课表最空的时候了，所以一般能填满就尽量填满。

另外，军训前学校安排了一次英语分级考试，考试成绩分为A、B、C三个等级。

大学英语也是必修课，学生要根据自己考出来的英语成绩来选班。选班的意义也不大，主要是按照学生的英语水平分配不同的教学进度。

林兮迟考前还十分笃定自己能考到A级，结果一出考场整个人都蔫了。但得知高考时同考R省卷的基本都考到了C级，她就平衡了。

宿舍四人除了陈涵，其他人都被分到C级班。

大家都提前通过论坛的情报得知，大学英语千万不要选闫志斌老师的班，如果选上了，那简直就是大学里最大的噩梦。

林兮迟八点准时起床，八点半便已经做好万全的准备，坐在电脑前。

她闲着没事，给许放发了几条微信，可他都没回。

大概是还没醒。

林兮迟只好开了局游戏，被对手虐了一把后，她生无可恋地关掉游戏。

结束时恰好是八点五十八分。

聂悦像是报时器一样，紧张地提醒着："还有两分钟。

"一分钟。

"五十秒。

"十秒。

"三。

"二。

"一。"

林兮迟屏着气，对准网站中央的"进入系统"，按下鼠标左键。她闭上眼，双手握拳，祈祷着：一定要进去啊。

过了三秒，林兮迟睁眼。

映入眼中的是一串乱码和一片刺眼的蓝色。

蓝屏了。

林兮迟："……"

这什么垃圾电脑？

林兮迟又急又气，连忙长按电源键强制关机。在此期间，聂悦和陈涵已经抢到了除闫志斌外的英语老师的课，兴奋地喊着："啊啊啊抢到了！"

"梓丹、迟迟，你们呢？"

辛梓丹闷闷道："我还没进去……"

林兮迟欲哭无泪："我也没，电脑死机了。"

等林兮迟重启完电脑，再打开选课系统时，剩下的英语课便只剩下闫志斌老师的课了。她看着屏幕，迟迟狠不下心去选。

恰在此时，许放回复了她的微信：醒了。

林兮迟心情很郁闷，他这副闲散毫不在意课表的态度让她更郁闷了，直接拨了个电话过去。

响了一声,那边便接了起来。

林兮迟:"你都不用起来选课的吗?"
因为才刚醒,许放的声线喑哑,说话之前还咳嗽了两声,语气漫不经心的,透过电话,多了几分磁性。
"才几点。"
林兮迟很激动:"但九点就开始了,你只要晚一点点上去,好的就都被抢完了!"
许放完全不在状态:"你几点醒?"
"八点啊!为了这个我特地调的闹钟,八点半我就坐到电脑前了。"
"那你抢到了?"
林兮迟:"……"
她咬咬牙,十分憋屈地说:"我那是电脑死机,要不是这个破电脑,我闭着眼用脚来操控鼠标都能抢到课。"
"那真是多亏了你的电脑了。"许放似乎是笑了,林兮迟在这头能听到轻浅的气息声,比往常的都要柔和一些,"救了你的鼠标一命。"
"……"
林兮迟抢不到课,没心情跟他闹,问:"你在干吗?"
许放:"选课。"
林兮迟:"你英语也考的C吧?"
许放:"嗯。"
林兮迟惊了:"C的话就只剩那个噩梦老师了啊。"
"什么噩梦?"许放懒洋洋地打了个哈欠,没太在意,"随便选吧。"
林兮迟不想面对现实,垂死挣扎:"但听说这个老师很凶的。"
许放懒得理她了:"哦。"
"你选了?"
"嗯。"
"文理通识你也选好了?"
"嗯。"
林兮迟:"……"
她在心里哀号了几声,认命地勾上了那节课。

按照课表的空闲时间，哪里有位置林兮迟便往哪里塞课，继续问："你体育选了什么？我跟你选一样的吧。"

"没有体育课。"

"啊？"

"国防生没有体育课。"

挂了电话，林兮迟叹了口气，忧郁地盯着自己的课表。但她也没让情绪待在身上太久，准备找部电影转移注意力的时候，辛梓丹叫住了她。

"迟迟。"

林兮迟回头："嗯？"

"我英语也没选上别的，跟你一样选了闫志斌老师的，上课时间应该是一样的吧。"辛梓丹舔了舔唇，表情带了请求，"到时候一起去吧？"

林兮迟丢过去一个同病相怜的眼神。

"好啊。"

电影结束后，一看电脑右下方的时间，已经十一点了。

盖上屏幕，林兮迟跟舍友三人结伴到离宿舍楼最近的B食堂吃午饭。

林兮迟摸了摸肚子，翻出饭卡，心想着里边大概还有二三十块，加上宿舍的那二十块钱现金，她还可以不去求许放，还能傲骨铮铮地活个一两天。

看着各个窗口，林兮迟犹豫了一阵，走向了其中一个。

天气这么热，就买碗八宝粥吧……林兮迟自我安慰。她捧着碗，往四周看了看。

食堂没有空调，她便找了个正对风扇的位置。

怕聂悦她们找不到她，林兮迟还特意站着没有坐下。

这个位置就在食堂的其中一扇门旁。

林兮迟眼巴巴地望着排在门旁窗口的陈涵，想等她打好饭便招手示意她过来。一看到她回头，林兮迟立刻举起了手。

"嘿！这儿！"

恰在此时，从外头拥进了一群勾肩搭背的男生，七八个人。一行人的身材不说全部高高大大，看起来也都结实有力。

一个个神清气爽的，只是随意地一瞥，就能让多数人的目光不由自主地被吸引住。

林兮迟的视线顿住，倏地注意到走在最前面的许放。

他的身旁围着三两个男生，搭着他的肩膀，嬉皮笑脸地跟他说话。许放的脸上没什么表情，看起来心不在焉的。听到她的声音后，抬眸望了过来。

两人的视线撞上。

林兮迟没有躲开他的注视，大脑又放空了，开始思考一个问题：许放这人的脾气这么差，但是为什么人缘就是这么好？

每次林兮迟都很担心许放到一个新环境之后，会因为性格被孤立。可没想到，次次他都混得风生水起。

果然，上天不会亏待任何一个人。

许放性格上有缺陷，上天便在他的交际能力上给他开了一扇窗。

就在她思考的这十几秒里，许放侧头，跟旁边的人说了些什么，说完后便往她的方向走来。

"……"

他怎么过来了？

这个许放是不是又自作多情，以为她在喊他？

许放走到她的位置旁，淡淡道："喊我？"

果然。

真想说句少自作多情！

真想用他的原话"滚蛋"回敬！

不过目前所有的资产都在眼前人手里，林兮迟敢怒不敢言，只能忍气吞声地顺着他："是呀。"

此时，宿舍另外三人都打好了饭，坐到林兮迟的附近。

一桌子静悄悄。

许放格外没眼色，完全察觉不出这尴尬的气氛都是因他而起的。他垂眸盯着林兮迟面前的那碗八宝粥，皱眉："午饭你就吃这玩意儿？"

林兮迟不想承认自己是不想跟他要钱,硬着头皮道:"热啊——"

没等她说完,许放冷着脸"啧"了一声,端起她的碗就走了。

林兮迟蒙了。

这不就是抢了她一碗八宝粥还跟她撒火吗?

林兮迟无法理解地看着他往另外一桌走。她刚想追上去理论,突然注意到桌上放着一张饭卡。

放置的位置恰好被刚刚盛装八宝粥的碗遮住了。

林兮迟愣愣地拿起来看。

是许放的饭卡。

上面的照片还是许放高一时的模样。

眉目还有些青涩,神情却锋利冷然,明明是平视着镜头,却给人一种居高临下的错觉,看起来格外难相处。

林兮迟抿了抿唇,往许放的位置看去。

他的那群朋友早就已经打好了饭,其中一个似乎还帮他打了一份,在中间给他留了个位置。而林兮迟买的那份八宝粥就可怜兮兮地被许放放在了他的盘子旁边。

林兮迟收回了视线,跟舍友们说了声便心情愉悦地去打饭了。

另一边。

许放坐回位置上,周围七个大男孩同时发出暧昧的起哄声,但都压低了音量,也没搞出太大的动静。

其中一个男生突然把手伸向许放面前的八宝粥,一副饿狼扑食的模样:"热死了热死了,刚好给我降降温。"

许放眼疾手快地拍掉他的手,挑了挑眉:"这份不行。"

坐在许放旁边的男生勾上他的脖子,不怀好意道:"那不是那天我们说长得漂亮的那个妹子吗?许放,你动作挺迅速啊。"

许放眼皮也没抬,低头吃饭。

"真是你对象啊?"坐在角落的一个男生开了口,半开玩笑,"长得是我的菜啊,如果不是的话我……"

他的话还没说完。

许放看向他,眉眼慵懒,略带戾气,下巴微抬,侧脸的线条利落流畅，喉结上下滑动着。过了几秒，他轻轻笑了。

"你说呢？"

接下来两天的会议，每个老师讲述的内容大相径庭。但唯一相同的点就是，他们都会提到那个为了游戏全科旷考的学长。

都是一脸痛彻心扉，遗憾得像是丢失了几百个亿："你们某个学长啊……"

在短短几天内，林兮迟听到这个学长的次数比她吃的饭还多。也不知道是谁打听到了这个学长的名字，很长一段时间内，新生们在交谈时总会提及他。

被老师们灌输了那么多思想，林兮迟花了一分钟的时间来消化，本想将这些内容全数教育给许放，但想到钱财方面的问题……

她决定一个月之后再教育。

周五下午三点，林兮迟和聂悦一起出门去面试。

两人面试的地点同在东二教学楼，但教室不同。到那儿后，两人约定好面试结束后微信联系，随后便各自到面试的地点。

林兮迟在204教室面试。

上了二楼，左转。

从楼梯转角处望去，能看到有好几十个人站在走廊上，场面看起来十分热闹，但走廊上却很安静，同学们都耐心地等待面试的到来。

注意到其他人手里都拿着一张A4纸，林兮迟往四周观察了下，最后在后门旁的书桌上找到自己的报名表，随后排到队伍的最后。

林兮迟看着报名表上的字迹，心想：这个学长的字还挺好看的。

忽然间，她感觉到来自前方的注视。

林兮迟抬头。

面前站着一个高大的男生，毫不躲闪地直视着她，嘴角的笑意略带春意。

桃花眼，金丝眼镜。

有点儿眼熟。

林兮迟被看得莫名其妙："怎么了？"

男生挑眉，没说什么。

林兮迟也没太放在心上，她正想收回视线，一个不经意瞥到了他手上的报名表，上边的字迹跟她手里那张的挺像的。

而且学号开头是10，比她大一级。

大二的？

林兮迟抬眸，偷偷摸摸地看了他一眼。

白净的脸，柔和立体的五官曲线，金丝边眼镜。

这下她总算记起来了。

是那天在摆摊处给她填报名表的学长。

在脑海里对上号，林兮迟的好奇心一下子就上来了。

这个学长那天不是在招新吗？为什么现在还要来面试……

但因为和他不认识，她纠结了一番，也不好意思问，只好默默地站在一旁，给许放发了张购物车的截图。

截图上显示着蚊帐价格三十九块九，包邮。

林兮迟：放大佬，我想买个蚊帐，宿舍蚊子太多了。

林兮迟：我想大佬这么大方，一定愿意施舍我四十块钱买个蚊帐。

感觉力度还不够，林兮迟很没骨气地补充了句：需要下跪吗？

林兮迟：扑通。

林兮迟：orz

看到这几条消息的许放："……"

他扯了下唇角，打开支付宝，在转账金额上输入1000后，动作停住，又默默地把金额删掉，改成别的数字。

许放这人虽然整天闲得慌，回复消息却慢，但转钱的速度又异常快。

中和起来，林兮迟觉得许放这人也算是值得原谅。没多久，她点进支付宝看了眼。

果然。

许放已经给她转了钱。

但不是她想象中的四十块钱。

转账的金额不多不少，正正好好三十九块九。

"……"

这个数字很明确地在跟她表达：该多少是多少，一毛钱都别想让我多给。

看来是马屁没拍到点上？

连一毛钱都计较。

林兮迟极其无语，在回复框上敲字：你用不用这么计较？一个大男人计较得这么精细也不觉得丢人。

下一刻，她深吸了口气，散去胸口那股郁气，把这句话删掉，回道：谢谢大佬！就没见过给钱给得比你更爽快的人了！

林兮迟轻哼了声，用这笔钱下了单，然后把手机放回兜里。

没过多久，从教室走出了个学长。

因为学生会有好几个部门都在这个大教室里安排面试，所以面试的顺序，除了在这条长队的基础上，还要根据部门安排。

看着这一条长队，学长愣了，走到他们面前喊道："按部门排队。外联站这儿，宣传这儿，体育……你们先等一会儿，面试马上开始了。"

短暂的十秒，几十个人就被分成四列队伍。

按照那个学长的指示，林兮迟找到体育部的那一块，顿时发现这群人里，居然只有三个人是要面试体育部的。

除了她，只剩下那个金丝眼镜和另一个男生。

三个人排成一排，从前到后，身高呈现出一个"凹"字的形状。在这么炎热的天气，非常应景地，周围似乎还有冷清萧条的风卷过。

"……"这么冷门的吗？

往四周看了看，林兮迟觉得这么鲜明的对比确实有些怪异，但她也没太把这件事情放在心上。

倒是站在她后面的那个男生好奇了，一脸蒙圈地问她："同学，咱这部门这么少人报名的啊？"

林兮迟还没来得及搭腔，那个金丝眼镜开口了。

"上午还有一轮面试。"

他的声音温润清亮，缓缓悠悠的，带着点吊儿郎当的语气。

男生恍然大悟，很自来熟地问他们两个："你们什么系的啊？感觉我们三个都能进去啊，先认识一下呗。我物理系的，我叫叶绍文。"

"动物医学系，我叫林兮迟。"犹豫了几秒后，林兮迟问他，"你为什么有这种感觉？"

叶绍文理所当然道："长得好看啊。"

"……"

林兮迟看了他一眼。

叶绍文的身材高大，五官偏秀气，黝黑的肤色平添了几分英气。那双眼睛格外大，双眼皮的褶皱很深，反戴着顶纯黑的鸭舌帽，气质阳光明朗。

确实长得挺好看的。

不过就算是不好看她也不能够说什么。

林兮迟也不知道该回什么，只好抿着唇笑了下。

或许是觉得林兮迟太冷淡了，叶绍文便把注意力放到金丝眼镜的身上。和同性相处总比和异性要放得开，他走到金丝眼镜的旁边，直接把手搭在他的肩膀上。

"兄弟，你哪个系啊？"

金丝眼镜淡淡道："金融系何儒梁。"

闻言，叶绍文一愣，讷讷道："这名字好像有点儿耳熟。"

不只他这么觉得，林兮迟同样也觉得很耳熟。

大一新生连着三天开会，每个老师演讲时都把那个学长作为反例，翻来覆去、来来去去、不知疲倦地臭骂了几遍，让所有新生引以为戒。

学生都听腻了，老师们还没有骂腻。

随后这个学长的名字传遍了整个大一年级。

林兮迟从宿舍过来的路上，聂悦还在跟她提这个学长，所以她对这个名字的印象还很深。

姓何，名儒梁。

何儒梁。

叶绍文明显也记起了这一号人物，"啊"了一声，笑道："你这名字怎么跟那个旷考的学长一样啊,我记得也是金融系的吧?哈哈哈要不是你跟我一级我都以为你就是他了。"

叶绍文没有看到他的报名表,但是林兮迟看到了。

是10级的,跟他们不是同一级。

林兮迟张了张嘴,想提醒他一下,但又不好意思说自己偷看了何儒梁的报名表。

见何儒梁没反应,叶绍文也不在意,继续发挥他自来熟的本性。

"你们说,这个学长有没有可能已经被他爸妈打断腿了?虽然我觉得他这样挺酷的,但是我要是做了这种事情,回了家绝对没命回来。"

他咧嘴笑着,眉眼微扬,像是想从何儒梁这儿找到认同感。

何儒梁没看他,缓缓地开了口。

"名叫何儒梁,金融系,旷考。"何儒梁慢条斯理地拍掉叶绍文搭在他肩膀上的手,轻轻笑了,"那应该是我了。"

"……"

林兮迟默默地、不动声色地后退了一步。

像是一时没反应过来,又像是不可置信,叶绍文抬手捏住帽檐转了一圈,小声嗫嚅道:"什么啊,吹牛也不是这么……"

话还没说完,他的视线向下一瞥,瞬间看清何儒梁手中的报名表。

叶绍文不吭声了,样子瞬间灰暗了不少,蔫巴巴的,完全没了刚刚的意气风发。

何儒梁把报名表对折了起来,低声道:"让你失望了。"

恰在此时,门口走出一个个子小巧的学姐,大声喊着:"有面试体育部的吗?进来一个。"

何儒梁刚好站在第一个,回头举手,算是回应了她的话,随后便抬脚走了过去。

这句话像是一场及时雨,把叶绍文从刚刚那种尴尬的处境中抢救了过来。他暗暗地骂了句,却是松了一大口气。

刚想跟林兮迟吐槽的时候。

何儒梁又转了头,看着他,弯眼笑了。

"看到了吗?我四肢健全。"

"我觉得他的话一定是恐吓！恐吓我！"何儒梁走后，叶绍文直接把林兮迟当作树洞，发泄道，"他为什么要强调四肢健全这个词！你不觉得很可怕吗！"

林兮迟沉默了几秒，弱弱地反驳："他可能只是为了证明他没有被爸妈打断腿……"

闻言，叶绍文也沉默了，很快又道："你为什么帮着他？"

"……"

"他长得比我好看？"

林兮迟被他缠得头皮发麻。

还在想着如何应付他的时候，何儒梁出来了。

"体育部进去一个。"

林兮迟有些诧异，感觉何儒梁进去还不到一分钟。她连忙应了一声，丢给叶绍文一个同情的表情便进了教室。

这个教室的空间不算大，桌椅分成左右两列。林兮迟在左边倒数第三排的桌子上看到了块写着"体育部"三字的牌子，走了过去。

面试官有两个，刚好一男一女。男生长得胖乎乎的，看起来憨厚老实，女生则是刚刚出来的那个学姐，长着一张娃娃脸。

林兮迟把报名表递了过去。

胖学长粗略地扫了一眼，随后道："先自我介绍一下。"

被两个人盯着，林兮迟瞬间紧张了起来，干巴巴道："我叫林兮迟，来自动物医学系动物医学一班，性格开朗好相处，爱好有很多……我对体育有一份热诚的心，非常希望能加入这个集体。"

空气定格了一秒。

娃娃脸学姐拍拍手："好，你通过了。"

林兮迟愣了："啊？"

"你也太随便了！"胖学长侧头瞪了娃娃脸一眼，清清嗓子，问道："好的，现在我要问你几个问题。嗯……请问你的星座是？"

"摩羯座。"

"血型呢？"

"O型。"

"除了我们这个部门，你还有报其他的部门吗？"

"没有。"

问完这三个问题后，胖学长又拿起她的报名表扫了几眼，点点头。

"好了，面试到此为止，你可以回去等通知了。顺便帮我把下一个同学喊进来，谢谢。"

"……"这就结束了？

林兮迟犹疑地看着他，欲言又止，最后还是什么都没说，晕头转向地说了声"好的"，转身往门口的方向走去。

她提前准备好的关于体育部面试提问的回答一个都没用上，心情复杂难言，心里唯一的想法就是：

这个部门是不是有点儿太水了……

林兮迟下了楼，翻出手机在微信上联系了聂悦，得知她可能还需要一段时间，林兮迟便跟她说了一声，先回了宿舍。

走回去的路上，林兮迟还是觉得莫名其妙，不再多想，果断决定下来，去对她常用的那个树洞倾诉。

下一秒，林兮迟拨通了许放的电话。

不知道许放在做什么，响了半天才接起，像是刚睡着被吵醒，语气极其不耐烦。

"谁啊？"

林兮迟毫不犹豫，深情道："是爸爸。"

那头沉默下来，几秒后，林兮迟的耳边传来一阵挂机的"嘟嘟"声。

许放挂了电话。

依旧没有半刻的犹豫，林兮迟再度拨了过去。

这次许放接得很快。比起先前，他的语气清醒了不少，声线沙哑低沉，林兮迟隔着电话都能感受到他的戾气："你听不出我在睡觉？"

林兮迟诚实道："听出来了。"

"那你还打过来？"

"嗯。"林兮迟点点头，"更想打了。"

"……"

屁屁

今天天空很蓝,太阳很明亮,迟某认为,这不失为一个打游戏的好日子。

有病.

那打不打?

不打.

你在干吗?

开会.

那来聊天.

我有病跟傻子聊天?

如果我是傻子,那你现在不就是有病吗?

. . . .

以后别找我打游戏.

Chapter 2:
要不到还打人啊

林兮迟等了一会儿，没听到他继续发脾气，于是便开始倾诉："我刚刚去面试了校学生会的体育部，他们只问了我星座、血型、有没有报其他的部门这三个问题，你说是为什么？"

　　许放的语气还是很不好："我是你的面试官？"

　　言下之意就是：你问我干什么？

　　林兮迟无视了他的话，继续问："但就问了这三个问题，你不觉得很奇怪吗？你不觉得这个部门很不专业吗？"

　　那头一顿。

　　隔了好几秒后，许放说："只问了这三个问题？"

　　他的火气似乎随着时间的推移而熄灭了，态度又变回了平时那般的爱搭不理，却又夹杂了几丝认真，让人意外地感到有些安定。

　　林兮迟小鸡啄米般地点头："是啊。"

　　"也不难猜。"

　　林兮迟虚心地低头请教，摆出一副洗耳恭听的姿态。

　　"跟我想法一致。"许放笑了声，那笑声轻浅悠长，回荡在她的耳边，有些痒意，他的声音略带点儿京腔味，咬字清晰道，"跟傻子不需要说那么多。"

　　冷场一刻。

　　林兮迟"哦"了一声，思考了下："知道了。"

　　然后就挂了电话。

　　许放还在等她骂回来，一时间听到挂断声，还觉得有些没劲。过了几秒，他眉心一皱，突然意识到什么。

生气了？

他坐起来，懊恼地挠挠头，盯着手机却不知道该说什么。

不是这货先把他吵醒的吗？这反倒生气了？

哪儿来的本事，钱全在他这儿还敢生气？

许放越想越烦躁，但却完全无可奈何，正打算把生活费全部转过去给林兮迟的时候，却发现自己确确实实是高估这个家伙了。

居然会认为她有这个脑回路去生气。

林兮迟给他发了两条微信。

林兮迟：我是不是很听话？

林兮迟：立刻就不跟傻子说话了！

"……"

许放把手机扔到一旁，心情郁结，扯起被子盖住脑袋。

隔天晚上，林兮迟收到了第一轮面试通过的短信，通知她周一晚上八点半到西一教学楼409教室参加第二轮面试。

林兮迟回了个"收到"，拾掇了自己一番，便和舍友一起出门了。

选课在前天晚上截止，每个学生的课表也因此定下来了。

昨晚班长在班级群里告知，今天要统一领取教材，他让班里的男生们把书搬到东二教学楼103教室，今晚所有同学都要来领取教材。

到教室后，宿舍四人才发现大多数人都带了行李箱过来。

讲台前放着满当当的书籍，一摞比一摞厚。

林兮迟大一上学期的专业课就不少，有动物解剖学、普通动物学等，加上各个必修课，要领的书很多，而且医学的教材格外厚，带个行李箱确实是明智的。

但其实不带也拿得动，就是辛苦了些。

确认人齐了，几个班委同时将教材分发下去，没几分钟就发完了。

林兮迟塞了好几本进书包里，苦恼地看着剩余的书。她也没想多久，深吸了口气，把眼前的一摞书抱了起来，咬紧牙关道："走吧。"

其余三人也把书搬了起来。

林兮迟走在最前边。

书太沉，几个女生连聊天的力气都没有，从教学楼到宿舍的路上基本没人吭声，偶尔能听到聂悦小声地抱怨："真是快累死了。"

经过篮球场时，林兮迟实在拿不动了，把书和书包都放在小道旁的一张石椅上。

"休息一下吧。"

聂悦也放了上去，像是瘫痪似的靠在椅背上。

林兮迟回头，喘着气道："小涵她们？"

听到这话，聂悦也扭头，猜测道："可能没跟上吧。"

两人现在也没心思去管这些，累得连话都不想说。

这儿光线不太好，只有旁边亮着一盏昏暗的路灯，和篮球场形成了鲜明的对比。篮球场内，十几个男生的精力十分旺盛，穿梭奔跑着，挥洒着汗水。

林兮迟的目光不自觉地就挪到了那边。

篮球场外也有不少女生在看，脸颊发红，埋头窃窃私语。

注意到领头的男生，林兮迟原本有些呆滞的眼神瞬间一亮。

他冲在最前方，绕过挡住他的其他人，篮球被他轻松自如地控制，在场中格外显眼。与此同时，林兮迟也站了起来，往那边靠近。

许放纵身一跳，单手握住篮圈，发出巨大的声响，另一只手将篮球狠狠地扣了进去。

球进了。

见他进球了，林兮迟趴在篮球场的网栏上，憋了气，用尽全身的力气喊。

"许放！！！"

"……"

许放差点儿从篮圈上摔下来。

他松开篮圈，跳回地上，顺着声源望去。看到是她，许放抓了抓脑袋，脸颊因为刚运动过还冒着红晕，汗水顺着下颌向下流，打湿了一半上衣。

林兮迟兴奋地朝他挥挥手。

许放额角一抽，别过头跟几个队友拍了拍手，低语了几句后，便从篮球场的门口出去,朝她的方向走来。

一走到她面前,许放便被林兮迟连拉带拽地扯到那张石椅前。他的语气很不耐烦,十分不情愿地跟着她走。

"干吗啊?"

林兮迟理直气壮:"你来帮我们把书搬到宿舍吧,我们都搬不动了。"

许放瞥了眼石椅上的两摞书,倒是没再说什么。他本想堆成一摞直接搬走,突然注意到两个同样装得满满的书包:"书包拎得动?"

林兮迟立刻点头。

聂悦坐在原地看着他们两个,没有吭声。

许放走过去拎了拎林兮迟的书包,侧头看了林兮迟一眼,淡淡道:"我喊多一个人过来。"随后,他回头喊了声,很快就有个男生跑了过来。

许放跟他说了几句,男生便把其中一摞书搬了起来,爽朗地跟聂悦搭起了话。

两人搬了书便走在了前头。

林兮迟正想把自己的书包拿起来,就被许放背到了身上。她皱眉,小声抗议:"你身上全是汗。"

许放的表情不太好看,没搭理她,搬起书便往宿舍楼的方向走。

林兮迟突然想到下午才惹过他,乖巧地跟在他的后头,讨好似的说:"等会儿请你喝糖水呀。"

许放嗤了声,完全没把这话放在心上。

"你没钱。"

"……"

两人一前一后地走着。

林兮迟摸了摸口袋,想说他的饭卡还在她这儿,但又怕说了之后会被他拿回去。她只好十分识时务地转了话题:"屁屁,我过了体育部的第一轮面试了。"

许放很冷淡:"哦。"

林兮迟也不在意,很骄傲地开始吹牛:"听说这部门认颜值,长得好看的才能进。"

"假的。"许放懒洋洋道,"看你就知道了。"

"……"想着他搬着书这么辛苦,林兮迟忍了忍,没跟他计较,"那你有没有报什么部门？"

他不咸不淡道："校篮球队。"

"你不是说这些很无聊不想参加吗？"

"……"没回。

林兮迟眨了眨眼，好奇道："对了，体育部是不是会帮学校的校队组织各种比赛？那我们到时候说不定还会碰面欸。"

这次，许放顿了几秒才回："我怎么知道。"

帮林兮迟把书搬到了宿舍，许放也没多待，话都没多说几句便跟另一个男生一起走了。没过多久，陈涵和辛梓丹也回来了，身后还跟着两个不认识的男生，帮她们搬着书。

林兮迟坐在椅子上，打开微信看了眼。

有一条新消息。

是她的妹妹，林兮耿。

林兮耿：喂，国庆回不回家？

林兮迟在回复框输入了个"不回"，顿了顿，又全部删掉，重新输入了个模棱两可的回复：看情况吧。

大学英语在西一教学楼307教室上课，从晚上七点开始，一直上到晚上八点半。下课之后，林兮迟刚好能直接去四楼参加体育部的第二轮面试。

周一晚上，林兮迟跟辛梓丹一起出了门去上英语课。因为提前知道了这个老师的恐怖程度，她们还特地提早了半个小时出门。

但到教室之后，还是发现来得太晚了。

小教室能容纳五十来人，此刻除了前两排，已经座无隙地。格局跟高中的教室类似，都是木桌木椅，讲台大黑板。

桌椅分成三列，左右各两桌，中间四桌并在一起。

两人选了第二排中间的位置坐下。

见许放还没来，林兮迟便给他占了个座。

此时，闫志斌老师正站在讲台上，皮肤黝黑，国字脸，头发剪得很短，年龄看起来约莫五十岁，整张脸板着，散发着威严。

尽管还没到上课时间，教室里依然安安静静的。

林兮迟莫名有种回到高三的感觉，紧张得手心都快冒汗了，她低下头，给许放发了个微信，催促他：你倒是快来啊。

刚好，上课铃响了。

许放也同时出现在门口，踩着铃声进了教室。他漫不经心地往教室里扫了圈，随后往林兮迟旁边的位置走去。

闫志斌扫了教室一圈，也没点名。

教室里有六排座位，总共能容纳四十八个人。这节课有四十个学生，除了第一排的八个位置，别的位置都坐得满当当的。

很快，闫志斌从讲台上走了下来，放了张纸在第一排的其中一张桌子上，用他那不太标准的普通话说了句："现在最后一排的八个学生起来，坐到第一排。然后按照座位依次写自己的名字，以后就按现在的座位坐。"

他的话音刚落，林兮迟听到身后有起身的动静，几个男生女生陆陆续续地走到第一排。

几秒后，林兮迟的正前方坐了一个男生。他似乎也看到了林兮迟，坐下之后便回了头，冲她笑了一下。

男生的肤色偏黑，穿着一件明黄色的上衣，圆领处有一条黑色的线，下面是四个小人的图案。他很自然地靠在椅背上，手肘搭在桌沿，依然一副自来熟的模样，笑起来眼睛明亮有神。

是前些天在面试时见到的，叶绍文。

林兮迟对他的印象还是有，只不过没想到会在这里再见到他。她愣愣地看着他，抬起手，拳头慢慢张开，僵硬地打了声招呼。

叶绍文挑眉，十分多情地对她眨了下左眼，也没说什么便转了回去。

上次就看出了他"社牛"的性格，林兮迟也没把这事儿放在心上，低头翻开了《大学英语1》的书，在扉页上写着自己的名字。

教室里并不算安静。

老师在讲台上刻板的说话声，头顶上老旧的风扇发出的嘎吱嘎吱的声响，还能隐隐听到不知道从哪儿传来的音乐声。

林兮迟认认真真地听着课，突然听到左侧传来一声轻哼，她侧头看去。

　　此时，许放正低着头，脸上挂着阴霾，松松垮垮地握了支笔，似是烦躁得很，在书上乱七八糟地涂画着。

　　林兮迟莫名其妙，看了讲台一眼，偷偷摸摸地给他传了张字条。

　　许放看都没看，随意地翻开书本的其中一页，把字条夹了进去，然后又在涂涂画画。

　　林兮迟盯着他看了几秒，他还是没反应。

　　她本不想管了，但许放不高兴的时候，存在感实在太强了，周围散发的郁气像是有了形，在她的眼前不断晃悠着。

　　林兮迟正犹豫着要不要再传个字条过去的时候，台上的闫志斌眼一瞪，突然用手拍了拍桌子，大喊："第二排中间那个穿着黑色衣服的男生，起来回答一下问题。"

　　听到第二排，林兮迟呼吸一滞，下意识地低头看自己的衣服，随后又转头盯着许放。

　　许放把笔放下，懒洋洋地站了起来。

　　闫志斌板着脸："我刚刚说了什么，用英语重复一遍。"

　　课才刚开始没多久，闫志斌还没开始讲书本上的内容，一直讲上他的课的规矩以及这个学期要学习的课程。

　　林兮迟刚刚的注意力全放在许放的身上，完全不知道老师说了些什么，她有些急了，转头看向辛梓丹，用气音问："老师说了什么？"

　　辛梓丹咬着唇，摇了摇头："我也没听。"

　　林兮迟也没辙了，正想让他直接乖乖承认自己没听课的时候，许放开了口，声线清冷偏淡，表情平静，用英文流畅地说了一大段话。

　　台上的闫志斌表情由阴转晴，满意地点点头，让他坐下。

　　许放微微颔首，坐下之后，表情又阴沉了起来，继续涂涂画画。

　　林兮迟："……"

　　之后林兮迟也没再管他。

　　临近下课时，注意到许放终于停了笔，林兮迟的好奇心也爆发到了一个顶点，她的脑袋没动，眼珠子却偷偷斜了过去。

许放学过几年的素描,所以画出来的东西还算能看,起码林兮迟能认出那是什么。

书本上是她觉得最丑的一个品种的狗,左眼闭着,穿着一件衣服,领子处有一条黑色的线,上边的图案是四个小人。

林兮迟一头雾水,也不清楚他为什么突然来了兴致画画。她细看,还觉得有点儿眼熟。

没想到这件衣服在哪儿见过的时候,下课铃响了。

许放动作迅速地把课本合上,放进书包里。

林兮迟也没工夫再去多想,跟辛梓丹说:"梓丹,你先回去吧,我要去楼上面试。"

辛梓丹小幅度地点头,慢吞吞地收拾着东西。

听到这话,叶绍文转过头来,很兴奋地说:"你也去楼上面试?是体育部吧?我就说咱俩都能过啊。"

林兮迟不知道该怎么回应不熟悉的人的热情,抿着唇笑了一下。

许放望了过来。

叶绍文自然地邀请:"一起去吧。"

似乎没有拒绝的理由,林兮迟正想点头,恰在此刻,许放开了口:"你面试到几点?"

闻言,林兮迟扭头看他:"我也不知道啊,怎么了?"

许放看了叶绍文一眼,没回答,轻轻丢了句"走了"后,背起书包就往外走。

很快,辛梓丹跟林兮迟道了声别,也出了教室。

教室里就剩下他们两人。

林兮迟麻利地收拾好东西。

叶绍文已经站了起来,站在前边说话,整一个自来熟的大话痨,他夸张地"哇"了一声,一副很害怕的模样:"你这朋友好凶哦。"

想到许放刚刚的模样,林兮迟也有些烦躁,她抬了抬眼,正想说些什么,突然注意到叶绍文衣服上的图案。

黑线,四个小人儿。

林兮迟:"……"

039

没走多久，两人便到了面试的教室。

空间和格局跟刚刚上英语课的教室差不多，里边只有三个人，两个坐在第一排的位置，回头跟第二排的何儒梁说话。

林兮迟眯眼一看，注意到那两个人便是那天给她面试的胖学长和娃娃脸学姐。

站在她旁边的叶绍文身体一僵，低声骂了句。

很快，胖学长注意到了他们两个，笑眯眯地把他们安排到了何儒梁旁边的位置坐下。顺序依次是林兮迟、叶绍文、何儒梁。

又过了好几分钟，第二轮面试的人陆陆续续来齐。

胖学长和娃娃脸学姐走到讲台，简短地做了个自我介绍。胖学长名于泽，是体育部的部长，而娃娃脸是副部长，名叫温静静。

于泽站在台上默数着人数，皱眉："怎么好像少了两个？"

温静静也数了数，随后拿起名单开始点名，圈出了没来的两个人："我去联系一下，看看怎么回事。"

林兮迟百无聊赖地等待着。

教室里的人并不算多，除去讲台上的部长，只有十一个人。其他人虽然也不认识，但还是有一搭没一搭地聊着天，气氛十分融洽。

林兮迟托着腮，随意地往侧边望去，突然注意到叶绍文正襟危坐的模样，看起来比上课还要认真，她不免觉得有些好笑。

林兮迟歪头看了看何儒梁的位置。

只见他低着头，双手拿着手机正在打游戏。

她收回了视线，看了眼手机，就见许放在微信上跟她说"面试完跟我说一声"，林兮迟快速地回了个"好"。

再抬头时，林兮迟发现，叶绍文已经跟何儒梁变成能勾肩搭背的关系了。

"……"这男的是交际花吧？

恰好，温静静也从外头回来，凑在于泽的耳边小声说了几句。

于泽表情凝重地点了点头，大喊了声："大家安静一下，面试就要开始了。"

全场瞬间安静下来。

于泽在电脑上打开了一个 PPT 文件,开始绘声绘色地给他们讲体育部大致的活动和职责,就这么说了半个小时左右。

直到翻到 PPT 的最后一页,于泽抬头,笑道:"听懂了吗?"

大部分人都点了点头。

于泽继续问:"还有什么问题吗?"

叶绍文大声回应:"没了!"

"好。"于泽满意地点点头,双手高举,摆出一个欢呼的手势,"恭喜你们,第二轮面试通过了!"

温静静在一旁鼓掌:"恭喜恭喜。"

"……"

"时间也不早了。"于泽看了看手表,"都可以走了,等我们安排时间,下一次就是第一次会议了,记得要来哦。"

温静静:"不来也没关系,我们这儿有资料,可以亲自去找你们。"

林兮迟:"……"

这什么部门?

教室里的人交换了微信号后,很快都走光了。

林兮迟给许放发了条微信,正想走人的时候,就被叶绍文叫住了:"哎,林兮迟,你等等。"

她回头。

就见叶绍文指着她对何儒梁说:"哎,梁哥,你认得这姑娘吗?上次跟我们一起在外面等面试的那个。"

听到这话,何儒梁望了过来,单手支着侧脸,睫毛卷曲且翘,一双眼像是放电似的盯着她,弯唇点点头。

"咱仨这么有缘,一起去吃个夜宵啊。"

林兮迟一愣,头皮一麻,开始琢磨着怎么拒绝。

还没等她想到,何儒梁已经开了口,直截了当道:"不了。"

叶绍文:"啊?为什么啊?"

何儒梁拿上手机,边往外走边道:"我要回去打游戏。"

"……"

出了教学楼，林兮迟又翻出手机看了一眼。

许放还没回她。

她纳闷儿地往通往宿舍的一条小道走，在屏幕上敲着字：我现在回宿舍了，你要干吗？

走了几步，林兮迟就注意到站在不远处树下的许放。

林兮迟疑惑地歪头，毫不犹豫地走了过去，蹦跶到他的面前。

"你在这儿干吗？"

许放抬头，面庞被路灯染上了几分昏黄，瞳仁平静，没了平时的亮彩。他把手机放回兜里，不声不响地往她宿舍楼的方向走，不知道在想些什么。

林兮迟跟在他的后面，被他感染得情绪也低落了不少。

"你心情不好啊？"想到他刚刚画的东西，林兮迟犹疑地问，"你认识那个叶绍文吗？你很讨厌他？"

许放顿了下，淡淡回："没有。"

"哦。"

一路走到宿舍楼下。

许放的心情明显差到了极致，是她往常再怎么惹他都不会露出来的表情。

林兮迟完全不知道发生了什么，有些犹豫："那我上去了？"

他沉沉地"嗯"了一声。

林兮迟转头，刚走了两步，就被许放扯着手腕，拉了回去。

她看到许放低下头，五官渐渐逼近她，那双眼里情绪涌动，像是已经完全难以自控。他手上的力道渐渐加重，漆黑的眼直视着她。

许放轻轻喊她："林兮迟。"

"嗯？"

林兮迟乖巧地看着他。

她的那双眼干净清澈，里头的情绪除了疑惑和对他全身心的信任，别无他物。

许放突然挫败下来，松开了她的手腕，扯着唇勉强笑了下。

"没事。"

顿了几秒，他往后退了几步。

"回去吧。"

宿舍楼下的光线格外暗沉，许放在原地站着没动，半边侧脸隐没在阴影之中。

林兮迟也没动，她盯着手腕，平静地揉着有些发红的地方，半天没吭声，嘴唇渐渐抿紧。

许放低头看了看手机的时间："我走了啊。"

林兮迟"嗯"了一声，抬头，看着许放离去的背影。在心里默数到十之后，她小跑了过去，毫不客气地向上一跳，用臂弯扣住许放的脖颈，用力向下拉，将他的脑袋压得比自己还低一个头。

许放完全没有防备，身子顺势向下倾，向前趔趄了一步。他一脸莫名其妙地看向林兮迟："你有病？"

"你才有病。"林兮迟盯着许放的脸，眼里全是正经严肃，完全没有开玩笑的意思，随后她伸出中指轻点他的眉心，嘴里念念有词，"何方孤魂野鬼？老朽在此警告——"

她停顿了几秒，厉声道："赶紧从我儿的身体里滚出去！"

许放："……"

等了几秒，林兮迟顶着一副确信许放被鬼上身的表情，双眼骨碌碌地看着他，左手在许放的眼前挥了挥，小心翼翼地问："……走了吗？"

许放深吸了口气，按捺着脾气，全身紧绷着。

"你想被我打死吗？"

"哦。"林兮迟讪讪地松开手臂，"看来走了。"

被她这么一弄，许放连刚刚自己为什么心情不好都不记得了，他单手按住她的脑袋，面无表情地将她往宿舍楼的方向推。

"行了，快滚回你宿舍。"

林兮迟把他的手掰开，皱着眉："屁屁，你心情不好要跟我说呀。"

"不好个屁。"

"你什么都不跟我说。"感觉他对自己不像从前那样敞开心扉，林兮迟心情也不爽了，边往回走边跟他吼，"反正我一会儿会去问蒋正旭的，我才是你最好的朋友！要是他跟我说你去找他倾诉了我就跟你断绝关系！"

"……"

看她进宿舍楼了，许放才慢慢地往回走。

许放到学校超市里买了瓶冰水，拧开喝了两口，一瓶水瞬间被饮尽，他抬了抬眼皮，把空水瓶扔到了一旁的垃圾桶里。

他正想回宿舍的时候，手机响了。

来电显示：蒋正旭。

许放滑开接听，他没主动吭声，走过去坐到超市外的椅子上，单脚随意搭在椅子的踏脚横杆处，整张脸背着光，看不出情绪。

听筒里传来蒋正旭的声音："放儿，你家那位姑奶奶又来我这儿撒泼了，你能不能好好管管？"

许放没回话。

"你俩真是。"蒋正旭瞬间明白了是什么原因，叹息了声，"我一个事不关己的大男人看着都着急。"

听到这话，许放笑了："你着急什么？"

"你就不能直说吗？"蒋正旭苦口婆心地教导他，"我前些天不也跟你说了，因为一个妹子很苦恼，昨天直接冲去她宿舍楼下跟她告白去了，这不就成了。之前那些苦恼就跟笑话一样，你看我现在过得多么美滋滋。"

"……"

"你都喜欢几百年了不敢说。"

许放低声回："这不一样。"

"怎么不一样？"蒋正旭想了想，"你就怕林兮迟不喜欢你是吧？我跟你说吧，我觉得你机会还是挺大的。我之前问过她以后的择偶条件。"

许放双眸闪了闪，生硬地问："她说什么了？"

"她很明确地说，比许放长得好看，比许放脾气好，比许放成绩好，比许放……"蒋正旭记不清了，总结道，"反正就是要什么都比你好，把你碾压得毫无招架之力。"

"……"许放忍着直接挂断的冲动，冷笑道，"你存心来找我不痛快的吧？"

"怎么就找你不痛快了？这四舍五入不就是以你为标准了嘛。"

"你想多了。"许放的声音毫无波动,"她这话跟'我以后想找个跟我爸爸一样的男朋友'没有任何区别。"

"……"

"我跟她认识多少年了。"许放低头,自嘲着,"要喜欢早喜欢了。"

许放突然想起高三那年。

他坐在林兮迟的后面,趴在桌上闭目养神。她和同桌聊着天,下课期间的教室并不安静,可他的注意力全放在她的身上。尽管听得模模糊糊,却依然能听出个大概。

在谈论他。

同桌在问她如果许放喜欢她的话,她会怎么样。

他到现在依然能记得那时候的感觉,心脏跳得极快,想知道答案却又不想知道,期盼却又紧张地等待着她的回答。

可林兮迟只是坚定且把这个问题当成笑话般地摇头,不断地说着"不可能"。最后,在那个同桌坚持的追问下,他听到她很轻很认真地说出了自己的想法。

"那我可能会很尴尬吧……"

……

"今晚真是发神经了。"许放抓了抓后脑勺,起身往宿舍的方向走,"挂了。"

在蒋正旭那里同样也没得到什么可靠的消息,林兮迟本想继续去骚扰许放,但想到他今天那副"我就是心情不好,但我死都不会说原因"的模样,她瞬间放弃。

林兮迟想了想,还是给他发了条微信:明天我请你吃饭,借钱请你,怎么样?

等了一会儿,没回。

林兮迟补充道:把我吃破产都没事。

发送成功后,林兮迟便拿着换洗衣物去洗澡了。出来时已经十点半了,她用毛巾擦着头发,第一时间就是去看许放怎么回复的。

他只回了一个字:嗯。

许放平时说话就是这样,林兮迟此时也无法从他这一个字中判断出他的心情是好是坏,只好又发了几句话过去。

但学校的国防生管得严格,特别是大一大二的,晚上十点半要点名查寝,之后就熄灯睡觉,不能再玩手机。

林兮迟也没再等他回复,满怀心事地打开一本专业书来看。

另一边。

许放拿着手机从床上爬下来,进了厕所。自我调节了一段时间,他看着林兮迟又发来的两条消息,眉眼一挑,嘴角勾了起来,心底憋的那一口气瞬间顺畅了。

林兮迟:见过为了朋友两肋插刀不惜破产的人吗?

林兮迟:正是在下。

同时,手机又振动了下。

蒋正旭也给他发了微信:哎,我怎么感觉你现在像更年期提前似的,天天多愁善感,谁劝都没用。

许放眯着眼,懒懒散散地给他回话:滚。

蒋正旭:正常了啊?

蒋正旭:怎么正常的啊,在我一激之下去告白了?

许放:问你个问题,林兮迟请你吃过东西吗?

蒋正旭:啊,有可能请过吗?

许放心情大好:她说愿意为了我破产。

蒋正旭:……

蒋正旭忍不住打击他:只是把你当好朋友吧。

许放:现在确实是,以后就指不定了。

许放:至于别的,盯紧一点儿就行了。

蒋正旭:……

刚刚说"要喜欢早喜欢了"的人是谁?

蒋正旭继续打击:如果林兮迟一辈子都对你没那个意思咋整?

许放盯着那句话看了良久,眼眸颜色加深,突然笑了,他舔了舔嘴角,慢条斯理地打了一句话:

——那她就一辈子都别想找到对象。

隔天，林兮迟第一节有课，早早地就起床了。

宿舍有两个人没课，此时还在睡觉，怕吵醒她们，另外两人的动静都很小。林兮迟跟舍友的课不一样，教室要远一些，便提前出了门。

她还在想许放的事情，一路上都一副心情沉重的模样。

到那儿后，林兮迟才发现，这节课的人格外多。教室大概能容纳两百人，此时已经坐了大半的学生。

林兮迟选了右边靠中间的位置坐下。

很快，上课铃响了。

这节课的老师是个年轻的男人，笑起来十分温柔，说话风趣幽默，惹得学生频频笑出声。也难怪有这么多人选他的课。

老师自我介绍了一番之后，便道："第一天的话，我就点个名吧，顺便认识一下你们。"

"陈嘉。"

"到。"

"李德贺。"

"到。"

……

"许放。"

老师等了一会儿，没听到有人搭腔，又喊了一次："许放在吗？"

听到这名字，林兮迟愣了愣，注意力立刻转到老师的身上，随后低头给许放发了条微信：你选了西方文化史？

许放回得很快：……

许放：刚醒。

许放：你帮我跟老师说一声我在厕所，等会儿就回来。

许放：我现在过去。

看到这话，林兮迟灵光一闪，突然想到了怎么让许放从昨天那样的消沉状态变得神采奕奕。

惹他不高兴，他不就精神了？

讲台上，老师还在喊："许放来了没有？"

林兮迟在让许放精神起来和被许放打死之间纠结了几秒，随后她意志坚决地选择了义气，咬着牙举起手，认认真真道："老师，许放没来。"

老师眼一抬，好脾气地说："那你叫他快来吧，不然我按照规矩是要记他旷课的。"

林兮迟顿了下，看着手机上许放说的话，又抬了头。

"老师，许放说他就是要旷课。"

"……"

教室里哄堂大笑，就连老师也愣了一下，露出了一个觉得很不可思议的笑容："是吗？那行吧。"

话出口后，林兮迟心中的悔意渐渐袭来，她慢慢地趴到桌子上，把自己的半张脸都埋在臂弯里，只露出一双眼睛，盯着手机上的微信对话界面。

上边还停留在许放说的那句：我现在过去。

盯了一阵子。

许放又发了条消息：说了没有？

林兮迟想回复又不敢回复，过了好一段时间才艰难地回：说了……

林兮迟：说了别的。

许放没回复。

在等待他回复的期间，林兮迟想象着许放接下来会有的反应，越发提心吊胆。她实在忍受不了这种凌迟般的等待，干脆一鼓作气地坦白：我跟老师说你就是要旷课……

林兮迟接着解释：但我不是故意的！我就是脑子一抽！

还是没回。

想着肯定是被他识破了自己的想法，林兮迟认命地坦白：好吧我就是故意的。

林兮迟：但我是有原因的……

她还没来得及说完，教室的门口就出现了许放的身影。

许放像是跑着过来的，这会儿还稍喘着气。他往教室里扫了一圈，正想找个位置随便坐下时，讲台上的老师看了他一眼，随后低头看了看名单，问："许放？"

许放回头，表情略显疑惑。

确定是他，老师拿起笔，在名单上划掉写在"许放"名字后面的"旷"

字,调侃道:"怎么又改变主意要来上课了?"

台下又发出一片哄笑声。

听到这话,许放虽然觉得有些古怪,但也没想太多,只当是林兮迟没帮他解释,神情淡淡地颔首:"对不起,我迟到了。"

"嗯,找个位置坐下吧。"

后排基本坐满,许放直接在左侧前排找了个位置坐下。他从书包里拿出课本,又从裤兜里拿出手机,看了眼林兮迟的回复。

如果刚刚许放的表情可以用晴天来形容,那么他现在估计就是十二级台风加暴雨红色预警——雷鸣般的雨点声,被风卷起翻滚咆哮的海浪,天空电闪雷鸣。

他突然明白了刚刚老师和同学的反应。

许放满脸阴霾,忍着脾气,不断地告诫自己,她说是有理由的,他应该要相信她,应该听了她的解释再下定论。

于是他咬紧牙关,故作平和地问:什么原因?

这家伙敢当着这么多人面撒谎,一定是发生了什么极其严重的事情,驱使她一定得做这种不道德的事情。

许放不断在心里给林兮迟找着理由。

等了一会儿。

那头磨磨蹭蹭地回:我想惹你生气。

"……"

距离下课还有五分钟的时候,林兮迟就全副武装,将东西全部收拾好,准备下课铃一响便往外跑。

她刚刚注意到了,许放坐在靠门那组前排的位置,所以他等会儿肯定会从前门出去,她只要往后门跑就可以了。

只要跑得快,不可能跑不掉。

下课铃一响,林兮迟和其他学生立刻起身,成群结队地往外边拥。流动的人群将她包围住,给她带来了满满安全感。

林兮迟松了口气。

精神一松懈,她便多了心思去想着别的事情。

林兮迟想,自己真的是一个为了朋友的情绪连命都可以不要的绝世完美无瑕的人，许放能遇上她这么一个发小儿真的是几亿年修来的福气。

就这么沉浸在对自己的称赞里，林兮迟撞到了一个人的胸膛。

她下意识地道了声歉，想绕开这人继续往前走的时候，他开了口，语气幽深："做了什么亏心事要低着头？"

听到这声音，林兮迟浑身一僵。

许放怎么走后门这边了？

林兮迟抬眼，硬着头皮，理不直气不壮地辩解："什么亏心事？我什么都没有做，是你本来就想旷课，我只是如实交代了……"

许放被她气乐了："我只是忘了调闹钟。"

"反正……"林兮迟还想说些什么。

忽地注意到他和平时一般无二的暴躁语气，她眨眨眼，原本的理亏瞬间荡然无存，转变成了一股帮助许放度过了情绪低落期的伟大情绪。

顿了几秒，林兮迟拍了拍他的肩膀，骄傲道："你应该感谢我才对。"

"……"

许放：？？？

时隔半天后，林兮迟终于重新找回了好心情，她看了看手表，笑眯眯道："行了，我一会儿还有课，我先走了啊。"

许放默不作声地给她让了位置。

还没走几步路，却又被他叫了回去。

"喂。"

林兮迟回头。

就见他扯了扯嘴角，皮笑肉不笑地说着："谢谢你啊。"

因为许放最后说的那句话，林兮迟又提心吊胆了一整天，但是却意外地什么都没有发生。她主动去找许放要钱，这家伙也比平时好说话得多。

比如林兮迟跟他要个九十块钱，许放能直接转给她一百块钱。

这事儿放在从前，是绝对不可能发生的。

许放这突如其来的好相处让林兮迟得了一种叫作"被害妄想症"的病。

她总有种许放在谋划些什么的预感。

但许放一直没有什么动静。

隔了一段时间后，林兮迟改变了想法。觉得这家伙只是良心爆发，想善待她这个从小一起长大的朋友。

林兮迟十分欣慰。

第二轮面试回来之后，体育部建了一个微信群，名叫"健康生活每一天"，加上她总共有十三人。

可能是隔着一道屏幕，群里的人虽然刚认识不久，却也不拘谨，微信群里十分闹腾，消息一条又一条地往上刷。昨天下午，一群人约定好周四晚上到校外聚餐，然后再回学校操场玩游戏。

聚餐当天，一行人吃完饭，于泽带着几个男生去超市买零食，而温静静则带着剩下的干事回了学校。

校内路灯光线都有些暗沉，显得小道气氛幽暗寂静。但一到操场，视野就明亮了不少，两侧各开了一盏高压钠灯，照耀着人工草地和跑道上的学生。

众人找了处空地坐下。

每晚学校操场的人工草地上都会有成群结队的学生围成一团，大都是在玩一个叫作狼人杀的游戏。

在场的大多数人都没玩过这个游戏，甚至连听都没听过。

林兮迟便是其中之一。

于泽干脆建议让他们先试玩一局，下一局再正式开始，输了有惩罚。

林兮迟不太懂玩法和规则，一开始就露出了马脚，被叶绍文奋力带动他人把她投了出去。出局后，她郁闷地上网去查这个游戏的玩法。

接下来的两局，林兮迟已经摸通了玩法。她的话虽然少，但撒起谎来镇定自如，眼都不眨一下，配上她那张无辜迷茫的脸，所有人都被她骗了过去。

也因此，林兮迟所处的阵营连赢了两局。

两局结束后，已经临近九点半了。

在不知不觉间，跑道上站了一群穿着统一服装的男生。一个个神清气朗,身姿挺拔,组成整齐的队列。

清点人数,确认人齐了以后,有一个领头的男生带着他们沿着跑道跑圈。宽阔的操场上,几十个人的步伐整齐一致,响亮的跑操声音十分振奋人心。

其他人都被这声音吸引了目光。

温静静闻声望去,笑道:"是国防生在训练。"

听到"国防生"三个字,林兮迟也看了过去。只匆匆扫了一眼,手里便被于泽塞了张牌,开始了新的一局。

因为前两局招惹了太多仇家,这局林兮迟被首杀,第一个晚上就出局了。这局花的时间比前几局都要长,林兮迟饶有兴致地看着他们睁着眼说瞎话。

结果是她所处的好人阵营输了,惩罚是真心话大冒险。

好人阵营有八人,另外的四人站了起来,笑嘻嘻地看他们受惩罚。

从输了的八人里抽一人受惩罚,用转瓶子的方法决定是谁。

于泽蹲在这八人围成的圈里,右手握着水瓶转动:"哎,我觉得老是真心话不好玩,转到谁谁就大冒险吧。"

话音刚落,瓶口的方向正对林兮迟。

与此同时,远处传来了国防生训练完毕解散的声音。

叶绍文突然凑了过来,眼神带了几分不怀好意:"林兮迟,要不你去找个国防生要个微信号啊?"

林兮迟愣了下,心脏一跳,下意识摇头。

还没等她垂死挣扎一番,就被早就已经兴致勃勃的另外几个女生扯了起来,她只好苦着脸把地上的手机捡了起来,往那边走。

距离越来越近。

林兮迟刚做好了心理建设,想着赶紧要完赶紧走人的时候,忽然注意到那群国防生里——

有个对她来说格外熟悉的人。

许放。

林兮迟顿时松了口气。

学校的国防生每周都要训练三次,每个年级的时间都不一样,林兮迟也没特意问过他。倒是没想到，今天他刚好有训练。

此时，许放穿着军绿色的上衣，纯黑色的短裤，仰头喝着水。旁边有个男生在跟他说话，说着说着便大笑了起来，可他的表情却也没有什么变化，只是轻描淡写地回了几句。

林兮迟看到他把瓶盖拧上，从口袋里拿出手机，修长的手指在上边飞快地敲打着。

下一秒，似乎是察觉到了她的存在，许放抬起眼，视线从手机移到了她的身上。

除了五公里跑，他还做了俯卧撑、仰卧起坐和深蹲，各项一百个。此刻他就像是刚从水里出来，汗水顺着颊边向下流，从下巴往地上砸，却也不显狼狈。

许放似乎不太惊讶林兮迟的突然到来，那双略显薄情的眼微微一挑，像是在询问她的来意。

林兮迟咽了咽口水，能清楚地感觉到周围的人投来好奇八卦的目光。她用眼神示意他"你配合点"，一鼓作气地开口。

"同学，你能给我你的微信号吗？"

闻言，许放往她的身后那么一瞥，瞬间明白了她现在的状况。他收回了视线，重新把目光放在林兮迟的身上。

许放盯着她看了好一会儿。

很快，他的眉眼舒展开来，倏地笑了。

林兮迟前两天那种不好的预感瞬间又冒了起来。

并且比先前都要强烈得多。

同时，许放弓下身子，低头凑在她的脸前，眼里的笑意已经敛了起来。两人间的距离一下子就缩短了不少，她的鼻息间全是他熟悉的气味。

林兮迟还在疑惑许放想要做什么的时候，就听到他开口说了两个字。

一字一顿，格外清晰。

"做梦。"

林兮迟的笑意僵住，定定地看着他，很快便垂下头，默不作声地把手机放进裤兜里。

旁边有几个男生发出压抑着的笑声。

怕她尴尬，温静静连忙过来拉住林兮迟的手，帮她解释："那个，同学，我们就是过来大冒险的，打扰到你们的话真的抱歉了。"

也不想在这儿多待，温静静小声对她说："走吧。"

其他人都有些反应不过来。

除了天气恶劣的时候，基本每天晚上学校操场的人工草地都有大片的学生在玩游戏。有游戏就有输赢，也就有惩罚。

大冒险被指定去要陌生人的微信这种事情十分常见，被要微信的一般也不会当真，都会顺势给个台阶下。

他们还是第一次遇到这么不给面子的人。

见林兮迟一直低着头不说话，许放眉眼一挑，也低了低头，脑袋微微一侧，却还是看不到她的表情。

同时，刚刚跟许放在说话的那个大男孩凑了过来，稀奇地"咦"了一声，把她认出来了。

"这姑娘不是……"

许放把他的脑袋推了回去，"啧"了一声："瞎说什么呢？"

林兮迟回头，对温静静笑了下："没事，你们先回去吧。"

温静静还想说什么。

叶绍文站在人群后面，眼睛一眯，突然注意到许放的脸，认出就是那天坐在林兮迟旁边的男生。他饶有兴致地摸了摸下巴，也没再观看，嬉皮笑脸着半拉半扯把其他人带走了。

人散去后。

林兮迟抿着唇，仰头看向许放。

想着从哪个部位开始打，能让他觉得又痛又狼狈。

最后她还是用了惯用的姿势，向上一跳，臂弯扣住许放的脖颈，用力勒住。

许放没有抵抗，咳嗽了两声，任由她使劲，顿了几秒后却是笑了，开口道："要不到还打人啊——"

他的尾音刻意拉长，声音低沉微哑，听起来慵懒又欠揍。

林兮迟抿着唇，在心里骂道：打你怎么能算打人？

"许放。"又使了一会儿的劲,林兮迟松开力道,刻意喊他全名拉开关系,看着他这张脸,她又忍不住踹了他一脚,"我回去了,以后再跟你算。"

她刚走了几步,许放喊住她:"回来。"

林兮迟才懒得搭理他。

过了几秒,他又道:"陪我去趟校医室。"

听到这话,林兮迟的脚步停住,杏眼瞪圆看他:"去校医室干吗?"

这是碰瓷吗?

她就勒一下他的脖子,也没用多大的劲儿,这就要去校医室了?

但许放倒不像是在开玩笑,他面色不改地指了指眼角的位置:"刚刚被人划到了。"

"……"林兮迟这才注意到他眼角处确实有道红痕,她没搭腔,继续往部门的方向走。

见状,许放懒洋洋道:"那我自己去了啊。"

林兮迟回头,吼他:"我拿东西!"

林兮迟回到部门那边,拿上自己的东西。瞥见他们纷纷来安慰她,她哭笑不得跟他们解释了一番,随后便原路返回。

别的国防生都已经走光了,只剩许放在原地看手机。

"走了。"林兮迟走到他的面前,抛下这句话后便往操场外走。

许放闲适地跟在她的后面,脚步慢悠悠。

很快林兮迟又放慢脚步,走在他旁边,开始控诉他刚刚的行为:"屁屁,我觉得你刚刚的行为真的是太不要脸了。"

"什么?"

"一般来说,按正常情况来说。"林兮迟踢着路上的小石子,正经道,"哪里会有我这么好看的女孩子跟你要联系方式?"

"……"

"刚刚要不是因为认识你,我绝对不会是去跟你要。"林兮迟越想越觉得自己有理,"你自己想想,我这不是在你那群朋友面前给你面子吗?"

许放被她这话噎到,深吸了口气:"我不需要。"

"你居然不检讨一下自己。"

"你怎么不想想是谁先起的头？"

林兮迟闭了嘴。

半响后，她好奇道："所以真有人找你要过联系方式？"

林兮迟这种略带不可置信的语气让许放连看都不想看她，他按捺着把她扔远些的冲动，缓缓地冷笑一声。

"多了去了。"

许放的眼角是被同学的指甲划到的，但伤口并不深，没怎么出血，只是破了点皮。校医用双氧水帮他清洗好伤口，涂了些碘伏便让他们离开了。

两人出校医室时已经差不多十点了。

林兮迟把他扯到路灯下，仰头看着他的眼角："我看看。"

许放别过脑袋："看什么啊？"

"不是。"林兮迟皱眉，又扒拉着他的脑袋，"刚刚是不是涂你眼睛里去了？"

"涂我眼睛里我自己会说。"

她没听他的，继续盯着他眼角处的伤口。

许放本想把她推开，却发现他们两个此时贴得极近，近到他能很清楚地感觉到她的呼吸。她的五官被昏黄的路灯染得十分柔和，杏眼大而有神，像是带着星星。

太近了。

许放的心脏一跳，有些狼狈地向后退了几步。

"行了。"

"……"林兮迟"哦"了一声，低头拿出手机，喃喃低语，"我得打个电话给阿姨。"

许放的喉结滑动着，脑袋还有涨而昏沉的感觉。他没太听清林兮迟的话，纳闷儿地回："打给谁？"

林兮迟下意识回："许阿姨。"

听到这话，许放顿时清醒过来，猛地拿过她的手机，摆出一副不解的样子:"你打给我妈做什么?"

"我要问问阿姨你这伤口要不要去医院看看。"

"我这伤口就跟被针扎了一样,去什么医院?"

林兮迟也纳闷儿了:"那你怎么要来校医室?"

"……"

"反正我问问吧,感觉那校医手法好粗糙,不太靠谱儿。"

想到那个发生了什么事情都大惊小怪的妈,许放立刻觉得头疼:"你打了的话这个月别跟我要钱。"

闻言,林兮迟抬了抬眼,思考了下,果断打了电话。

"哦。"

"……"

因为国防生晚上十点半要查寝,许放也没跟她说太多,边拿着她的手机跟电话里的母亲扯着没什么大碍,边把她送回宿舍。

到宿舍楼的同时,许放的电话也挂了。

林兮迟接过自己的手机,小心翼翼地问:"阿姨怎么说?"

许放丢给她一个十分不友好的眼神。

"你自己去问她。"

已经十点二十分了。

丢下这句话后,许放又扔下句"走了",立刻往男生宿舍楼的方向跑。

林兮迟边慢悠悠地往楼上走,边在微信上找许阿姨说话。

林兮迟:阿姨,你怎么跟许放说的呀?

她正输入着下一句"他怎么这么生气啊",还没发送出去,许阿姨便立刻发了两条语音过来。

许阿姨:"本来想过去看看他的,这臭小子非跟我发火,叫我别为这种小事大老远跑一趟。"

许阿姨:"真的气死我了,这怎么就是小事了?这臭小子。"

林兮迟顿了下,把刚刚那句话删掉:那你要过来吗?

许阿姨:"不过来了。"

许阿姨:"给他转点钱就算了。"

"……"

林兮迟不可置信地看了好几遍，才确定：她帮许放得到了一笔额外的生活费。

所以他刚刚为什么要给她一个这么凶狠的眼神？

她轻哼了一声，边在微信上骂许放不可理喻边回了宿舍。

一进门。

陈涵和辛梓丹正围在聂悦的旁边，三人聚成一团看电脑。

林兮迟把包放好，好奇道："你们在看什么？"

聂悦："在看学校论坛啊，刚刚发生了件事，有个人传了照片。"

听到有八卦，林兮迟也凑了过去。

上传的图片并不清晰，只能远远地看到一群穿着训练服的国防生和学生，他们中间站着两个人。

一个国防生和一个女生。

林兮迟眯了眯眼，感觉这个画面有点儿眼熟。

聂悦："好像是——"

她的手握着鼠标，随意滑动着，然后把网页拉到了最上面。

还没等聂悦说完，林兮迟就已经看到了标题。

——震惊！某女大学生向某国防生要微信号，遭其拒绝，将其打进校医室！

"希望这个世上的所有人,都不会生病。"
"特别是许放。"

动物医学①班

Chapter 3:
特别是许放

看到这句话,林兮迟差点儿一口气没提上来。

她是真的没有想到刚刚那种小事会传开,而且还这么迅速,连一小时都还没过去就被人挂到了学校论坛上。

最不可置信的是,还传成了这个样子。

可她自己联想起来,居然觉得别人这样猜测还挺合情合理……

旁边三个舍友还在讨论,但都抱着一种不太相信这件事情的态度。

很快,聂悦回头问她:"迟迟,你今晚不是部门聚餐吗?我记得你好像说之后就是去操场玩游戏吧,你有看到吗?"

林兮迟顿了顿,很诚实地回:"是我。"

聂悦一时没反应过来:"啊?"

其他两人也把视线放在了林兮迟的身上,惹得她有些不好意思了,讷讷道:"这个说的应该是我……"

"……"

三人的眼神无不震惊。

林兮迟也突然反应过来自己的话基本等同于承认了论坛上的话,她立刻摆手,把刚刚发生的事情大略跟她们解释了一番。

等她说完之后,聂悦笑出声:"你的小竹马也太坑了吧?"

林兮迟叹气:"也不是,是我先惹他的。"

聂悦:"那要不我在论坛上帮你解释一下?"

林兮迟想了想:"上边有明确说出我们两个的名字什么的吗?"

聂悦:"好像没有,只是有个人出来说那个国防生是大一的。"

林兮迟："那就别管了吧，反正也不知道是谁。"

聂悦点点头，直接把网页关掉。

"说起你那个竹马。"聂悦回想起之前见到许放的几次，没忍住道，"感觉好凶的样子，上次你叫他出来搬书，我都不敢说话……"

林兮迟愣了："啊？为什么？"

陈涵："其实我也觉得……"

"不知道，站在那儿就挺吓人的。"感觉这么说不太好，聂悦带了点儿委婉，"反正就是不太好接近吧，不过看你们两个相处还挺可爱的。"

"也还好吧。"林兮迟回忆了下许放生气时的模样，"其实他就属于那种脾气特别不好，但是最多就骂你几句的那种。"

"这还叫还好吗？……"

"不过这么一想。"林兮迟摸了摸下巴，"他家亲戚的小孩，还有我妹，我表妹表弟他们，好像确实都挺怕他的。"

聂悦刚想说些什么，林兮迟又继续说："只有我不畏强权。"

"……"

过了几秒。

一直沉默着的辛梓丹突然开了口，声线软软糯糯的，像是随口般地问："迟迟，你跟许放就只是朋友吗？"

聂悦没反应过来："谁是许放？"

辛梓丹的嘴唇动了动，眸光微闪。

"我没跟你说过我那个朋友就叫许放吗？"林兮迟也想不起来了，随后很认真地答了辛梓丹的话，"不能说只是，他是我最重要的朋友。"

闻言，辛梓丹若有所思地点点头。

聂悦："啊，我还以为你平时打电话的对象是他欸。"

林兮迟也蒙了："就是他啊。"

聂悦："那我怎么听你喊的屁屁？"

林兮迟答非所问："因为他自我介绍从不跟别人说自己的名字里的放是哪个放。"

聂悦没懂："啊？跟他自我介绍什么关系？"

陈涵没有联想这两者的关系，在脑海里过了一圈，疑惑道："是我脑子坏了还是怎样？这个读音我居然想不到别的字了……"

聂悦："我也想不到……"

辛梓丹："我也……"

林兮迟眨眨眼："确实没有。"

几人晕头转向地就把话题扯到了这上面："那他自我介绍时，好像确实不需要说自己名字里的放是哪个放。"

"主要是因为我以前自我介绍会说很多话，他就说我废话特别多，然后我看他这样也不顺眼。自我介绍时一个字都不会多说，就特别贱的，只说'许放'两个字。"说到这儿，林兮迟笑出声，"然后后来有一次，他自我介绍的时候，我忍不住开口说……

"之后就一直这样喊他了……"

虽然林兮迟确实不太介意论坛说的那件事情，但她肯定要借此机会来谴责许放一顿。而且现在已经过了十一点了，许放肯定不会回复她。

这就给了林兮迟一种许放默默承受着她的辱骂的感觉。

格外有成就感。

林兮迟骂完他便关机睡觉了。

可能是刚刚跟其他人谈论起了许放的脾气，结果这一觉就让林兮迟梦到了初中的事情。

许放的脾气从小就大，其实也没别的原因，主要是他从小身体就差，总是动不动就生病，许母找中医调养了一段时间也没什么效果。

许家的几个长辈也不知道该怎么办。

家里也只有这一个孩子，每天这样看着也心疼，所以对许放几乎是无所不应，把他宠上了天。

所以从懂事开始，林兮迟是不愿意跟许放一起玩的。

因为他动不动就会发脾气，动不动就对她摆脸色。两人一起做错了事情，她会被父母骂，而许放不会。

一起去学校的事情是母亲硬性要求她这么做的，到了学校之后她基本就不会跟他说话。

两人以前的关系并不算好。

她讨厌许放。

林夕迟还暗戳戳地想过,如果她也跟许放一样,体质那么差就好了。那爸妈肯定也会对她好一些。

后来,有一天早上。

林夕迟像往常一样去找许放一起去上学。

开门的人却不是许放,而是许母。她摸了摸林夕迟的脑袋,眼里有掩饰不了的忧愁:"许放今天生病,不去学校了,迟迟今天自己过去吧。"

林夕迟愣了下。

怎么老是生病?她怎么就不会生病?

她都怀疑他是装病不想去学校了。

林夕迟抬头看着许母,轻声问:"我能进去看看他吗?"

许母点头,侧身让了个空间让她进去。

那时候,许家还没有搬到现在的别墅区,房子只有三室两厅。林夕迟一进到房子里就能听到从厕所里传出来的呕吐声,是极其痛苦的声音。

刚刚脑子的想法瞬间消散,她捏着拳头,慢慢走了过去。

厕所的门没有关。

林夕迟还想好了要跟他说什么,要跟他说"好好养病,你生病请假我也不会把今天老师讲的内容告诉你的,也不会把作业给你带回来"。

还有什么呢……

然而一走到厕所门前,看到里面的场景,林夕迟就一句话都说不出来了。

许放仿若根本没有任何力气,直接坐在马桶旁边,他的脸色苍白得像是一张纸,冷汗不断地向下掉,双眼赤红,似乎在发抖,整个人狼狈不堪。

他用余光瞥到了林夕迟的身影,眼神一滞,却不像平时那样露出不耐烦的神色。只是别开了脑袋,什么都没说。

过了一会儿,许放又像是无法克制般地趴在马桶上呕吐了起来。

许母带着刚到的家庭医生着急地走了过来。

林夕迟退了出去,出了许家,默默地把门关上。

脑海里全是刚刚的画面。

他在哭。

林兮迟是记得那天的。

她做的笔记比往常都要认真详尽，把许放的作业认认真真地叠起来放进书包里，想着他生病了也不能让他的成绩比别人的落一步。

可她把什么都准备好了，许放却不在。

他吐到休克，被送去医院了。

林兮迟在他家门口站了一会儿，沉默着回了家。那天晚上她像平时一样独自一个人写作业，写着写着眼泪就掉下来了。

然后她哽咽着拿出日记本，在上面写了一行字。

——希望这个世上的所有人，都不会生病。

她的笔尖一顿，红着眼继续写。

——特别是许放。

林兮迟从梦中醒来，心脏压抑得难受，眼眶涩得发疼。周围一片漆黑，天还没亮，还能听到舍友轻轻的打鼾声。

她拿着手机下了床，小心翼翼地走到阳台。

隔天，许放被闹钟吵醒。

他懒懒散散地把闹钟关掉，习惯性地看了眼时间，被手机的光线刺到，眉头皱了起来。点开微信，看到列表唯一一个置顶给他发了十几条消息。

许放疑惑地抬了抬眼，点进去看。

前面几条全是在骂他这人不可理喻，让她的名声变差，等等，看得许放起床气都出来了。他坐了起来，看着后面十几条语音，完全没有点开的想法。

许放揉了揉太阳穴，把声音调小了些，认命地点开了语音——

"屁屁对不起。

"对不起对不起。

"我今天不应该勒你脖子的，我也不应该跟老师说你就是要旷课，我不应该什么都跟你对着干。

"你眼角被人伤到,我不应该只带你去校医室,应该带你去医院才对。"

"对不起对不起对不起。"

说到最后,她号啕大哭了起来,像是为他哭丧一样:"对不起!屁屁你一定要长命百岁!求你了!!!"

"……"

其余三个舍友已经陆陆续续地起床了。

有人过来敲敲他的床,"咚咚"两声,示意他时间已经不早了。

许放低低地应了一声,在床上坐着,不知所措地抓了抓脑袋,随后表情古怪地在回复框上输入:你这一号我差点儿以为我在梦里猝死了。

他还没发出去,突然注意到语音条的发送时间。

凌晨三点半。

许放的指尖一顿,疑惑地盯着那个时间。

做噩梦?

很快,他把刚刚的话全部删掉,改成一个中规中矩的回答:知道了。

林兮迟属于那种很少哭,但一哭就基本停不下来的人。所以昨晚她哭出来后,在阳台蹲到差不多天亮才重新进了宿舍里。

除了昨晚最后忍不住喊出来的那句话,别的时候她都强行压抑着声音。

倒也没把舍友吵醒。

怕明早眼睛会肿,林兮迟还特地拿毛巾蘸了点热水来敷眼睛。

结果第二天眼睛虽然肿得不明显,但眼眶一圈还都是红的。因为睡眠不足,眼睛里还布满了血丝,她把妆容化得比平时浓了些依然遮不住那股憔悴。

林兮迟今天早上和下午都满课,晚上没有课,但八点半到十点有晚自习。晚自习结束后,还要到食堂跟体育部的人开一个小会。

除了下午下课到晚上八点半那段时间,其余时间都被排得满满的。

上午第一节课是专业课。

一般同一个宿舍的都是同班同专业的,所以除了选修课,林兮迟和舍友们的上课时间都是一样的。

四人一起出了门。

林兮迟起得晚，洗漱和化妆都匆匆忙忙的，到现在才有时间回想昨天半夜做的事情，就连她都觉得自己傻又神经兮兮的。

她不知道许放会有什么反应。

大概会说她有病吧？

林兮迟郁闷地打开微信看了眼。

她刚看到许放的消息，愣了下，还没来得及回复，画面立刻切换成来电显示的界面。

许放打来的。

林兮迟按了接听："喂？"

她的声线因为昨晚哭过，变得低哑了些，平时的朝气蓬勃荡然无存，就像是凋零的植物，恹恹的，没有半点儿生气。

许放大概也在去教学楼的途中，电话那头有些吵闹，都是人群的说话声。

听到她的声音，许放低低哼了声，单刀直入："昨晚梦到我死了？"

"……"林兮迟皱眉，"你说什么呢！"

"那你哭什么？"

想到昨天那样毫无仪态的大哭，林兮迟也有些难为情。她抿了抿唇，小声说："你打来干吗？……"

"没事。"许放顿了顿，无端道，"以后给我打电话。"

"什——"

林兮迟话没说完，就被许放的一句"挂了"中断。

她放下手机，呆滞地盯着退出通话界面的屏幕，完全没懂他刚刚的意思。

昨天那一梦，许放因为病痛而脆弱绝望的模样，大大地刺激了林兮迟的神经，导致她完全记不起许放现在健康而强壮的模样。

脑海里全是那时候骨瘦如柴的许放。

就这么想了一上午后，林兮迟在微信上约了许放一起吃晚饭。

林兮迟今天上的所有课都是必修课，所以从上午到下午都是宿舍四人行。

　　最后一节课下课后，林兮迟走出教学楼，一眼就看到站在左侧第一棵树下的许放。看到他那副精神的模样，她胸口的那股惆怅瞬间散去了不少，转头跟舍友道了别。

　　林兮迟走到他的面前，站定，双眼一眨不眨地看着他。

　　一开始许放还任由她盯，几十秒后，他忍不住抬手把她的脑袋往另一侧推，皱眉道："看个屁。"

　　林兮迟乖乖地把视线挪开，没回应，抬脚往食堂的方向走。

　　"走吧。"

　　得到这样的反应，许放非常猝不及防。如果是平时，按正常情况发展，林兮迟肯定会顶着一副正正经经的表情，指着他说："是啊。"

　　许放疑惑地盯着她的背影，跟在她的后边。

　　气氛低沉。

　　往常这种情况，一般是他走在前面，林兮迟跟在他身后，嘴巴一张一合，说着一大堆能把他气得直冷笑的话。

　　而今天，她这副仿佛在说"你怎样我都听话"的乖巧模样，居然让许放浑身难受又不自在。

　　许放先沉不住气了，语气略显烦躁："你喊我一起吃饭又不说话？"

　　"哦，那我说话。"林兮迟思忖了下，冷不丁开始输出，"许放，你的五官真的太完美了，从额头到下巴，你的眼睛，你的鼻子，你的嘴唇，无一处不是一个精致的艺术品。"

　　"……"

　　"还有你的身材，我从没见过有人有一副天神般的容貌的同时，居然还有这样的——"

　　许放立刻伸手捂住她的嘴巴，然后盯着自己手臂上的鸡皮疙瘩。

　　"你有病？"

　　林兮迟没答，眼睛一眨不眨地看着他。

　　"你给我正常点。"许放冷着脸地瞪了她一眼，把手松开，又心有余悸地补充了句，"再那么多废话你自己去吃。"

　　林兮迟也很无辜："不是你让我说话吗？"

　　"……"许放懒得理她。

"如果你要让我按平时那样说话，"林兮迟立刻摇头，"这是不可能的，我昨天已经发过誓了，我绝对不会再跟你对着干了。"

许放完全不知道她梦到了什么能让她有这么大的反应，皱着眉道："所以你之后都要这样跟我说话？"

"如果你不喜欢这种方式我可以换别的。"

"比如？"

"我可以委婉一点。"

"……"

林兮迟继续尬吹："许放，原本我觉得你身上的这件短袖真的好丑，但穿在你身上，我突然觉得不丑了。不，不是不丑了，我觉得，你的短袖可以去参加选美比赛。"

许放深吸了口气，决定从根源下手："你昨天做了什么梦？"

林兮迟顿了顿，想到那个画面，情绪又低落了，她也没隐瞒，诚实告知："梦到你初一的时候肠胃出问题，吐到休克被送去医院了。"

"然后你一醒来就这么折磨我？"

林兮迟被他这话噎到了："什么就折磨了？我夸你还不好？"

"你这样说话我起码少活二十年。"

"……"林兮迟顿了几秒，又抬了头，眼睛骨碌碌的，跟刚刚在教学楼外面的眼神一模一样。

正当许放想像刚刚那样把她的脑袋推开的时候。

林兮迟开了口，说："你长得好像个傻子。"

见许放的脸色再度变得阴沉了起来，林兮迟立刻厌了，弱弱地补了句："这不是贬义。"

许放："……"

许放晚上七点有篮球队训练，所以他下午五点就已经吃过饭了，此时也只是因为觉得听电话里林兮迟的情绪不太对才过来陪她吃饭。

他给林兮迟打了份饭，放在她面前，不耐烦地催促。

"赶紧吃，吃完赶紧走。"

林兮迟咬了口饭，含糊不清道："感觉我说什么你都不高兴。"

"知道就好。"

"那我……"

他冷着脸打断她:"吃饭。"

林兮迟坐在他对面,小声抱怨:"好不容易想对你好一次你都不接受。"

"……"

"你说你这人是不是有受虐倾向?"

许放垂眸玩着手机,没理她。

"我对你好你凶我,我骂你你也凶我,你说我们应该怎么相处?"

许放忍无可忍,抬头看她,突然开口说:"迟迟。"

林兮迟瞬间沉默。

他面无表情,语气毫无起伏:"可爱的迟迟。"

"……"

"沉鱼落雁,貌美如花,如花似玉的迟迟。"

"……"

这些话让林兮迟成倍地意识到自己先前的话存在多大的问题,她的担心显然也是多余了。

相比于她,许放的战斗力明显有过之而无不及。

接下来的时间,林兮迟不敢再去招惹他,生怕他又突然发神经。她低头默默啃着饭,很快就把一盘东西解决干净。

许放把手机收了起来,瞥了她一眼:"吃完了?"

"嗯。"

"那走了。"

两人走出食堂。

距离晚自习还有一个小时左右。

这个时间很尴尬,回宿舍又嫌麻烦,先去自习室又嫌早,林兮迟思来想去,干脆跟着许放一起去了篮球场。

学校的篮球场有室内和露天之分。

许放带她去的是体育馆的方向,而非上次林兮迟遇到他的那个篮球场。

露天篮球场多是供学生运动使用,而校篮球队的训练基本都在体育馆里，主要是怕恶劣天气影响训练。

"对了，"林兮迟转头问他，"屁屁，你怎么会加入篮球队？"

许放随口道："无聊。"

"但国防生不是每周都要训练三次吗？周一还要出早操。"

"嗯。"

"那加上篮球队的训练，你不是几乎每天都要训练了？"

"大概吧。"

"唉，"林兮迟同情地看着他，"我感觉你的生活只剩下训练了。"

闻言，许放又看了她一眼，语气悠闲："还有别的。"

"什么？"

"钱。"

"……"

体育馆离食堂的距离并不远，走过去大约十分钟的路程。

林兮迟来学校也差不多一个月了，去体育馆的次数却寥寥无几，除了之前来这儿领过军训服，便是因军训其中一天下雨，临时跑到这儿避雨。

体育馆内，木质的地板油亮有光泽，一群穿白色球服的少年站在中间，看台处零零散散地坐着几个女生。

把林兮迟带到看台，许放翻出自己的球服，而后把书包往她怀里一扔："我去换衣服。"

林兮迟"哦"了一声，把他的书包放在旁边的椅子上，拿出手机看了眼时间。

现在还不到七点半。

晚自习八点半开始，一直到十点才结束。每个系的自习时间不一定相同，要看辅导员怎么安排，一个星期两三次。

盘算了下时间，林兮迟决定八点再动身去自习室。

恰在此时，许放也换好衣服回来了。他的身材高大又挺拔，被军训晒黑的皮肤稍稍白回来了些，但看起来依然是十分硬朗阳刚的小麦色。

许放把装着衣服的袋子扔到他的书包上边，手上拿着一瓶不知从哪儿拿的水，默不作声地递给林兮迟。

林兮迟接过，正想问这水是给她喝的还是让她帮忙拿着的时候，身后有人轻轻拍了下她的肩膀。

她回头。

是一个意料之外的人。

辛梓丹。

不知从何时开始，她就坐在林兮迟的位置后边，脸颊红扑扑的，浓密的睫毛扑扇着，略带惊喜道："迟迟你也在这儿呀？"

林兮迟也有些惊讶："你怎么来体育馆了？"

"就想过来看看篮球队训练。"

许放站在一旁漠不关心地听她们说话，过了几秒，他轻"啧"了声，催促道："快点。"

林兮迟回头，疑惑道："什么？"

他指了指林兮迟手中的水，趾高气扬道："开。"

"……"林兮迟无语了，"你自己不会开吗？"

话是这样说，但林兮迟还是十分听话地拧开瓶盖，递给他。

许放十分理所当然地接过，喝了一口后，缓缓地问："你几点去晚自习？"

"我八点就过去。"

身前和身后都有认识的人。

林兮迟一人无法兼顾二人，只跟许放说话又怕辛梓丹尴尬。想起还没跟许放介绍过自己的舍友，她便回头指了指辛梓丹："屁屁，这是我舍友，叫辛梓丹。"

辛梓丹很小声地说了句："你好。"

许放礼貌颔首，神色淡淡，完全没有要自我介绍一番的意思。

虽然知道辛梓丹早已知道许放的名字，但林兮迟还是象征性地跟她介绍了下："这是我朋友，许放。"

说到这儿，林兮迟偷偷看了许放一眼，见他横过来的眼神，她又放大了胆子，补充道："放屁的放。"

似乎是猜到她会这样，许放扯了扯嘴角，也懒得跟她计较。

他把水瓶扔进书包开着的口里，另一只手用力揉着她的脑袋，用听不出情绪的语气说:"胆子真的越来越肥。"

林兮迟用力把他的手扯开,听到这话后,表情理所当然又欠打。

"人吃不肥啊,只能把希望寄托在胆子上了。"

之后许放便过去集合了,林兮迟看着他站在最后一排。老师点名报数后,他带着一群人绕着篮球场的边缘跑圈热身。

像是有花不完的精力。

晚上八点一到,她和辛梓丹准时出了体育馆。

林兮迟看了眼体育部的群,在里边说着话:我十点下晚自习,然后就过去。

她把手机放回兜里,抄了条小道往教学楼走。

夜空格外明亮,空气也比平时清凉了不少。晚风轻轻吹,树枝摇曳着,路灯的罩子里有不知名的虫子在飞舞。

辛梓丹站在她旁边,突然问:"迟迟,你平时跟男生就那样相处的吗?"

林兮迟一愣:"什么那样相处?"

"就刚刚。"她笑了笑,声音依然软软的,听不出什么恶意,"感觉你跟你朋友那样好亲密呀。"

林兮迟不知道她为什么会有这种想法,越听越不对劲:"你不要感觉。"

辛梓丹眨眨眼:"啊?"

"我跟他就是很亲密啊。"

"……"

不知怎的,说了那话之后,林兮迟感觉周围的气压似乎瞬间就低了下来。但回头看辛梓丹的表情,也不觉得她像是在不高兴。

林兮迟没想太多。

下了晚自习。

林兮迟快步走到离教学楼最近的 A 食堂,在角落的一桌找到了同部门的人。

人还没来齐,所以于泽也没急着说会议的内容。一群人热闹地聊着各种不相干的事情。

林兮迟找了个空位坐下，旁边是副部长温静静，而对面则是何儒梁和叶绍文两人。

何儒梁神色淡淡，低眼打着游戏。

看了他一会儿，林兮迟突然有些不理解他的行为。

这么喜欢打游戏为什么还要来参加体育部？……

这不是浪费了他打游戏的时间吗？

叶绍文像是默契地听到了她的心声，毫无顾忌地问："梁哥，你这么喜欢打游戏，怎么会来加入部门啊？"

何儒梁的手指在屏幕上飞快敲打着，没回答。

倒是温静静主动说话了："他和于泽是室友。"

叶绍文："啊？跟部长？"

温静静："是啊。"

叶绍文顿时明白过来，拍了拍何儒梁的肩膀，不放弃任何拍马屁亲近他的机会："梁哥，我就知道，你这种打游戏的大神一定特别有义气！舍友随意一句请求，就愿意赴汤蹈火、在所不辞地抛弃自己的游戏时间，义无反顾地加入他的部门。"

"不是的。"温静静微笑着拆台，说明实情，"你们部长是用游戏装备换的，他觉得何儒梁可以帮他招到很多干事，所以叫他过来，结果他就招了一个。"

一个？

怎么感觉……

林兮迟犹疑地看向温静静。

"呃哈哈，一个啊……"完全猜错，叶绍文有些窘，硬着头皮力挽狂澜，"所以是哪个面子这么大，成了我们梁哥唯一看上的干事？"

听到这话，何儒梁终于抬了眼，慢悠悠地说："只有那个好骗。"

林兮迟："……"

他是压根就忘了那个人就是她了吧？

本以为自己是因为人格魅力被招进体育部的，现实却是因为区区一件游戏装备，林兮迟为此情绪低落了几分钟。

很快她便恢复了情绪。

但经过此事，看着并肩坐在一起的何儒梁和叶绍文，林兮迟居然觉得平时总拿她当炮灰的叶绍文反而顺眼了些。

人到齐后。

于泽站了起来,开始跟他们说今天会议的主题:"是这样的,你们进部门的第一个活动来了。下周要举办个新生篮球赛,这是每届大一都有的活动,时间大概是从16日到18日,这三天的下午两点半到六点半。"

"是不同班级比赛?"

"不是,一个院组一个球队,这个我们暂时先不用管,到时候通知各个院学生会体育部,那边会把名单交给我们的。"

"那不是也很多……学校好像有三十多个院系吧?"

"六个学部,学部之间比赛,除了工学部的院系多了些,别的都还好。"于泽拍了拍手,"总之我就是先给你们个提醒,接下来的时间会很忙,大家加油!"

时间也不早了,于泽又啰唆了几句,强调策划书要在两天内赶出来。所以接下来的两天,晚上七点之后有空的干事直接带着电脑过来这边集合。

众人点点头,便都回了宿舍。

因为昨天没睡好,林兮迟洗完澡就回床补眠。一晚过去,便将失去的精神都补足了。

隔天有解剖实验课。为了给学生一个心理缓冲,老师第一节课布置的内容是解剖死掉的环毛蚓,就是一条很大的蚯蚓。

学这个专业之前,林兮迟已经了解过,早就已经做好心理准备了,所以看到面前那条比自己手指还粗的蚯蚓,她的脸色也没有什么变化。

聂悦开始哀号了:"哎,我现在转专业还来得及吗?"

陈涵很狠心:"那也得等你解剖完这次才能转。"

林兮迟抿着唇笑了,拿着解剖剪沿着环毛蚓的背部略偏离背中线的位置剪开。她按着老师的提醒和脑海里的印象,一个一个步骤地往下做。

很快,林兮迟就解剖完了。

她看着蜡盘上被肢解的蚯蚓,格外有成就感。

头一个想起的就是许放。

林兮迟到一旁洗了洗手,趁老师的目光放在别的同学身上时,偷偷把自己的成果拍了照，发给许放。

林兮迟：我好开心啊！

林兮迟：我第一次解剖的成果！真的！太！好看！了！

林兮迟：给你看！

图片上，一条巨型的蚯蚓被切开，几处被解剖针定形，露出里边不知是何物的淡黄色囊包还有深紫的内部，看起来黏糊糊的。

十分恶心。

正打算吃早饭的许放："……"

见许放一直盯着手机，坐在他旁边的舍友余同忍不住凑过来看，羡慕道："有女朋友就是不一样，一天二十四小时看着手机……"

还没说完，他猛地看到了屏幕上的内容，下意识骂道："这什么玩意儿？"

许放的眉眼一挑，没说什么，把手机屏幕关掉，扣在桌面上，面不改色地吃起面前的牛肉面。

余同也望向自己面前的早饭，胃里一阵波涛汹涌，喉间似乎有东西不断向上涌。他转头看向许放，手指颤抖着，不可置信道："你就这么吃了？"

许放筷子没停，眼也没抬，对他这种暗示不为所动。

"你想吃自己去打。"

"……"余同被他说得一愣，咋咋呼呼道，"不是！我说你那图看了那么久，你不觉得恶心吗？！"

闻言，许放反应过来，顿了下，意味深长地"啊"了一声，又拿起了手机，给林兮迟发了句：好看。

余同："……"

原谅他不懂恋爱的世界。

没多久，许放又补充了两个字：个屁。

看到这两个字，余同的表情才稍微满意些，但他又摇摇头，教育道："你的语气应该要再愤怒一些，不然她下次还会给你发。"

许放没动静，只是淡淡道："知道。"

吃完晚饭后，林兮迟先回了宿舍一趟，把书都放回宿舍里。不知道部门那边几点才能走,她干脆先洗了个澡,才出了门。

晚上七点,食堂的人流量已经变少了很多,分成好几个区域的座位只零散地坐着几对人。

林兮迟走到昨晚开会的位置。

此时只来了五个人,分别是于泽和何儒梁,还有部门的另外三个女生。三个女生坐成一排,于泽和何儒梁坐在她们对面。

没别的位置,林兮迟只好走过去坐到何儒梁的旁边。

几人打了声招呼,随后又继续讨论着篮球赛的纪律和流程等。

于泽摆弄着他面前的电脑,翻出上一届新生篮球赛的策划书给他们看:"大体流程是差不多的,所以这个策划书其实挺好弄。"

林兮迟打开了电脑。

何儒梁也一反常态,很正经地敲打着电脑,开始写活动的主题。其他人也分着工,还没等人来齐,策划书便差不多完成了。

有好几个人晚上有课还有晚自习,一直到十点,整个部门的人才到齐。

之后于泽便开始分配任务:"宣传和场地这些别的部门来负责。学校总共六个学部,我们有十三个人,刚好分成六组,每组两个人。因为工学部的院系多,所以三个人。"

"那就我和阿朋负责信息学部。"

"你们温部长就跟……"

……

"所以工学部就,迟迟、阿梁还有绍文三个人吧。"

工学部总共有八个院系,林兮迟负责两个院系,其余两人刚好分别去负责剩下的六个院系。

林兮迟负责的是建筑工程、材料科学与工程这两个院系,报名表已经交上来了,每个球队的人数限定在七到十五人。

工学部男生多,所以两个院系的报名表被填得满当当的,都是刚好十五人。

林兮迟开了个文档,把这些人的资料全部录入电脑中。录入建筑工程学院队的资料时,她发现名单上的第三个就是许放。

她眨了眨眼，低头给许放发了条消息：你参加新生篮球赛了啊？

许放回得很快：嗯。

林兮迟：那你知道冠军的球队奖品是什么吗？

许放：不知道。

林兮迟：球队每人一辆自行车！我看过了！超帅的！

林兮迟：屁屁，你要是赢了就把奖品送给我吧。

许放：嗯。

许放：不送。

"……"

此时几个舍友都还在睡午觉。

林兮迟也懒得骂许放了，她丢开手机，把刚录好的资料确认一遍后，发给了何儒梁。之后便是联系各院系的体育部，让他们派一个人过来抽签。

等抽完签才能继续剩下的工作。

因为下午还有体育课，林兮迟便在桌上趴着休息了一会儿。

林兮迟的课表本来是随便选的，后来为了方便，把一部分调成了跟舍友的课相同时间的。就比如体育课，四人都选在了周四下午的时间。

大一上学期的体育课是体验课，就是把各种运动都尝试一遍，到第二个学期再正式选自己感兴趣的项目。

上课场地在操场，周围没有阴凉的地方。下午的太阳依旧很大，一时间几乎让林兮迟以为回到了军训的时候。

体育老师直接选了个子最高的男生当体育委员，确认人齐之后便让体育委员带着他们跑两圈热身。

这节课学的是足球。

老师把五十个人的班级按男女五五比例随机分配，分成了五支球队。将人工草地分成好几块，每个球队就在各自的区域里边活动。

因为几乎每种运动都要尝试一遍，老师讲得也不算正式，管得也松，所以听进去的人很少。

草地上，基本都是一群人追着一颗球在瞎跑。

林兮迟刚好和聂悦分到了一组，她跑在队伍外面，也不好意思去抢别人的球,所以她基本没有碰到过球。不过她也没什么兴趣,后来干脆站在旁边看。

最后还是聂悦把她喊了过去:"迟迟!来一起玩呀!"

此时,大多数的人热情都已经散去,有些人甚至直接回到看台去喝水休息。

聂悦把球递给她,笑眯眯地说:"我们来打赌吧,赌一顿饭!我当守门员,我接到球你请我吃饭,没接到我请你。"

林兮迟想了想,摇头:"我当守门员吧。"

"也行,不过你要小心一点儿别摔了。"聂悦嘱咐道,"在人工草地上摔跤可疼了,我就摔过一次。"

林兮迟应了声"好",也来了兴致,小跑到球门前。

她正想让聂悦开始的时候,突然分了神,意外地注意到往这边走的许放。此时他的旁边跟着一个男生,两人不知过来做什么。

也不知道他是什么时候来的。

林兮迟的注意力往那边放了一会儿,余光瞥见一颗球朝她的方向飞来,她的呼吸一滞,下意识地往旁边躲,结果不小心左脚绊到右脚,摔到了地上。

还真如聂悦所说,是有点儿疼。

所幸因为今天上体育课,林兮迟特意穿了长裤,所以现在也只有手肘的部位被擦破了皮,疼得发麻。

林兮迟下意识往聂悦的方向望去,发现球还在她脚边。

不远处有个男生跑了过来,想把林兮迟拉起来,他的脸上带着歉意:"对不起啊,不小心踢到这边了。"

看到她摔了,聂悦也跑了过来,着急地把她扶起来,说话都磕巴了:"怎么突然摔了……我都没反应过来……"

林兮迟把手肘抬起来看了看。

皮都被蹭破了,露出里边泛着血丝的肉。看上去是有些可怕。

摔都摔了,林兮迟转头看向那个男生,也没多指责:"以后踢球注意点。"

她刚想对聂悦说"陪我去趟校医室吧"时,手臂就被人握着抬了起来。微凉的触感,力道不算重。

林兮迟转头,就见许放抿着唇,表情非常不豫。随后,他扭头看了眼那个男生,双眼黑漆漆的,深邃不见底,身上散发着十分可怕的气息。

看着像是下一刻就要把他打死一样。

那个男生表情也有些畏惧。

林兮迟刚想喊他一声,让他收敛一下脾气,就被他默不作声地扯着往外走。她不是怕疼的人,所以也没什么想抱怨的,好奇道:"你来操场干吗?"

"……"

"你不是没体育课吗?"

"……"

"你今天不会说话吗?"

"林兮迟。"

"干吗?"

许放憋着的火气瞬间爆发,语气冒着火:"那球那么大个儿你看不到?"

林兮迟很诚实:"不是,我就是看到了才……"

许放打断她:"下次给我戴眼镜上课。"

林兮迟:"我戴了隐形……"

再次打断:"下节课还是足球课?"

林兮迟想了想:"应该是吧。"

他冷冷地看过来一眼:"我下周会过来看你有没有戴眼镜。"

林兮迟:?

察觉他似乎是真的有些生气,林兮迟没再跟他犟嘴。

没走几步路,许放松开了林兮迟的手腕,自顾自地往前走。林兮迟纳闷儿地盯着他背影,也没追上去。

可能是嫌她走得慢,许放又折回来扯着她快速往前走。

林兮迟比他矮了一大截,腿也比他的短了一大截,到后来几乎是跟在他后头跑。

很快,许放似乎是注意到了,回头看她,皱眉道:"你跑什么?"

"……"林兮迟喘着气,听到这话时,她用一种十分诡异的眼神看着他,随后微微一笑,"我锻炼身体啊。"

许放又看了她一会儿,没再说什么,把脑袋转了回去,继续向前走。速度丝毫没有减慢。

林兮迟:"……"

校外有一家社区医院,坐车过去大概十分钟。

两人出来得急,都没有带身份证,所幸社区医院不需要身份证,报个身份证号码就可以了。

许放去帮林兮迟挂了号。

伤口虽然不算特别深,但在人工草地上摔伤,沾染的细菌多,保险起见,许放还是让林兮迟打了个破伤风针。

临走前,医生给她开了涂抹伤口的药,还嘱咐她忌辛辣刺激性食物。

林兮迟边看着手肘上的纱布,边道:"既然出来外面了,我们就去吃麻辣火锅吧。"

许放跟在她旁边,漫不经心地应了一声。

"嗯。"

听到他肯定的回答,林兮迟兴奋地掰着手指开始数想吃的东西:"那等会儿要三盘肥牛吧……哦你也要吃,那就四盘。然后我还想吃鲜贝、虾,还有——"

还没等她说完,许放便拐了个弯,走进了一家店里。

林兮迟顿住,刚刚想说的内容也忘了,愣愣地抬头看着面前的招牌。

——福建砂锅粥店。

"……"

林兮迟原本高涨的情绪立刻低落下来,认命地走进去。

店里的装修是中式风,木质的墙壁上挂着水彩画和毛笔字,米色的大理石地板,中间是一块大理石制成的长方体,上边摆着许多植物盆栽。

再往里走,还有两个用玻璃门隔开的小隔间。

两人随意在大厅找了个位置坐下。

"这里一锅粥一百块钱。"林兮迟翻了翻菜单,"去隔壁吃个麻辣火锅三百块钱,我知道了,你就是想省这两百块钱。"

许放眼都懒得抬。

"因为这两百块钱。"林兮迟表情沉重,继续道,"你可能会失去一个跟你出生入死的好朋友。"

"……"

"你觉得值吗？"

"嗯。"

"……"林兮迟闭嘴了。

砂锅粥一锅端上来，许放给林兮迟装了一碗，放在她的面前。

林兮迟用勺子翻着粥降温，似乎对这顿晚饭很满意，她的眼神一下子就亮了起来。

看着她的表情，许放敛眸，浅浅地扯了下嘴角。

没过多久，许放想起一件事情："明天下午我可能要回趟家，你要不要一起回去？"

闻言，林兮迟抬头："啊？你回家干吗？"

许放面无表情地看着她："我妈一天给我打十次电话，因为她觉得我眼角的伤严重到要缝针。"

"……"

"而且周一中秋节。"见她没什么反应，许放又问了一遍，"回不回？"

林兮迟垂头喝粥，含糊不清道："不回了吧。"

他也没再说什么，漆黑的眼直视着她，淡淡道："行。"

大学英语一周有两节课，所以隔天下午第一节又是闫志斌的课。

因为已经固定了座位，林兮迟本不急着出门，但辛梓丹早早地就已经收拾好了东西，站在旁边等她。

林兮迟也不好意思让她等，迅速地拿了书，两人一起出了门。

路上，两人并肩走着。

"对了迟迟，"辛梓丹主动提出话题，"我之前听你说，你家好像也住在溪城，是吗？"

林兮迟点头："是呀。"

"那你等会儿回家吗？"

"不回了。"林兮迟随便找了个借口，"部门有点儿事。"

辛梓丹顿了顿，笑道："怎么你们中秋都不回家呀？"

"也不是。"林兮迟说，"聂悦就要回去啊，还有我朋友也要回去。"

"聂悦明天才回，你那个朋友呢？"

林兮迟回想了下，不太确定道："应该是等会儿下课就走了吧……不过你问这个做什么？"

辛梓丹的眼睛弯弯，嘴角翘起一个浅浅的弧度："我就随便问一下啦。"

林兮迟没太在意，也没多问。

因为来得早，教室里的人很少，就连讲台都是空荡荡的。

老师还没到。

不过坐在林兮迟前面的叶绍文倒是来了，穿着大红色的短袖，此时正趴在桌子上睡觉。

听到动静，他一下子就坐了起来，转头一看，十分热情地跟她打了声招呼。随后看向辛梓丹，骚气地眨了下左眼："同学，你好啊。"

跟他见过好几次，在微信群里偶尔也会聊一下，林兮迟已经十分了解他的人设，就是一个十足的傻白甜。她对他的印象还算好，也打了声招呼回去。

辛梓丹小声回："你好。"

叶绍文把头转了回去，对林兮迟说："对了，一会儿一起去超市外的帐篷吧，我跟其他院系的体育部联系好了，三点四十在那儿等，然后抽签安排比赛顺序。"

林兮迟："成。"

其他同学陆陆续续地进入教室，基本都在上课铃响之前进入了教室。

许放这次也来得早，不像以往那样，总是踩着铃声进来。他抬眼一看，看到正转身跟林兮迟说话的叶绍文，脚步也没停，平静地走过来。

许放把课本放在桌上，抬起眼睫看了林兮迟一眼，算是打了招呼。

倒是叶绍文格外热情，立刻把脸凑到许放的面前："嗨！朋友——"

许放低着眼看手机，没理他。

叶绍文继续道："我上次在操场看到你了，我觉得你拒绝女生跟你要微信号的时候表情特别帅，我也想学学。"

林兮迟："……"

叶绍文十分期待："你能不能教教我？"
闻言，许放抬了眸，神情平静认真。
"不会有人跟你要的。"
"……"
许放："所以不用学。"
"……"
叶绍文转了回去，没再说话。
林兮迟趴在桌上眨眨眼，眼珠子骨碌碌地转着，视线从许放的身上转到叶绍文的身上，十分好奇叶绍文是哪里惹到许放了。

上课后，林兮迟戴上眼镜，翻出一捆不同颜色的水笔，分了几支给许放，嘱咐他要好好听课，随后便认真地看向老师。

林兮迟昨天摔伤的位置是左手肘，恰好对着许放的那边。

而且她写字的姿势是，背部挺直，左手的小臂平放在桌上，另一只手拿着笔微微弯曲。

所以她受伤的部位偶尔会碰到许放的手肘。

隔着一层纱布并没有什么感觉，林兮迟也没有故意躲闪。

但后来，许放似乎是太久没握笔了，字没写几个手就泛酸，他便抬起手，想要甩一下舒缓一下酸意。

然后他的手肘就顺着他抬手的姿势重重地戳在林兮迟的伤口上。

林兮迟完全没有防备，轻轻闷哼了一声，立刻放下笔，用右手捂着伤口，不可置信地瞪他。

许放也愣了下，视线怔怔地，从她的眼睛移到了她手肘的位置，喉结滚了滚，一时竟不知道该说什么。

林兮迟盯着他，很肯定地说："你故意的。"

许放瞥了她一眼，没说话。

林兮迟继续道："你这人真的心肠歹毒。"

"……"

林兮迟骂完之后，心情舒畅，继续做笔记。写了一段时间之后，她突然觉得有点儿不习惯了，左手手肘的位置好像一直没再碰到许放。

想到这儿，林兮迟转头望去。

就见此时许放只坐了左侧半张椅子的位置，写字时右臂很刻意地往内收，神情十分难看。注意到林兮迟的视线，他也望了过来。

许放冷哼一声，什么都没说便继续低头做笔记。

下课后，林兮迟跟许放和辛梓丹道了别，便跟叶绍文从左侧的楼梯走了。

许放收拾好东西，看了看时间，也抬脚往外走。

下课的时间，周围人头攒动，全是学生，密密麻麻的，连走一步路都要等前面的人先走才能继续往前走。

许放也不着急，慢条斯理地走出了教学楼。

东二教学楼边有一条小道通往校外，周围种植了很多树，绿荫凉凉，空气里飘着淡淡的栀子花香气。

许放往前走。

突然听到身后一道略显怯懦的女声，喊他："许放……"

许放回头。

是一个个子矮矮小小的女生，及肩的黑发，巴掌大的小脸，一双黑漆漆的眼明亮有神，脸上带着浅浅的红晕。

他一时想不起这是谁，疑惑地抬了抬眼。

女生抿了抿唇，小声说："听迟迟说……"

哦，林兮迟的那个舍友。

"你家也在溪城？"女生抬眼，期待地看他，磕磕巴巴地说，"本来我跟迟迟说好一起回家的，但她临时不回了……刚好你也要回，她就让我跟你一起回去……"

许放默不作声地看着她。

持续的沉默让辛梓丹十分紧张："就、就我不太懂怎么回去……"

"你等等。"许放开了口，慢悠悠地拿起手机，轻轻说：

"我问一下。"

动物医学①班

Chapter 4：
独一无二

叶绍文带了一副牌，从里边抽出八张，四种花色各两张。让每个院系的人抽取一张，抽到同样花色的分成一组。

抽完之后，一行人按花色报了系名，林兮迟拿本子记录下来。

接到电话时，林兮迟正在写最后一个院系的名字，她侧头瞥了一眼，是许放。她也没急着接，对面前的女生笑了下："可以了，谢谢。"

随后才放下笔，接起了电话："干吗？"

电话那头带着窸窸窣窣的声音，有些吵闹。

许放的声音微微压低，顺着电流传来，语气隐晦不明："我一个人回去？"

闻言，林兮迟极其无语："你打过来就问这？"

"嗯。"

"那难不成还要我送你回去？"

"……"

许放的沉默让林兮迟直接当成默认。

她皱着眉，教训道："都多大年纪了，回个家还要人……"

林兮迟的话还没说完，电话就被挂断了，耳边传来冰冷的"嘟嘟"声。她一脸莫名其妙，放下手机。

叶绍文在一旁看到她这副模样，同情道："那个是你男朋友？"

林兮迟盯着他，过了半晌才惊悚道："你为什么会有这么恐怖的想法？"

"……"

另一边。

许放把贴在耳边的手机放下,表情没什么变化,轻轻淡淡道:"你可能是记错了,好像没有这回事。"

辛梓丹浑身僵硬,脑袋低着,眼眶发红,里头渐渐盈满水光。

方才许放是走到一旁打的电话,所以她也不知道他跟林兮迟说了什么。

在等待的时间里,辛梓丹一直想着要走,叫自己不要丢人现眼了,但又抱着那么一点点小的希望继续等着。

她之前跟林兮迟提过许放的吧……

林兮迟应该能懂吧……

可结果并没有像她所希望的那样,而是和理应的走向一致,谎言被毫不留情地拆穿。

林兮迟没有帮她。

此时,尽管对方没说什么侮辱性的话。

辛梓丹依然觉得被人羞辱到了极点,她努力想张嘴,却不知道该如何解释才能挽回局面。

许放似是完全没把这当成一回事,没再多说一句,便绕过她离开了。

叶绍文之后和班里的人还有聚餐,两人各自散去。

林兮迟不想晚上再出来一次,干脆绕路到食堂。想起聂悦和辛梓丹都回家了,她便给陈涵发了条微信:小涵,我现在在食堂,要给你打饭吗?

陈涵:不用啦,我今晚部门聚会。

陈涵:可能会比较晚回宿舍。

看到这话,林兮迟回了个"好",到其中一个窗口打了个套餐饭便往外走。

路上,她突然想到生活费的事情。

怕许放回家后浪翻天,完全不搭理她,任她在学校饿死也没有任何声息,林兮迟立刻上微信找他:屁屁,给我三天生活费。

想了想,她补充道:过节,给多一点儿吧。

这次许放给钱给得十分爽快,直接转了一千块钱过来。

林兮迟看到金额之后，不可置信地瞪大眼，忍不住在原地蹦跶了一下。她正想打个电话把许放夸上天的时候，手机铃声响了。

来电显示：妈妈。

林兮迟唇边的笑容一滞，顿了几秒后才接起。她继续往宿舍的方向走，语气不自觉上扬，听不出异样："妈，找我什么事呀？"

"迟迟。"女人的声音温婉，语气带了点疲惫，"中秋回不回家？"

"应该不回吧，我加入了学生会部门，有点儿事情。"林兮迟踢着地上的石子，翘着唇，"而且也才三天，就懒得回去。"

"唉，刚刚出门遇到你许阿姨了，听她说许放今天要回家。"林母有些遗憾，"我还以为你会跟他一起回来。"

"我有事嘛……"

母女俩许久没有聊过天，此时有一搭没一搭地聊着，时间过得也快。

没听到其他动静，林兮迟一直绷着的那根神经也渐渐放松下来，高兴地跟她说着最近发生的事情。

很快便走到了宿舍门前。

林兮迟从包里拿出钥匙，边把钥匙插进门锁里，边说："妈，我到宿舍了。那先不说了，我先吃个晚饭，中秋……"

她的话还没说完，电话那头传来一阵刺耳的瓷器破碎的声音，随后，是电话碰撞着东西发出的撞击声，以及其他不明的声响。

再之后，是一个女生在哭喊着："我不吃这个——"

林兮迟的呼吸一滞。

远远地，她能听见林母走过去的脚步，以及对那个女生的轻哄声，听起来温柔又焦虑，十分有耐心。

可女生的情绪半分没减轻，声音尖锐可怕，几乎是在嘶吼："你又在打电话！我生病了你都不关心我——你是不是又在跟她打电话！她怎么这么烦啊——"

林兮迟打开了门，听着电话那头不断传来的尖叫声，以及对她铺天盖地的恶意。她眨了眨眼，定在原地，很轻很轻地把话说完。

"中秋节快乐。"

林兮迟进了宿舍，里头空荡荡的，除了她没别的人。

可映入眼里的画面却是如刚刚在电话里听到的一样，瓷器破碎。在她的椅子后面，水和碎片四溅，一地的狼藉。

那是之前有一次，她跟许放在校外买的杯子。

林兮迟怔怔地盯着地板，沉默地蹲了下来。她抿着唇，伸手把大块的碎片捡起来，脑海里一片混沌，充斥着回忆里不同人对她说过的话。

是林母在说："迟迟……你能不能先去你外公家住一段时间？"

是林父一脸忧愁，希望她能谅解："你想不想去国外读大学？"

是那个人恶狠狠地对她说："我警告你，假期不要回来，看到你就恶心。"

都不想让她回去。

最后，是她那个向来飞扬跋扈的妹妹，头一回不与她作对，站在她的身前，对着父母哭到嘶哑，吼道："你们凭什么这样对我姐！我告诉你们——"

林兮迟猛地把手中的碎片扔回地上，眼泪毫无预兆地落下。像是找到了宣泄的出口，她用手背挡着眼睛，声音呜咽着。

"谁弄的啊……"

给林兮迟转了钱，一直到晚上，许放都没再收到她的回复。之后再想到这个忘恩负义的家伙，他就火大。

晚饭时间，许放下了楼。

因为他一个月没回过家，许母特地做了满满当当一大桌的菜。见他下来了，连忙露出个笑脸，喊他出来吃饭。

许放正想过去，坐在客厅的许父也喊他了："儿子，过来。"

闻声，许放恹恹地换了个方向，往客厅的方向走去。

许父指了指面前的茶几："你把这东西送你林叔叔家去吧，我这忙几天给忘了。刚好迟迟没回来，你就跟他们说一些你们在学校的事情吧。"

许放低头一看，茶几上放着好几个礼品袋，里头放着月饼、茶叶和红酒。他抿了抿唇，脸色瞬间难看了，走回餐桌："不去。"

许父立刻坐直了，瞪眼："你不去？"

听到外头的动静，许母拿着锅铲从厨房里走了出来，也瞪眼了："你在凶谁？"

"多大点儿事。"许父气焰全消，拿起礼品袋往外走，"儿子不去我去，我去成吧？"

"……"

想到隔壁那家，许放的心情又差了不少，晚饭也吃得心不在焉的，心里总有种不好的预感。

吃完饭后，许放被也从学校回来的蒋正旭约出去喝酒。他回房间换了身衣服，坐在床上，漫不经心地把玩着手机。

蒋正旭又打电话来催。

许放立刻摁断，抓了抓脑袋，拨通了林兮迟的电话。

响了十几声，没接。

许放按捺着脾气，继续打。

就这么打了五六次之后，林兮迟才接起了电话。她那边很吵，震耳欲聋的音乐声，让许放完全听不清她的声音。

很快，音乐声没了。

电话那头传来林兮迟的声音，带着重重的鼻音，迷迷糊糊地："唔？"

这样的语气让许放的脾气顿时烟消云散，他软下声音，不怎么确定地问："你在睡觉？"

"没有。"林兮迟说话的语速很慢，听起来呆呆的，"我也回溪城了，我有点儿想回来，就回来了。"

这个答案是出乎他的意料的。

许放顿了一下，才道："你在哪儿？"

林兮迟答非所问，迷迷糊糊的："外公睡得早，现在太晚了，我不能去吵他。"

"……"

等了一会儿。

似乎是一直没等到他说话，林兮迟又开了口。

"你打给我干吗？……"

许放闭了闭眼，声音带了火气，重新问了一次。

"你现在在哪儿？"

听到他的这句话，林兮迟吸了吸鼻子，声音停住，一段时间的空白像是在思考，很快便挂断了电话。

动作十分干脆果断，丝毫没有考虑对面人的感受。

"……"许放摸了摸眉心，站了起来，单手掐着腰，表情如同山雨欲来。他深吸了口气，刚要打回去，手机振动了下。

林兮迟给他发了张图片。

图上是一个昏暗的包厢，中央放置着一个显示屏，停留在某句歌词上，入镜的还有玻璃茶几上七零八落的几瓶酒。

许放几乎是立刻就认出是在哪儿了。

家附近的KTV。

以前跟同学出去玩的时候，他们一行人就经常来这一家。

许放又看了几秒确认，立刻出了门。

因为林兮迟没给他包厢号，许放到前台问了下，服务生看他这副黑着脸的模样，以为是寻仇的，也不敢随意地告诉他。

看着他一直支支吾吾的模样，许放没了耐心，直接进去一个一个包厢地找。

最后在一个小房间里找到林兮迟。

一推开门，是震耳欲聋的音乐声和扑面而来的酒气。玻璃茶几旁放着一个黑色的酒桶，里面的罐装啤酒只剩两罐，地上还有洒出来的酒。

林兮迟坐在沙发的小角落，眼睫低垂，脸蛋在这光线不足的房间里显得影影绰绰。

许放冷着脸，把灯开到最亮，随后走到点歌机前，把音乐关掉。

灯一亮，林兮迟立刻警惕地抬起眼，因为近视，她眯了眯眼，很快就把他认了出来，眼睛一弯，笑嘻嘻地说："哇，屁屁来了。"

他对她堆起的笑脸不为所动："起来。"

林兮迟没动，杏眼圆而大，眼睫扑扇着，无辜地盯着他，似乎对他的火气很是不解。

"你知道现在几点？"许放也定定地看着她，乌黑的双眸如墨，话里冒着火，"你不是不回来？回来了就泡KTV？你有病吧。"

她依然盯着他，脑袋还歪了一下，像是听不懂他在说什么。

许放更加火大。

一个女生自己孤身在这儿,说什么都听不懂,不哭也不闹,乖巧得像只猫,就不怕有居心叵测的人进来?

许放强迫自己冷静下来,走过去站在林兮迟的面前,压着火气。

"我再说一次,起来。"

林兮迟依然瞪圆着眼睛盯着他,像是在跟他僵持不下,谁都不肯先退让。

她的眼睛眨了一下。

两下。

眨第三下的时候,两滴豆大的眼泪顺势掉落。

许放突然意识到了什么,那因为担心而冲昏了头脑的怒气瞬间散去,不知所措地看着她眼里不断往下掉的眼泪。

林兮迟不遮不挡,就这样像个孩子一样坐在他面前哭,小声的哽咽声完全抑制不住,哭得难以自控。

印象里,许放已经很久没见过林兮迟哭得这么伤心的样子了。

上一次还是初中的时候,他因为肠胃的问题被送到医院。

结果第二天她就来看他了,两人当时的关系也谈不上很好,令他措手不及的是,林兮迟一见到他就开始哭,什么开场白都没有。

哭得撕心裂肺,像是他已经死了一样,惹得周围的人频频望过来。

当时他在想什么?

忘了。

除了觉得丢人,还有什么?

好像是希望自己快点儿好起来吧,那她应该就不会再哭了。

之后他再也没有见林兮迟哭成这样过。

遇到什么事情,她永远都是一副没心没肺的样子。被他骂,被他欺负,被他摆脸色,依然每天都嬉皮笑脸的,像是一点儿烦恼都没有。

手臂上摔了一个大口子,连一滴眼泪都不会掉,甚至还有心思去逗他玩。

时间久了,许放几乎要忘记了。

她遇到不好的事情,也是会很难过的。

而他，看到她哭成这副模样的时候，也会难受到连话都说不出。

"你哭什么？"许放的喉结滚了滚，整个人蹲在她面前，侧头看她的表情，看着她越掉越凶的眼泪，他手忙脚乱地说，"我也没多凶吧……"

"……"

"好，是我的错。"见她连一个眼神都不给他，许放立刻妥协了，"我这人脾气太差了，我心肠歹毒，我罪该万死，我连给你当儿子都不配。"

闻言，林兮迟的哭声渐渐小了下来，眼珠子糊了一层水汽，眼周和鼻尖都哭得红红的，看起来十分可怜。

见她哭得没那么凶了，许放才再度开了口，声音低缓，带了十足的耐心。

"你是不是就想待在这儿？"

林兮迟想了想，摇头。

许放："那走了？"

林兮迟又想了想，小幅度地点点头。

许放："能起来不？我扶你。"

又摇头。

许放皱了下眉，迟疑道："那我背你？"

点头。

许放叹了口气，站起来帮她把东西收拾好，背上，随后蹲到她的面前，轻声说："上来。"

这次林兮迟没再赖着，立刻坐直了起来，双手勾在他的脖颈上。

许放双手托着她的大腿根劲，把她背起后往外走。

走了几步路后，林兮迟把脸颊埋在他的颈窝处，温热的呼吸喷在他的皮肤上，还伴随着不停掉落的眼泪，顺着他的脖颈向下流，划过他的心脏，灼热得发疼。

又开始哭了。

明明下午上课的时候，她还是一副精神饱满的样子，带着一脸的谴责，说他这个人心肠歹毒。

怎么才过去半天，就变成这样了？

许放没再说话，任由她把情绪发泄出来。

过了一会儿，林兮迟突然抽噎着开口："屁屁，他们都欺负我。"

许放的表情一顿，低声问："他们是谁？"

她没答，自顾自地重复："他们都欺负我。"

许放也锲而不舍地问："他们是谁？"

林兮迟勾住他脖子的双手力道突然加重，同时，她的脸也抬了起来。

感觉到动静，许放下意识地侧头，往后望去，恰好与她的视线对上。林兮迟吸着鼻子，似乎很不高兴他一直在问，声音刻意抬高："就他们！"

"哦。"许放被她吼得一愣，表情是少见的呆傻，很快，他摆出一副反应过来的样子，"他们啊……"

见状，林兮迟的心情好像瞬间就好了些，不再瞪他，也不哭了。她把下巴搁在他的肩膀上，说："屁屁，有人摔了我的杯子。"

"谁？"

"我以为我跟她们相处得挺好的。"林兮迟喃喃低语，"我还以为她们也挺喜欢我的。"

"所以是谁？"

"她们都不喜欢我，没有人喜欢我。"说到这个，林兮迟又带了哭腔，把眼泪蹭在他的肩膀上，声音低到尘埃里，"我是不是很多余？"

许放的脾气又开始差了："多余个屁。"

"哦对，还有屁屁。"林兮迟脑袋迷迷糊糊的，只知道捕捉他话里的字词，听到"屁"字，她像是突然想起来了，又开心了起来，"屁屁喜欢我。"

"……"

毫无预兆地听到这样的话，许放猛地咳嗽了几声，猝不及防地回头看她，耳根倏地泛红："你在说什么？谁喜欢你？傻子吧。"

"屁屁吗？"林兮迟的眼里还带着水光，歪头想着，"屁屁确实是傻子。"

"……"

许放的额角一抽，正想骂她一顿的时候，突然注意到她清澈干净的眼睛。

不夹杂任何其他的情绪。

他瞬间明白过来她所说的"喜欢"并没有其他多余的含义。许放自嘲了声，声音低了下来："我没事跟你这酒鬼计较什么。"

"嗯。"听到"计较"两个字，林兮迟开始很认真地评价他，"你这个人就是很计较的。"

闻言，许放刚刚低落的情绪瞬间荡然无存。

他忍辱负重地听着她的话，想着她今天心情不好，便没跟她一般见识。

林兮迟的声音带着浓浓的鼻音，还有些许沙哑，对这个话题打开了话匣子："我让你给我转钱买蚊帐你就刚刚好给我转三十九块九。"

许放闭了闭眼，认下这个罪。

"叫你屁屁也不让。"

但她喊了之后，他什么时候不应了？

这个许放就不怎么想认了。

"不带我吃麻辣火锅。"

那医生才刚说忌辛辣刺激性食物。

许放还是不怎么想认。

"我跟你说赢了篮球赛把奖品给我你也不愿意。"

听到这个，许放终于忍不住了："我要是答应你了，输了你不得失望死？"

林兮迟慢慢摇头，似乎不太明白他为什么会有这样的想法。

"不会失望死的。"

这句话表达的意思似乎是，她相信他是绝对不会输的。

许放的心脏一动，对这样的她完全无可奈何，他敛睫，声音像是在叹息。

"行吧。"

还没等他把下句话说完，就听到她一本正经地说："如果能让许放输。"

"……"

"我可以存钱倒送那个赢许放的球队一辆豪车。"

许放："……"

他到底跟她有什么仇？

走了一段路，许放才发现自己此刻是在漫无目的地走，他停了下来，一时也有些茫然，低声问她："你现在想去哪儿？"

趴在他背上的林兮迟正叽叽喳喳地说着话，像个小朋友一样，情绪也不像刚刚那般说几句就要哭。

听到他的这句话，林兮迟闭了嘴，很快又小声说："不回家。"

许放也没说什么，到路边拦了辆出租车，把她放了下来，半抱半扶着把她塞进车里，随后对司机报了个酒店的名字。

不只是平时，就连喝醉酒的时候，林兮迟的话也异常多。她靠在椅背上，眼睛一眨不眨地看他，凑过来，很神秘地说："屁屁，你今天长得有点儿好看。"

许放瞥了她一眼，没说话。

林兮迟慢悠悠地抬起了手，拿指尖戳了戳他的眼睫毛。

许放僵在原地。

她似乎是觉得很好玩，又戳了戳他的脸颊，然后再戳戳他的嘴角。

注意到她的手还要往下移动，许放的喉结滚动了下，抓起她的手推回原来的位置，冷着脸说："给我坐好。"

"哦。"林兮迟吸了下鼻子，很认真道，"是很善良的那种好看。"

"……"要不是林兮迟说话一直磕磕巴巴，有时候被他骂了也傻愣愣地应下，许放几乎都要以为她是在装醉。

他抓了抓脑袋，没再搭理她，心想着一会儿该怎么办。

很快，许放想起了一个人，扭头看了眼林兮迟。她又把注意力放在了别的东西上边，一脸严肃地揪着自己衣服上的一个小装饰。

许放收回了视线，拿出手机，在通讯录里找了半天，才找到林兮耿的电话号码。

他毫不犹豫地拨通。

响了五六声，那边都没有接起。

许放的耐心就快因这等待的时间消耗殆尽，准备找其他人的时候，林兮耿便接起了电话。

林兮耿那边很安静，似乎很震惊他会给她打电话，她顿了几秒之后，很不确定地问了句："哥？"

许放单刀直入："在哪儿？"

"能在哪儿啊大佬？"林兮耿的声音刻意压低着，对他这样的问题十分无语，"在学校啊，等会儿还有一节晚自习。"

"现在能出来？"

"怎么可能？"林兮耿直接拒绝，"被老师抓到我会死的。"

"哦。"许放正想挂断。

"哎等等。"林兮耿对他突然打来的电话感到很莫名其妙，"你打给我干吗，我姐呢？你回溪城了？你让我姐一个人过中秋？"

恰在此时，林兮迟凑过来，好奇地问："屁屁，你在跟谁打电话？"

许放垂眸看着她。

她的视线完全放在他的手机上，连一点余光都没分给他。

许放扯了扯嘴角，默不作声地把手机递给她。

林兮迟乖乖地接过，也没拿到耳边听，就像个傻子一样摆弄着他的手机，不小心就按到了外放键。

"喂！你人呢！"手机喇叭里传来林兮耿的声音，带了点着急，"我姐在你旁边？她也回溪城了？她怎么不跟我说啊。"

听到这熟悉的声音，林兮迟眨了下眼，喊她："林兮耿。"

"……"林兮耿的声音瞬间停了下来，很快又开了口，没了刚刚的焦虑，语气变得很冷淡，"干吗？"

"我回溪城啦。"

"哦。"林兮耿没什么反应，却又忍不住道，"我明天才放假。"

"明天才放假。"林兮迟思考了一下，因为脑子昏昏沉沉，说的话前言不搭后语，"那今天放假吗？"

"……"

林兮耿终于发现了不对劲，说的话带了猜测的意味："林兮迟，你喝酒了？"

"嗯，喝了——"林兮迟笑眯眯地掰着手指开始数，声音慢悠悠的，"一、二、三、四、五，喝了……五瓶，有一只手那么多！"

林兮耿静了下来。

出租车因为红灯停下,司机看着导航,问道:"快到了,你们要在哪儿下?直接在尼斯酒店门口下?"

这话一出,气氛似乎比刚刚还要安静。

车里的人没说话,电话那头的人也没说话。

许放抬了抬眼睑,正想应司机一声。

电话里突然传来林兮耿的一声巨吼:"许放你还是人吗?!"

"……"

"你要带我姐去哪儿?你把她灌醉了带去哪儿?"

然后是一阵窸窸窣窣的声音,以及鞋子撞击着地面奔跑的声音,同时还有一个男生在喊:"喂!林兮耿你去哪儿!打铃了啊!等会儿老师要来查勤的!"

林兮耿也大喊:"管他呢!"

车子开到了尼斯酒店的门口。

许放付了钱,扶着林兮迟下了车,见她走几步路都脚步虚虚浮浮的样子,他又重新蹲下,把她背了起来。

林兮迟趴在他的背上,似乎是说"累了",音量变得十分微弱,含含糊糊的。

许放也听不清。

周围人头攒动,耳边是车子发动的声音,眼前是酒店门口的玻璃顶棚挂着的星星灯饰,世界看起来热热闹闹的。

许放背着林兮迟,两人没有再交流,却一点儿都不显寂寞。

许放抿着唇看着前方。

突然就有一种十分挫败的感觉涌上心头。

他知道林兮迟几乎什么都会跟他说。

就算是在路上踩到了个石头,午饭多吃了一两饭,洗澡时水卡突然没钱了这些小事情,她都会当成大事一样跟他说。

可真正遇到让她不开心的事时,她却会捂得严严实实的,连蛛丝马迹都不让他发现。

真的是因为被人摔了杯子才不开心吗?

许放侧头,看着她已经闭眼睡着了。从这个角度只能看到她的半张脸,被发丝遮住了大半,呼吸轻轻浅浅,十分有规律。

他低下眼,轻轻笑了一下。

"傻子。"

不放心两个女生在外边住,许放用他和林兮迟的身份证分别开了两间房,随后拿着房卡把林兮迟带到其中一个房间。

许放把她放到床上。

一碰到床,林兮迟就很自觉地爬起来,把鞋子和袜子都脱掉。许放站在一旁看着她习惯性的动作,也没拦着。

下一刻,林兮迟双手抓着衣摆,似乎是想把衣服脱掉。

许放的眼神一滞,大步走上前,抢先在她把衣服脱掉之前把被子一掀,从头到脚将林兮迟覆盖住。

林兮迟不动了。

过了一会儿,似乎是觉得里边太闷,林兮迟又把脑袋从被子里伸出来,眼睛闭着,看起来已经睡着了。

酒品真好。

喝醉了就只会胡说八道一通,不吐也不闹,乖巧得让人想把她偷走。

许放坐回旁边的沙发上,脑袋低垂着,表情被额前细碎的刘海儿遮挡住,看不太清表情。几秒后,他突然单手捂着眼。

耳根一片全是红的。

他狼狈不堪地低着眼,不再去看林兮迟的方向,暗骂了脏话。

林兮耿到的时候,已经是半个小时后的事情了。

她长得跟林兮迟差不多高,穿着蓝白条纹的校服,扎着个清爽的马尾辫,大概是匆匆忙忙地跑过来的,额前全是汗。

一见到许放,林兮耿原本焦急的眼神瞬间换成敌意,立刻冲进房间里找林兮迟。

直到看到林兮迟安安稳稳地躺在床上睡觉时,她才放下心来。正想回头跟许放理论的时候,就见他边往门外走,边道:"你看好她,我出去买点儿东西。"

察觉许放的情绪不太好,林兮耿也不知道发生了什么,不敢再说话,只是"哦"了一声。

出了酒店,许放到隔壁的商场,让售货员随便拿了两套女生的衣服,随后又到内衣区,脚步停住,完全没有勇气进去。

他强迫自己冷静下来,冷着脸走了进去。

其中一个售货员走了过来,热情地问:"是来帮女朋友买内衣的吗?"

"……"许放这次连承认的心思都没有。

售货员似乎对这种情况司空见惯,直接问道:"有没有说要什么款式呢?"

许放硬邦邦地回:"随便。"

"大小呢?"

"……"

"您不说我们没法给您意见的啊。"

"随便。"许放按捺着脾气,从来没试过将自己置于这么尴尬的境地,语气锋利又恶劣,"我说了随便,你不要再问了。"

"……"售货员莫名其妙地看着他,心里有了个猜测,随后拿着旁边的一套问他,"那就拿这套?"

许放没看,直接道:"帮我装起来。"

解决了这一茬,许放的精神瞬间放松了不少。他上网查了查,到隔壁的超市去买了些酸奶和蜂蜜,又买了两碗粥回去。

许放把东西递给林兮耿,透过门缝看了眼林兮迟,这才转身进了隔壁的房间。

林兮耿翻了翻几个袋子里的东西,她看着睡得正香的林兮迟,纠结着下一步该怎么做。

与此同时,许放给她发了条微信:把她叫醒,让她喝杯蜂蜜水,不然明天头疼。

看到这话,林兮耿便下定决心,走过去十分温柔地拍了拍林兮迟。

很快林兮迟便迷迷糊糊地睁开眼,然后定定地看着她,又闭上了眼,嘟囔道："做个梦也能梦到林兮耿这个丑东西。"

"……"林兮耿冷笑一声，刚刚的温柔劲儿瞬间消失，下一刻直接把她身上的被子掀了起来，"起来洗澡，臭死了！"

林兮迟又睁开了眼。

睡了一觉，她清醒了些，皱着眉，迟疑道："林兮耿？"

"不然？"

"你怎么在这儿？"

林兮耿轻哼了声，没理她。

"我记得好像是许放来找我了。"林兮迟歪头回忆着，"哦，他给你打电话了。"

"你干吗喝那么多酒？"

林兮迟想了想："我忘了。"

她低头闻着自己身上的味道，嫌弃地皱了皱鼻子："好臭，我要去洗澡。"

"去，浴室在那儿。"林兮耿指着其中一个方向，起身，准备去给她泡蜂蜜水，"热水给你调好了，等会儿我给你拿衣服。"

"哦。"林兮迟懒得思考，直接进了浴室。

林兮耿翻了翻许放拿来的袋子。

两套一模一样的衣服，一套内衣，还有一罐蜂蜜和酸奶。

敢情她不需要内衣是吧，林兮耿翻了个白眼。

她把衣服和内衣塞进其中一个袋子里，给林兮迟挂到门把上，喊道："我放门口了啊。"

很快，林兮迟从浴室里出来，头发没擦干，水滴顺着发尾向下掉，把衣服沾湿了不少。她皱着脸，手上拿着刚刚林兮耿塞进袋子里的内衣，问道："这你买的？"

林兮耿低头把玩着手机，闻声看了她一眼，又低下头。

"不是，是许放哥。"

闻言，林兮迟站在原地没说话。

林兮耿觉得她洗了个澡似乎更不清醒了，疑惑地看她："怎么了？"

"这内衣 32A。"

"……"
"许放是不是对我有什么误解？"
"……"
说着说着，她挠挠头，提着内衣就向外走。
林兮耿蒙了："你要干吗？"
"我要去找他理论一下。"
"……"
如同扔下一颗惊雷，林兮耿在原地呆滞着，轻轻"哦"了一下后，看着林兮迟用食指钩着内衣带打开了房门。
林兮耿猛地反应过来，立刻起身冲过去，死死地抱住她："你、你等会儿！别做这种事情，冷静点。"
不知道她为什么突然这样，林兮迟也没反抗，蒙蒙地看她。
手中的力道一松，内衣掉到了地上。
林兮耿正想把她已经踏出门外的半个身体拖回来，恰在此时，住在隔壁房间的许放刚好从里边出来。
还是刚刚的一身衣着，手上拿着门卡和钥匙，不知道要去做什么。
用余光瞥见她俩，许放转过头，皱了下眉，问道："你们要去哪儿？"
听到许放的声音，林兮迟回过神，又吸了吸鼻子，动作很疲软地抬起手，指着他："许放，我问你——"
见她依然一副傻乎乎的模样，许放的眉眼微微一挑，饶有兴致地等着，想知道她这个酒鬼又想跟他说些什么。
"嗯？"
林兮耿及时伸手捂住了她的嘴，讪讪道："呃，她脑子还不太清醒，啊哈哈哈哈……我们去睡觉了。"
许放就看着林兮迟顶着一副很想说话的模样，被林兮耿连拖带拽地拉回房里，随后是一声巨大的关门声。
有什么东西伴随着门的推动被移出了门外。
他还没来得及看，恰在此时，对面房间走出了一个女人。
注意到许放和地上的东西，她的眼神变得古古怪怪。两人四目相对，她警惕地看了他一眼，又迅速回到房间，用力把门关上。
许放有些困惑，垂头扫了眼。

"……"

在那一瞬,他真的有想把林兮迟拖出来打死的冲动。

把林兮迟扯回房间后,林兮耿将刚泡好的蜂蜜水塞进她手里,恶狠狠地说:"赶紧给我喝,喝十杯!"

她还想继续训斥林兮迟的时候,手机响了声。

许放哥:东西掉了。

林兮耿疑惑地咕哝着"掉了什么啊",又往门外走去。

外面已经看不到许放的人影了,林兮耿低头,瞥见地上的那件内衣,表情一僵。她深吸了口气,飞快把它捡了起来,再度关上门。

喝醉酒的林兮迟格外听话,此刻正"咕噜咕噜"地喝着水,一口接着一口,眼睛想看林兮耿又怕被她骂,躲躲闪闪的。

"你知道你刚刚做了什么吗?"林兮耿走过去站在她的面前,此时除了骂她没有别的想法,"你丢人丢到隔壁家了!"

林兮迟不想被训,一口气喝完水,麻利地钻进被窝里,连一根头发丝都没露出来,拒绝听她接下来的话。

见状,林兮耿懒得再理她,嘟囔着:"反正你明天别骂我,我已经尽我全力拦着你了,真的是——不会喝酒还敢喝那么多。"

林兮迟在她的抱怨声中渐渐入睡。

半夜,林兮迟忽地醒来,迷迷糊糊地看着周围的环境。黑漆漆的,什么都看不到。她的脑子像断了线一样,像个盲人一样摸着旁边的东西。

然后,她摸到了一个脑袋,留着长头发的一个脑袋。

脑袋的主人似乎在睡觉,任她这般揉弄都没有任何反应。

回忆顿时排山倒海般地涌起,林兮迟的呼吸一滞,猛地踹了旁边的人一脚:"林兮耿?别睡了!起来!快起来!"

林兮耿把脑袋往被子里缩,意识昏沉地问:"几点啊?……"

"不知道。"林兮迟没时间关心这种小事,语气十分崩溃,"你告诉我,我有没有去找许放理论?没有吧,绝对不可能有的吧?我就算喝醉了也不可能做这种事情的吧……"

闻言,林兮耿从被子里露出半张脸,看着她:"没有。"

林兮迟松了口气。

林兮耿闭上眼,打了个小哈欠,语气很平静:"不过你把文胸掉外面了,许放哥让我去捡回来。"

"……"

隔了好久,林兮耿没听到林兮迟再说话。她正想继续入睡的时候,坐在她旁边的林兮迟猛地爬了起来,发出一阵又一阵噼里啪啦的声音。

在黑暗里待久了,林兮迟能看清房间大概的格局,她把床头的灯打开,扯过桌子上的书包,逃难般地开始收拾东西。

林兮耿被她烦得脾气都出来了:"你干吗啊?睡觉好吗?别折腾了,我明天还要早起回学校。"

"你睡。"林兮迟边收拾,边抬头跟她说,"耿耿,我走了啊,你明天早上也早点儿起来,偷偷地走,别让许放发现。"

"……你要干吗?"

"你就让他觉得只是做了一场梦吧。"林兮迟拉上拉链,把书包背上,"我丢不起这个人,我绝对丢不起这个人。我要走了,再见。"

林兮耿"哦"了一下,慢悠悠地爬起来。

察觉到她的动静,林兮迟疑惑道:"你也要跟我一起走?"

"不是。"林兮耿掀开被子,在床上找着东西,"我要给许放哥打电话。"

"……"林兮迟盯着她,很严肃地说,"林兮耿,我跟你说,这事情很严重,我不是在跟你开玩笑,赶紧把手机给我放下。"

林兮耿哼唧了声,把手机扔到一旁,闷闷地说:"我可是逃了晚自习出来找你的。"

听到这话,林兮迟的脚步一顿,又折了回去,好奇道:"你的班主任不是何魔头吗?"

林兮耿:"是啊。"

"你惨了。"林兮迟满脸同情,却双臂高举,摆出一副欢呼的姿态,"我有一次上他的课迟到了一分钟都被他骂了一节课。"

"……"

林兮迟:"而且他肯定会通知家长的,你打算怎么跟爸妈说?"

林兮耿故作不屑:"管他呢。"

"算了。"林兮迟把东西扔回桌上,重新躺到原来的位置,"我总不可能一辈子躲着他——"说到这儿,她顿了下,半天才憋出了句,"而且许放也不像是那种那么、那么……"

林兮迟扯不出来了。

林兮耿没接话。

林兮迟也不再说什么,小声说:"睡吧。"

过了一会儿,林兮耿问:"所以你明天就回学校了吗?"

林兮迟没做什么思考:"应该吧。"

"哦。"林兮耿又问,"那你国庆回来吗?"

"国庆再说。"

"如果你回的话。"林兮耿想了想,继续说,"我就跟你一起去外公家住,然后我们可以一起出去玩。如果你不想回就算了。"

林兮迟好笑道:"你个高三生国庆还想放几天?"

林兮耿:"也有三天啊。"

"到时候再说吧。"林兮迟弯了弯唇,幸灾乐祸道,"你还是先想想明天怎么应付你的班主任吧。"

"哦。"林兮耿不甚在意,回敬道,"一起想啊,你不也得应付许放哥?"

"……"

隔天,林兮耿一大早便起床回学校了。

她走了之后,林兮迟也睡不着了,但她也不敢主动过去找许放,在床上赖到了九点,直到饿得不行了才到浴室去洗漱。

林兮迟穿戴整齐,站在许放房间门口给自己打气。她安慰着自己,许放绝对不会计较也不会记得这种小事的。

而后开始敲房门。

咚,咚,咚。

礼貌三声。

没人应。

林兮迟重复了一遍,又三声。

还是没人。

她瞬间没耐心了,认定许放还在睡觉,开始用力拍门,不爽道:"起来了,昨晚喝酒的到底是谁啊,这都快十点——"

房门立刻被人拉开。

许放头发半干,脸上还沾着水,扑面而来一股薄荷的味道。身上的衣服换了一套,灰T恤、黑色运动裤,看起来十分休闲。

表情却异常难看。

林兮迟眨了眨眼,气焰全消,语气瞬间变了,十分乖巧地说:"你在洗澡啊,那我回去等……"

他直接打断她的话:"头疼不疼?"

林兮迟一愣,下意识地摸了摸脑袋:"不疼……"

许放拿手指推了下她的脑袋,确定她说的是真话后才走回房间里,带齐自己的东西往外走,用眼尾扫了她一眼:"走了。"

林兮迟连忙跟上:"你不用把头发吹干吗?"

"……"没理她。

"那什么,屁屁。"怕他再提昨天的事情,林兮迟抢占先机地开口,"我真是太感谢你昨天对我的所作所为了。"

"……"

"如果是你喝醉了,我跟你说,你就算再怎么发疯,我都会好好照顾你的,就算是你吐在我身上——"

闻言,许放回了头,双眼黝黑沉沉,不知道在想些什么。

林兮迟咽了咽口水,继续道:"我都会装作什么都没有发生的。"

"……"许放还是没说话。

林兮迟盯着他的表情,琢磨着他的想法。

难道力道还不够?吐在她身上还不生气这种行为真的很伟大了啊。

林兮迟思忖了下,犹疑而小心翼翼地说:"就算你吐在我头顶上——"

许放:"……"

她的话还没说完,就立刻崩溃似的给了他一掌。

"不行,这个绝对忍不了!!!"

"……"

顺着力道,许放的脑袋向一侧偏去,静止在原地。周围的空气仿佛也被感染了,场面一下子就僵了下来。

感受到他的低气压,林兮迟慢慢地把手收回来,悔意立刻涌上心头,补救般地说:"呃……是这样的,你刚刚头发上有只蚊子,蚊子……"

许放把头转了回来,动作生硬得像个机器人,他揉了揉刚刚被她拍到的位置,语气幽深:"需要我道谢?"

"……"林兮迟不敢说话了。

他扫了她一眼,没多言,又继续往电梯的方向走。

林兮迟垂头丧气地跟在他后面,再度反省着自己在许放面前有什么说什么的毛病,并对此深恶痛疾。

她寻思着怎么道歉。

谈起道歉的话,那要先算一下要道几次了。

林兮迟掰着手指算。

跟他说了不回家结果等他回家之后又偷偷回来,回来了也不跟他联系,这就像是故意不想跟他一起回去的感觉,不过这种小事许放怎么可能会介意?

昨晚好像骂了他很多次,不过这种朋友间的玩闹应该没有什么关系吧?

那就内衣的事情?不行,这个太丢人也太尴尬了,不能提。

这样算起来的话,好像只剩刚刚拍了他一巴掌的事情了。

这个好像确实太过分了……

林兮迟默默地站在他后边,盯着他挺拔的脊梁,干净修长的脖颈,以及往上还没干的头发。他身上的衣服却干干净净的,看起来十分清爽。

许放什么都没做,就只是定定地看着前方。完全不像平时那样,不想搭理她的时候就装模作样地拿着手机玩。

好像很生气的样子。

很快,电梯停在他们所在的楼层。

门打开。

里边已经被占据了大半的空间。见又有人要进来,其余人都下意识地往里退了些。许放抬脚走了进去,林兮迟跟在他后边。

进电梯后,林兮迟站在许放的旁边,小心翼翼地用余光看他。

许放的侧脸利落分明,睫毛卷曲挺翘,眼窝深陷,鼻梁挺拔,嘴唇淡抿着,下颌向内收,能看清脸颊上绷紧的肌肉。

还在生气。

林兮迟没辙了,低头抓住他的手腕,握起,放置在自己的脸前。

察觉到她的动静,许放望了过来,手上并没有要反抗的趋势。

林兮迟抿了抿唇,有点儿紧张又严肃地说:"好吧,许放。你想打的话,我也可以给你打。"

"……"

原本还有些吵闹的电梯突然安静了下来。

周围人的视线若有若无地往他们的方向看。

"左脸还是右脸?"林兮迟顶着一副很配合的神情,用另一只手指了指自己的脸,"你想打哪边都行。"

许放:"……"

出了电梯。

林兮迟跟在许放的后面,感觉他的步伐明显比先前快了不少,她着急地跟上他,速度一时没控制好,直接撞到了他的背上。

许放停下了步伐,憋了半天的气终于忍不住了,冷声问:"你一天不气我就浑身不自在?"

林兮迟立刻摇头:"没有。"

许放回头,看到她被撞得有些发红的鼻子,还想说些什么,却又什么都没说。只是轻哼了声,又转头往前走,脚步渐渐放慢下来。

一路沉默。

两人顺着路一直向前走。

走了一小段路之后,便发现附近有一条小吃街,浓郁的香气扑面而来,来往的人虽不多,却也显得十分热闹。

走到这儿后,许放看她:"吃什么?"

林兮迟没想太久:"面吧。"

闻言，许放朝周围看了一圈，随便选了一家面馆，走了进去。

面馆的空间不算大，十分密集地放了五六张四人桌，深褐色的木桌被擦得干干净净，桌上放着菜单和一个筷子筒。

此时早就过了吃早饭的时间，所以店里的人很少，只有一桌坐着人，但看上去也不像是来吃饭的客人。

两人找了个空位坐下。

老板娘走了过来，她的手上拿了个小本子，另一只手拿着支圆珠笔，戳了下按钮帽，麻利地问："吃什么？"

许放看了菜单，漫不经心回："两碗云吞面。"

林兮迟没有任何异议，低头喝着茶水。

她还在思考讨好许放的方法。

其实把他夸得天上有地下无这种事情，她是可以轻松做到的。

但是林兮迟一想到之前许放说的那句"你这样说话我起码少活二十年"，她就有些泄气，瞬间就失去了实施的念头。

他们果然还是更适合相爱相杀的相处模式。

大概是因为人少，这家店上菜的速度很快，林兮迟还没想到对策，两碗热气腾腾的面便上桌了。

她的眼睛一眨，盯着面前的那碗面，讨好许放的心思顿无。

小店简陋，用的餐具都是一次性的。林兮迟往桌上的筷子筒一看，只剩下一副了，她伸手，刚想去拿的时候，就被许放抢先拿了。

"……"

服务员一看："你等等，我再去给你拿一副。"

对他这种小伎俩很是不屑，林兮迟表情得意。但她还没来得及点头，许放便开了口，很认真地说："不用了，她就喜欢用勺子吃面。"

听到这话，服务员有些诧异，但还是点点头。

然后就走了。

"……"

林兮迟僵在原地，觉得这个状况非常不可思议。

这个服务员居然就这么相信了许放的鬼话，果真没给她拿筷子。

看着已经拿起筷子开始吃面的许放，林兮迟也不敢计较，忍气吞声地到另外一桌去拿了一副筷子。

吃完之后，许放到前台结了账，两人往外走。

漫无目的地，就顺着这条小吃街一直向前走。

跟许放待在一起的时候，不论他的情绪如何，林兮迟的话都非常多。方才因为他的脾气不敢说话，没过多久又原形毕露了。

"屁屁，我跟你说件事儿。"林兮迟走在他旁边，叽叽喳喳地说，"刚刚那个店，我们学校那边也有一家，一碗云吞面才六块钱，这儿要七块。"

可能是因为不久前也坑了她一次，许放的心情比先前好了一些。比起先前一直的沉默，现在至少还会回她几个字。

"哦。"

"不过感觉这儿的好吃点。"

"嗯。"

"你觉得呢？"

"太便宜。"许放淡淡而理所当然道，"吃不出区别。"

冷场。

林兮迟侧头看了他一会儿，表情若有所思，然后说："你好像个暴发户。"

"……"

又走了一段路。

许放也没计较她的话，突然把话题转到别的上面，像是随口般地问："你有没有什么想跟我说的？"

明明就是带了目的性的问题，可他的语气却懒散又随意，并不会让林兮迟感到有压力。

还能不自觉地把她的情绪带到昨晚的事情上。

林兮迟看着他，嘴唇动了动，眼神谨小慎微，像是在挣扎一般，良久后才道："屁屁，假如你是一条狗。"

"……"许放一噎，懒得理她了。

林兮迟垂下眼，继续说："你从出生开始就住在你现在这个主人的家里，生活幸福美满。但是有一天你被狗贩子抓走，从此生活变得战战兢兢，连吃顿好的都很困难。"

听出她完全没有开玩笑的意思,许放瞬间明白了她想表达的含义,眼眸闪动。

"后来你被主人找回去了,但却在家里发现了一条跟你很像的狗。一开始你以为是你的兄弟姐妹,但后来发现不是的……它只是你的主人找来取代你的替代品。"说到这儿,她的声音低了下来,"正常人都不会对这个替代品有什么好感吧?"

许放轻声问:"你怎么知道这个替代品一定是替代品,而不是主人想养的第二条狗?"

沉默了半晌后。

"我知道你知道。"林兮迟抿唇,也不拐弯抹角了,"我是被领养的。"

"……"

"但从小我妈就一直跟我和耿耿说,我们还有个姐姐。"她语气逐渐艰涩,"说她只是被坏人抓走了,但一定会回来的。"

许放揉了揉她的脑袋:"嗯。"

"我从来就没有否认和忽视过她的存在。"

林兮迟回想起第一次见林玎时,她带着怯懦的眼、面黄如蜡、骨瘦如柴以及走路一跛一跛的模样。

让人无法不被触动。

也因此,就算林玎对自己做了那么多恶劣的事情,林兮迟依然很难对她带有讨厌的情绪。

就像是身负重债,毫无底气和资格。

"嗯,我知道。"许放淡声道,"我爸妈也一直跟我说你家有三姐妹。"

"我爸妈也没有对我不好,他们还是很爱我,就算我不是亲生的,也还是很爱我。"林兮迟踢了踢地上的石头,若无其事地说,"他们就是对姐姐太愧疚了。而且去外公家住也好,不然林玎还要一直骂我打我。"

察觉出她的情绪并没有她所说的那么无所谓,许放叹息了声,喊她:"林兮迟。"

林兮迟没抬头,低声应:"嗯?"

"如果你觉得你只是别人的替代品,不是独一无二的。"他顿了下,继续说,"那么你可以来我这儿。"

听到这话,林兮迟才抬了头,疑惑道:"什么?"
许放看着她,平静地说:"我可以让你成为独一无二。"

Chapter 5: 我也缺杯子

闻言，林兮迟愣了下，不明所以地对上了他的眼。

许放的眼睑很薄，内双，眼尾上翘，眼形偏细长，瞳仁黑而深沉，很少有浓郁的感情外露，十分内敛。

所以尽管认识了那么久，林兮迟看着他这副神情，也完全猜不透他在想些什么。她渐渐屏住呼吸，仿佛连多呼一口气都会让自己更不自在。

林兮迟原本的低落在这一时间消散，演变成另一种难以形容的情绪。从内心深处慢慢溢出，发酵出有些尖锐却又黏腻的感觉。

是她完全不知道该怎么形容的一种感觉。

一时间，林兮迟居然连怎么回他都不知道。她抿了抿唇，捏紧拳头，见他没有继续说话，便主动开了口，语气比刚刚的还要弱几分。

"什么？"

像是想把她内心的想法全部摸清摸透，许放一直把目光放在她的身上。顿了几秒之后，他弯下腰，缓慢凑近她的方向，在离她鼻尖还有十厘米的距离停下。

许放低声重复，声音有些沙哑："独一无二。"

林兮迟的呼吸又是一滞。

说完这句话之后，空气似乎也静止住。

半晌，许放站直了起来。

林兮迟回过神。

他的海拔瞬间又比她高了二十多厘米，语气又恢复如从前，居高临下地说："既然你家已经有三条狗之多，你不如来我家。"

"……"

"别的我不能给你保证。"许放懒洋洋地别过眼,掩藏住有些不自然的神情,继续往前走,"这独一无二的狗位还是能为你保留的。"

"……"

林兮迟深吸了口气,犯傻了似的捶了捶自己的脑袋,一本正经地提醒他:"你家怎么就没狗了?不是有条就快二十岁的老狗了吗?"

"……"

"你先帮我把那条狗弄走。"林兮迟皱皱鼻子,嫌弃道,"脾气太大了,你得给我创造一个好的环境。我跟他一房容不得二狗。"

许放对她这种为了抹黑他不惜把自己也黑上的行为十分不齿。

他冷冷地瞥了她一眼:"有病。"

被许放这么扯开话题,林兮迟再回想刚刚自己心情不好的原因,也忽地没了刚刚那种酸涩的心情。她走快了两步,跟上许放的脚步,顺口回:"嗯,那狗还有病,我害怕。"

"……"

确认她的情绪差不多恢复了,许放又将话题转到别的上边。

话出口的那一刻,他甚至有种自己成了林兮迟老母亲的感觉,在不断地、一点一点把她的心结开导出来。

"你昨天说你的杯子被打碎了?"

听到这个,林兮迟迟钝地"啊"了一声,点点头:"对啊。"

"知道是谁摔的?"

"不知道。"提起这个,林兮迟的心情明显没有刚刚那么沉重,"我回宿舍就发现被摔了,而且碎片就七零八落地掉在那儿,也没有人收拾。"

要故意摔的谁会收拾,肯定就是摔给她看的啊。

许老母亲简直恨铁不成钢,继续开导:"可能是故意的?"

他的这句话一出,林兮迟转头看他,眼神像是看傻子一样:"不然呢?"

"……"

"到现在也没人来找我道歉,如果是不小心摔的肯定会跟我说啊。"

"……"她居然还想得挺通。

"而且杯子又不是什么贵重的东西,也不会很难以启齿吧。"林兮迟摸了摸下巴,有些烦恼,"可我猜不到是谁摔的,我真觉得我跟她们都相处得挺好的。"

林兮迟陷入沉思之中。

许放垂眸思考了下,忽地想起回家那天的事情,淡淡道:"你那个一起上英语课的舍友,周五那天来找我跟我说,你让她跟我一起回家。"

正在纠结是谁的林兮迟顿住,一脸蒙圈。

"啊?"

许放本来没觉得,这么一跟她说居然莫名有点儿心虚,他回想了下自己那天的态度,含糊其词道:"反正我就是给你说有这么一件事。"

林兮迟沉默了几秒:"那你跟她一起回去了?"

没想到她最先问的会是这个,许放用眼尾扫她,连搭腔都懒得了。

"屁屁。"林兮迟直接把他的反应当成默认,很认真地开始教育他,"你别那么容易相信人,如果真有这种事情我肯定会提前跟你说的。"

许放歪头看向天空,闲散地打了个哈欠,明显不想听了。

林兮迟叹了口气:"所以说你这人就是天真,有女孩子找你你就……"

见她没完没了,许放还是沉不住气,表情阴沉,语气恶劣又暴躁地打断她:"没有,赶紧闭嘴。"

林兮迟眨眨眼,"哦"了一声,重新说起摔杯子的事情:"你这么一说,我感觉好像是她欸。"

"嗯。"

"但我没有证据证明是她。"林兮迟又开始苦恼了,"怎么办,我就直接吃了这个哑巴亏吗?"

对任何人都睚眦必报,包括自己喜欢的女孩子的许放很理所当然地建议:"你也摔她的杯子。"

这个建议让林兮迟沉默了,头低垂着,不知道在想些什么。

许放以为她不敢,"啧"了一声:"胆子真是——"

他的话还没说完,林兮迟又抬了头,表情比刚才更苦恼了:"她有两个杯子啊,我不知道摔哪个。"

"……"

"一个是粉色的,一个是白色的。"林兮迟想了想,"我感觉粉色的那个比较贵,要不我就择贵的那个?"

"……随便。"

被舍友摔了杯子这件事情,确实给了林兮迟一种对于自己人际交往能力低下的挫败感,但知道这个人是辛梓丹时,她反倒松了口气。

因为林兮迟平时大多数的时间都是跟聂悦一起玩。

其次便是陈涵,虽说和她相处的时间不比聂悦多,但跟她待在一起的时候也觉得十分轻松。

所以如果不是她俩,林兮迟也确实不太难过。

林兮迟性子很慢热,一般是别人不主动找她说话,她也不会主动去找别人。辛梓丹话少,跟她一样,是相似又不太相似的性格。

两人同宿舍一个多月,朝夕面对,感情依然不咸不淡。

所幸是才认识这么点时间,这事儿对林兮迟的打击也不大。跟许放说完之后,她便将之抛到脑后了。

走了十多分钟,林兮迟也就说了这么长时间的话,嗓子都要冒烟了。她看着一直往前走的许放,抱怨道:"现在去哪儿?"

"不知道。"许放低头看了看手机,"你要回学校还是去你外公家?"

林兮迟也还在纠结,反问道:"你什么时候回学校?"

"周一下午吧。"说到这儿,他抬眸看了她一眼,张了张嘴,"但——"

"那我也周一回。"

两人不知不觉就走到小吃街的尽头,这儿的人流量明显比前段路的少了很多,只能见到零散几人的身影。

林兮迟指了指前边的一家冰激凌店,眼巴巴地说:"屁屁,我们去吃那个吧。"

这家冰激凌店的定价高,比起前边的店铺,算是隔一长段时间来吃一次都觉得奢侈的东西。

店铺前的人寥寥无几。

冰激凌店小巧精致,门面的冰箱里放着各种口味的雪糕,色泽鲜明,摆放位置和形状被精心设计过,明黄的灯光映衬得雪糕更加诱人。

隔着一道玻璃林兮迟都能感受到那股凉气,在这大热天里是令人十分愉悦的温度。

这个冰激凌店,林兮迟在学校那边也见过。当时看到价格,她和聂悦都被惊到,咋舌站在门口,虽然被吸引,但还是因为价格迟迟没有进去。

但今天不一样了。

今天有许放这个有钱人。

林兮迟兴高采烈地走在前面,冲站在柜台后的男服务员指了指:"你好,我要一个抹茶味的。"

说完之后,林兮迟回头问:"你要吗?"

许放懒得理她,拿出钱包,抽了张钱出来付款。

因为店小,店里只有两个服务员,除了柜台的男生,还有另一个女生,此时正低头帮她装着雪糕。

林兮迟百无聊赖,又开始瞎扯:"我之前有段时间,因为生活费的事情,过得很惨。"

说到这儿,她看了许放一眼,带着谴责。

柜台的男生看起来也十分无聊,目光若有若无地放在林兮迟的身上。

林兮迟没注意到,继续说:"有一天,我很饿很饿,就拿着我最后一个硬币,想拿这个硬币去买两个包子吃。"

"……"

"结果路上有根别人掉到地上的雪糕……"

林兮迟后面还有一长段话——我没注意到,结果不小心踩到上面,然后摔了。我的硬币掉进了下水道里,我为此大哭了一场,对克扣我生活费的人痛恨无比。

但她没有机会说出来。

与此同时,许放盯着柜台的那个男生,道貌岸然地接上她的话:"然后你就把那根雪糕捡起来吃了。"

林兮迟:"……"

此时女店员已经把雪糕装好,放在托盘上边。许放拿了起来,放进她手里,嘴里吐出个字:"吃。"

林兮迟瞪圆着眼,顶着一副"我一定要解释自己的清白"的模样,想反驳他的话。

许放勾了勾唇,伸手塞了一勺子的雪糕进她嘴里,很温柔地笑。

"记得改掉你这个喜欢捡东西来吃的毛病。"

"……"

随后扯着她的手肘往外走,完全不给她解释的机会。

走了好一段路后,林兮迟才反应过来,立刻挣开他的手,力道不轻,可以通过这个举动看出当事人的气急败坏。

许放收回被甩开的手,好整以暇地侧头看她。

意外的是,林兮迟却没有看他,只是低下头,握着勺子开始吃雪糕,喃喃低语:"再不吃就要化了。"

"……"

把雪糕吃了大半后,林兮迟才注意到许放一直没说话,她用鞋尖碰了碰他的鞋跟:"你在干吗?"

许放正看着手机,闻声抬起眼皮瞥她一眼:"看到个微博。"

"什么?"

他把手机放回兜里,想借此含沙射影地挖苦她一下,随口接了句。

"喜欢上一个傻子是什么样的感觉。"

"啊?你还有这方面的忧虑?"林兮迟大惊小怪的。

被她直接怼回来的许放一噎。

"我觉得,正常人是不会喜欢上一个傻子的。"感觉他是真的对这个问题很好奇,林兮迟也不再开玩笑,认真地说出了自己的想法,"会喜欢傻子的人肯定也是个傻子,能问出这种问题的人可能更傻,并且傻而不自知。"

"……"

许放按捺着脾气,只能看着她毫不知情地把他骂得狗血淋头。

"哎,你给我看看那条微博吧。"林兮迟摊开手心,"我想看看评论是怎么说的。"

许放臭着脸,硬邦邦地说:"关了。"

"屁屁你也不要气馁。"林兮迟拍拍他的手臂，安抚道，"不是说傻子就找不到正常人当对象，说不定以后会出现一个很伟大的人，愿意包容你的一切。"

"……"

两人又逛了一圈。

此刻也到了正午的时候，早晨略显阴沉的云层散开，太阳在空中高挂，阳光热辣，晒在皮肤上有些刺疼，像是被细针扎了一样。

因为太阳是从正上方往下照射，所以林兮迟想像以前一样藏在许放的影子里都不行。

她被晒得难受，不断催促着许放走快一些。

许放被她烦得不行，连头也没回："忍着。"

林兮迟没说话了。

耳边少了她叽叽喳喳的声音，许放反倒不习惯了，忍不住回头，语气生硬刻板："这里没法拦车，再走五分钟就行了。"

林兮迟垂着脑袋，低低地应了一声。

她这副模样，许放也不知道她在想什么，便弯腰侧头去看她的表情。

只见她双目失神，眼神毫无焦点，看起来十分空洞。注意到他的视线，林兮迟立刻恢复了过来，眨了眨眼："你看我干吗？"

许放："……你在干吗？"

闻言，她的眼神又开始涣散，有点斗鸡眼的趋势："忍。"

"……"

许放忍着把她的头拍开的冲动："有病。"

"这样可以分散注意力，就不会觉得那么晒了。"林兮迟看他，"屁屁你也可以试试。"

这次他没忍住，伸手把她的脸推到一边。

"走开。"

许放拦了辆车，先把林兮迟送去她外公家楼下，之后才回了家。

林兮迟的外公姓丁。前几年外婆过世后，他便一直独自一人居住在这里。这一片全是老旧的住宅区，但地理位置不错，交通便利，周边配套设施齐全，还安静。

从高二开始，林兮迟便一直住在这里。

在这之前，她都是骑车去学校的，跟许放一起。两人都没有选择住宿，家就住对门，每天都是林兮迟去找他一起上学。

从岚北别墅区到学校，骑自行车只需要十来分钟。但外公家离学校太远，林兮迟只能改成坐公交车去学校。

那时候许放对她突然搬家的原因也毫不知情，问了她好几次也不说。他本就不是一个有耐性的人，次数多了也就生气了。

那次冷战大概持续了三天，许放单方面的。

林兮迟不想跟他冷战，但不知是什么心理在作祟，她也不想告诉他家里的事情。

为了和好，林兮迟想尽了各种方法，都没有用。

而且许放的人缘特别好，林兮迟每次去找他的时候，他身边都围着很多人。虽然他从来没做过当众甩脸就走的事情，但就是一直把她当成空气一样。

会听她说话，但却连个眼神都不给她。

那三天，林兮迟的情绪特别低落。有一天想着想着就哭了，各种脾气和委屈随之上来了，哭了整整一晚上。

隔天她肿着一双眼去了学校，也不像往常那样去找他说话。

两人开启了真正意义的双向冷战。

又过了一天，林兮迟还记得，那天因为没睡好起晚了，匆匆忙忙地背上书包下了楼。当时天已经大亮，盛夏的早晨阳光已然灼热吓人。

她怕被老师骂，心里慌乱又着急。

一出楼下的大门，就看到了许放。

他坐在单车的鞍座上，双腿闲散地踩着地，穿着蓝白色条纹的校服，背着光，周身染上一层金灿。

见到她时，许放表情变得不自然，他别开脸，语气十分恶劣。

"你是睡死了？快点。"

早读七点开始。

以前许放每天雷打不动，准时六点半起床，听着她绝望地催促他，而后懒洋洋地花十分钟洗漱换衣服,叼着个面包便往外走。

林兮迟不知道他从岚北骑车过来要多久,总之她需要半个小时。

也不知道他今天是几点起床的。

可能是找到了个跟自己一起迟到的伴儿,林兮迟瞬间就不怕了,走到他面前,不知怎的也有些尴尬,只能小声提醒他。

"这里太远了。"

他从单车上跳下来,把车推到单车棚里,背对着她沉声说:"知道。"

只持续了一天的双向冷战。

再然后,一直到高中毕业。

许放的早上六点半,从雷打不动的起床时间,变成了——

雷打不动地在林兮迟外公家楼下等她。

……

林兮迟从回忆里回过神,拿着钥匙开了门,喊了声:"外公。"

没人应。

林兮迟又喊了几声,还是没人应,她打开外公的房间门看了眼,这才确定家里没人。她猜测外公大概是去找朋友下棋了,也没给他打电话。

到浴室里匆匆洗了个澡,林兮迟把衣服洗了之后,回床睡了个下午觉。

再醒来时,她是被外公骂醒的。

老人家的生活规律,看不得她日上三竿了还躺在床上,骂她的理由从"要回来也不跟我说一声"到"这都几点了还睡"再到"你回家就是为了睡觉吗",最后到"再睡就给我滚回学校"。

林兮迟被这一串吼吓醒,立刻爬了起来。

一看时间才发现现在已经下午五点了,本来感觉外公脾气又躁了的林兮迟突然改变了想法,觉得这趟回来外公好像温柔了不少。

外公已经把晚饭准备好,此时正板着一张脸坐在餐桌的主位上。

林兮迟走过去坐好,笑眯眯地喊:"外公。"

外公哼了一声,这才拿起了筷子:"耿耿那丫头说你不接电话,刚刚给我打电话了,一会儿估计要过来这边。"

林兮迟点点头,端起碗来喝了口汤。

下一刻，外公毫无预兆地问："昨天喝酒了？"

林兮迟口里的汤差点儿喷了出来，她连忙咽了下去，立刻摆着手否认："没有没有。"

过了一会儿，她小心翼翼道："耿耿跟你说的吗？"

外公横过来一眼："不是没喝？"

"……"

林兮耿来了之后，不论她做没做这种打小报告的事情，林兮迟还是不管三七二十一，把她扯进房间痛骂了她一顿。

把林兮耿气得想给她两巴掌。

晚上，两人躺在床上。

林兮迟问起她今天是怎么应付老师和父母的，林兮耿跟她说完后，又反问她今天是怎么应付许放的。

就这么乱七八糟地聊着天。

聊着聊着，林兮迟渐渐犯困，她打了个哈欠，小声说："睡吧。"

就快要睡着时，她隐隐听到身后的林兮耿在说："林兮迟。

"我现在能考年级前二十了，以后我也报 S 大。"

在外公家住了两晚，周一早上林兮迟跟许放一起返校。

本来许放订的票是下午的，但林兮迟怕辛梓丹比她回来得早，让他改成周一最早的高铁票。

两人到校时，因为时间太早，校园里还静悄悄的。

许放把林兮迟送回了宿舍。

一路上听着她在纠结白色还是粉色，而且她不光一个人纠结，还一定要拉上他一起纠结，如果他不纠结，她还反过来开始骂他。

许放憋闷得连骂她的心情都没有。

到宿舍楼下，林兮迟换了个问题："屁屁，你喜欢白色还是粉色？"

许放搪塞道："白色。"

"哦。"林兮迟决定下来，"那我就摔白色。"

看事情总算有了结论，许放发麻的头皮放松下来，但还是有些疑惑："怎么突然就决定了？"

林兮迟理当如此地说:"我要把她喜欢的人喜欢的颜色摔了。"

似是有些反应不过来她的话,许放眉头一拧,伸手掐了掐她的脸:"说的什么玩意儿?"

林兮迟瞥他一眼,把他的手扯开:"说了你也不懂。"

"……"他不懂什么?

"反正我猜得肯定没错。"林兮迟边往宿舍的方向走,边跟他摆摆手,"我去了啊,你也快回去吧。"

许放插兜站在原地,看着她走进宿舍楼里,也没像平时那样转头就走。他懒洋洋地打了个哈欠,低头拿出手机打发着时间。

此时才早上七点出头。

阳光透过窗户将略显暗沉的楼道点亮,光束散落一地。楼道里静悄悄的,时不时能见到几个女生安安静静地从楼上往下走。

走到五楼,林兮迟左转,走到518的门前,拿着钥匙开了门。

宿舍的窗帘紧闭,房间里很暗。

林兮迟不太确定陈涵是不是还在床上睡觉,也没有急着开灯。她把书包放到桌上,开了小台灯,余光一看,突然注意到被自己扔到垃圾桶里的碎片。

她想了想,从摆放宿舍共同物品的地方翻出之前学生会发的校报,把碎片包好之后才再度扔进了垃圾桶。

做完了这一系列的流程,林兮迟侧头看了看辛梓丹的桌子。

辛梓丹的桌面总是整整齐齐的,贴着淡粉色的桌纸,两个杯子还是一如既往地放在桌面左侧的位置。

说实话,头一回做这种事情,要说不紧张是不可能的。

林兮迟又往陈涵的床上看。陈涵挂了蚊帐,隔着一层网状的纱,她看得有些不真切。

在原地思考了下,林兮迟戴上眼镜,爬上了自己的床。

再三确认陈涵的床上没有人之后,她还小心翼翼地对着空气喊了几声:"小涵,小涵?小涵!"

林兮迟这才放下心来,下了床。

这是林兮迟第一次过宿舍生活。

读高中时，她甚至连高三那个阶段都没有选择住宿。虽然以前有听过同桌跟她抱怨跟舍友的关系不好，但她无法感同身受，对此也没有发表太多的意见。

同桌的处置方法就是忍，不想把宿舍氛围弄得太尴尬。所以她们表面上舍友关系依然不错，但内里已经千疮百孔。

其实要不是许放又跟她提起了这件事，林兮迟大概也会和同桌的做法一样，直接当成没事发生过，也不会去想到底是谁把她的杯子摔了。

又或者，她会直接去问是谁做的，虽然她觉得真正做这件事的人并不会承认。总之，对她唯一的影响大概也只有在之后的相处中会比之前多几分戒备吧。

但这次，不知怎的，她就是特别想计较。

林兮迟走到了辛梓丹的桌子旁，想伸手去拿那个白色的杯子，很快动作又顿了下来。她折回自己的衣柜前，翻出冬天用的手套戴上。

万事俱备后，林兮迟把那个白色的杯子放到桌边，然后屏着气，向外戳了一下。

杯子落地。

"咣当"一声响。

杯子在地上滚动着，滚到杯把的部位时，又向相反的方向滚动了一圈。林兮迟捡起来检查了一番，连块碎片都没掉。

她又重复了两遍。

依然没碎。

她有些绝望了，上微信找了许放：这个杯子很恐怖啊。

林兮迟：这个杯子比钢铁还要坚硬。

林兮迟：我摔三次了都没碎。

林兮迟：怎么办？

"……"

许放觉得这家伙真的是做什么都做不好，除了撑人什么都不会。

连摔个杯子都要人教。

许放深吸了口气，敲字：你用点力。

又怕碎片溅起会把她划伤，许放把之前的话删掉，改口道：换个杯子。

许放又等了一会儿,没等到回复,倒是等到了她的人。她依然背着刚刚那个书包,看起来跟刚刚没有任何区别。

看到他还在,林兮迟很惊讶,跑到他的面前,喘着气。

像逃难似的。

"你怎么还没走？"

许放表情古怪:"你干什么？"

"我得跑。"林兮迟一本正经,"得离开案发现场啊。"

"……"

"我摔第四次就成功了！"林兮迟给他比了个"四"的手势,笑眯眯道,"你放心,我把灯什么的都关上了,我还戴了手套,不会留下指纹。"

她这副没心没肺、像献宝似的模样让许放忍不住勾了唇。早知道她会出来,他也没说什么,单手扣住她的脑袋往前推。

"去吃饭。"

两人到校外的一家早餐店。

林兮迟看着菜单,想了想两人的食量,点了两碗豆浆和三根油条,还有五个肉包。这个分量,大半都是许放的份。

不知为何,林兮迟今天的胃口格外好,把自己的分量吃完还是不饱,坐了一会儿后,她抢了许放一个肉包吃。

许放看了她一眼,没说话。

林兮迟啃完后,摸了摸肚子,觉得自己还能再吃一个,然后她又趁许放不注意时抢了他一个肉包,迅速咬了一口。

先下手为强。

这下许放忍不了了,冷着眼看她:"你想饿死我？"

闻言,她手上的动作一顿,默默地把手上的包子放了回去。

盘子上只剩最后一个肉包,刚好是林兮迟放回来的那一个。缺了一块的地方还能看出是被咬过的痕迹,格外显眼。

"……"

许放扯了扯嘴角,拿起那个包子,就见她的视线重新望了过来,眼巴巴地看着，让他想到了前些天在路边看到的一条流浪狗。

"张嘴。"

林兮迟不明所以地"啊"了一声，下一刻，他把手中的包子放在她嘴前，用了力。动作并不温柔，像是想一次性将整个包子塞进她的嘴里。

"……"林兮迟差点儿被噎到。

她咬了一大口，把嘴里的包子咽了下去，不可置信地看他，良久后才谴责道："两个包子就让你动了杀意。"

没掌握好力道的许放："……"

两人吃完早饭也才刚过八点。

感觉辛梓丹大概不会回来得么早，林兮迟也不想一个人待在外边，便扯着许放跟她一起瞎逛。

学校附近有很多店，考虑到周围大多是学生，所以价位一般都不高。

林兮迟进了一家精品店，她之前那个杯子也是在这里买的，价位合适，而且很好看。因为两人不赶时间，所以也不着急。

慢悠悠地逛到其中一个小格时，林兮迟的脚步停了下来。

许放跟在她的后边，也循着她的视线望去。

里头放着好几套杯子，都是情侣款的。

林兮迟的视线定在中间那套，糖果色，一粉一蓝，圆柱形，有些倾斜。除了杯把，两个杯子都还有两只手，是正在拥抱的姿势。

看起来很可爱。

林兮迟把那套杯子拿了起来，回头问他："这个好看吗？"

许放没答，浓密的睫毛向下垂，盯着她手中的杯子，过了半晌才淡声说："还行。"

"那我买这个吧。"林兮迟高兴道，"好可爱啊……"

也没等他再回复。

林兮迟拿着杯子去前台付了款。

她完全没有考虑这个是情侣款，另一个该给谁用的问题。只想着如果有两个杯子，她可以用一个来喝水，另一个来泡牛奶。

就算只用一个，另一个也可以先备着。

以防下次再被人摔了没有杯子用。

杯子被服务员分别装在两个正方形的盒子里，用泡沫固定着，再装进一个袋子里。

林兮迟接过袋子，跟许放出了店，开始漫无目的地逛街。

一直逛到午饭的点，两人干脆吃完午饭才回去。

到宿舍楼下之后，林兮迟跟许放摆了摆手，拿着手里的袋子便想往宿舍楼走。

她还没转身，许放便先抢过她手中的袋子，低头看了眼，透过两个盒子外的那层透明气泡膜辨认了下，把粉色的那个递给她。

林兮迟莫名其妙地接着："你干吗？"

许放别过脸，神色不自然，似乎很不高兴她的问题。

"我也缺杯子，不行？"

回宿舍后，林兮迟才发现，事态比她想象的要严重些。

宿舍另外三人已经回来了，散落一地的碎片没有人收拾。辛梓丹坐在椅子上，眼睛哭得都红了，另外两个人正在安慰她。

林兮迟抱着杯子进了门，装模作样地说："怎么了？"

聂悦和陈涵看上去似乎也有些蒙。

唯有辛梓丹看着她，眼睛和鼻子都是红的，神情却很冷，眼泪像不要钱似的往下掉，哽咽着说："不知道是谁摔了我的杯子。"

语气有些尖锐，似乎已经认定了是她摔的。

另外两人也有些犹疑地看她。

在此之前，林兮迟一直没有因为这事情真的生气过。

但在此刻，她的火气莫名地就被点燃了。

"是吗？"林兮迟也盯着她看，弯唇笑了下，"真巧，我的杯子也被人摔了。"

林兮迟嘴角渐渐变得平直，轻声说："我也很好奇是谁。"

闻言，辛梓丹身体僵住，眸光微闪，她的脑袋向下低了些，用手背抹着泪，遮住了神色，没有说话。

如果先前林兮迟对于摔杯子这件事情还有那么一点点不确定，那么此刻，辛梓丹的这个反应，让林兮迟几乎可以百分百肯定是她。

察觉到她们两个之间的气氛，因辛梓丹的哭声先入为主的聂悦反应过来，出来打圆场，做了别的猜测。

"是不是我们谁没把门关好，让别人进来了呀？"

陈涵也连忙帮腔："对啊，而且我听说学校最近有很多野猫，也可能是野猫跑进来了。"

林兮迟站在原地没说话。

辛梓丹还在擦眼泪，也迟迟没有张口。

两个当事人不说话，再怎么缓和气氛都没有用，另外两人此时也不知道该说什么好。

犹豫片刻，陈涵到阳台去拿了扫把，回来收拾着碎片。

因她这个举动，辛梓丹终于站起身，接过陈涵手中的扫把，红着眼轻声说："是我小题大做了……对不起，我还以为是我哪里让你们不开心了。"

等了她半天就等到了这样一句话，林兮迟真的气乐了，忍不住说了句"你想的确实没什么错"便回到自己的位置前。

林兮迟的语气和神情都不像往常那般柔和又好相处，变得锋利又冷然。

原本回了温的气氛瞬间又降到了零点。

头一回见到林兮迟这副模样，聂悦在原地愣了一会儿，很快便过去拍拍她的肩膀，小声问："你今天怎么回事啊？"

林兮迟还冒着火，差点儿对聂悦发了脾气，她扯了扯嘴角，淡淡道："没事。"

其实这都不关陈涵和聂悦的事情。

两人一个刚从家里回来，一个刚跟部门的人玩闹回来，都是心情很好地回了学校，结果一回来就要面对她俩这拔刃张弩的氛围。

想到这儿，林兮迟突然就有点儿小愧疚。

但听到辛梓丹的声音时，她的愧意瞬间荡然无存。

辛梓丹望了过来，没有半点做了亏心事的模样，声音软又哑："你的意思是觉得我把你的杯子摔了吗？"

见林兮迟没有回答的意思，聂悦站在她的旁边，迟疑地帮她回答："迟迟应该不会无缘无故这样想的……"

"你不能自己回答吗?"辛梓丹的声音扬了起来,像是受了极大的委屈,尾音带着哭腔,"你有话直接说行不行?"

林兮迟是真的被她的态度弄得完全不知道该说什么。

她是第一次遇到这样的人。

她周围的人一直都是直来直往的,高兴还是不高兴,对她做了什么好事或者坏事,都会直接告诉她。

林兮迟是头一回遇到这种对她做了不好的事情还反过来质问她的人,让她一时之间甚至开始怀疑自己的判断。

她回头,平静地看着辛梓丹。

"那你摔了吗?"

辛梓丹立刻否认:"我当然没有!我为什么要做这种……"

林兮迟打断她:"那就没什么好说的了。"

辛梓丹被她一噎,眼眶又红了一个度,哽咽着。

林兮迟被她哭得越发不耐烦,深吸了口气,说:"你让我有话直说的前提是你也得跟我有话直说,说实话用这种方式对付人我也觉得恶心。"

"……"

"哦,我不是说摔杯子的事情,我是说态度的问题。"林兮迟看着她立刻瞪大了的眼,转了话锋,"所以请你别哭了,这招对我没用。"

"不然你是觉得,掉几颗眼泪,"林兮迟笑了,"就能替你解决所有的事情吗?"

辛梓丹咬唇,止住哭声。

林兮迟冷冷道:"要不我也跟你学学?"

虽然林兮迟话是这么说,但让她当场哭出来,她肯定是做不到的。就算辛梓丹气到扇了她一巴掌,力道太小的话,半滴泪她都挤不出来。

不过说出来的话不一定就要做得到。

林兮迟真心觉得自己刚刚的话真的太帅了。

实在是太帅了。

帅到让她觉得跟辛梓丹撕破脸也是一件很美好的事情。

在这件事情上,林兮迟越想越膨胀,转头就把这些话全部都复述给许放听，并从每一个细节教导他如何帅气而从容且不带一个脏字地骂人。

宿舍里静悄悄的，从林兮迟的最后一句话落下，便不再有人说话，只能听到辛梓丹偶尔吸鼻子的声音。

陈涵回了床，其余三人都待在自己的位置上坐着。

表面上风平浪静，实际上陈涵和聂悦都在微信上找她，问她发生了什么事情。

林兮迟想了想，还是没说实话：就我跟她的一点儿私人恩怨，你们不用管了，也不要因为这个影响了心情。

没多久，辛梓丹也在微信上找她，说的话倒是出乎她的意料。

辛梓丹：迟迟……对不起，我那天不小心摔了你的杯子，真的是不小心摔了……我太慌了，也不敢承认，对不起啊。

盯着屏幕上的话，林兮迟抿了抿唇，一时间脑子像断了线，想骂她又觉得不对劲，感觉说太多也不对劲。

她不知道该回复什么。

林兮迟犹豫了几秒，把对话框截图，发给了许放。

林兮迟：我怎么回？

林兮迟：我不想说没关系啊……但是不是太小气了？

许放回复得很快：回。

林兮迟一愣，连忙打：回什么？

许放：个。

许放：屁。

林兮迟没反应过来，很听话地给辛梓丹回了个：屁。

发过去之后她才觉得不对劲，又找了许放：你刚刚的意思叫我别回还是回个"屁"字。

许放："……"

这家伙能不能用点儿脑子？

林兮迟的这个答复让两人的关系僵到了顶点。

辛梓丹没再回复她，两人在宿舍里也没有别的沟通，相处方式变成了互把对方当成空气。

但这么过了两天之后，林兮迟突然觉得也挺舒坦，比她想象中的假惺惺要好得多。

这件事一过，林兮迟在闲暇间想起，其实高中时许放的桃花也不少。

高一的时候，有个女生求了她几个星期，跟她要许放的 QQ 号。

林兮迟之前也被另一个女生缠得不行，最后半推半就地给了，因为这事许放一个月都没跟她说话。

这次她哪敢随便给，每次推辞时说的话都是让女生自己去跟许放要。

但那个女生不好意思自己去要，多次被林兮迟拒绝，实在烦了，直接在教室里吼她："你以为我想天天来找你？我要是敢自己去要，我一句话都懒得跟你说。"

这一吼把她吼蒙了。

后来不知道许放是怎么知道了这件事情。

有一天下午放学硬是拦着那个女生不让她走，惹得人家脸红心跳的时候，突然把藏在其中一张桌子后面的林兮迟扯出来。

让女生给她道歉。

……

所以林兮迟高中的时候，人缘并不算好，但也不会有人觉得她好欺负。

因为都知道，许放会帮她欺负回来。

就这么过了几天。

辛梓丹的气似乎也过了，每天在宿舍里若有若无地向她示好，林兮迟反倒有些不习惯。

恰好最近她的事情也多，新生篮球赛就快开始了，她要跟着联系和安排各种事情，因此天天往外跑。

周五下午林兮迟还要去帮忙布置场地。

新生篮球赛持续三天，分六个学部，同时段会有不同院系的球队在比赛。

林兮迟负责的学部是工学部，有八个院系，周五比四场。

胜出的四支队伍在周六比赛，选出季军，剩余的两支队伍在周日比最后一场，分出冠军和亚军。

体育馆的场地充足，足够让六个学部同时比赛，所以统一安排在体育馆里比赛。

周五下午，体育馆看台上坐满学生，前排都是穿着统一球服的球队。

林兮迟穿着学生会的会服，站在场地边上，时不时控制一下秩序，让学生不要走进场内。

何儒梁看着手中的文件夹，淡声说："到时间了，让他们准备一下吧。"

他拿得高，而且也没说第一场是哪两个系比赛，林兮迟一时间也记不起来，下意识地踮脚凑过去看。

是机械系和建筑系。

似乎是为照顾她的身高，何儒梁也很自然地把文件夹放低了些。

林兮迟看清后，说："那我去跟建筑系的说一下。"

她往四周看了一圈，都是一群高高大大的男生。虽穿着不同色的球服，但她也不清楚哪个系对应哪个颜色。

最后还是何儒梁给她指了方位她才找到。

大红色球服。

林兮迟顺着方向跑了过去。

十几个男生围成一团，不知道在说什么，此时正哄笑着。大红的颜色显得热情而张扬，十分有活力。

林兮迟有些不好意思打扰他们，喊了一声，也因为声音太低没被人注意到。

恰在此时，林兮迟注意到站在中央的许放。

他的视线也落在她的身上，似乎已经看了她很久。双眸深邃而沉，像黑夜里倒映着星星的湖水。少年穿着大红的球服，是火热而桀骜的颜色。

刚刚没注意到，此时在一群火里看他，也觉得十分醒目。

许放侧了下头，神色慵懒带着笑，声音稍扬。

"别吵了。"

其余十几个男生瞬间安静下来，目光下意识地放在许放的身上，又顺着他的目光落在了林兮迟的身上。

不知道是不是因为刚跑过来，林兮迟觉得自己的心脏跳得有些快。她别开视线，把声音提高了些："比赛快开始了，你们准备一下，看看第一节要安排哪五个人上场。"

应该是早就已经安排好了人员，很快，大半的男生走回看台，找了地方坐下。

只剩六个人站在原处，包括许放。

林兮迟点点头，想回去找何儒梁和叶绍文时，忽地被许放叫住。

"喂。"

林兮迟回头，疑惑地看他。

"你回去干吗？"

"看比赛。"

听到这话，许放沉默着，扯着她的手肘往看台走。到其中两个空位时，他使了劲，把她推到其中一个位置坐下，随后坐在她的旁边。

他的身上还散着薄荷的味道，不浓，很清洌。

"在这儿也能看。"他说。

一场比赛分为四节，每节十二分钟，每节间隔一百三十秒，半场休息十五分钟。每场比赛设两名裁判员和两名记分员，由裁判协会那边指派。

林兮迟戴了隐形眼镜，看了下何儒梁和叶绍文的方向，从这个角度能看到他们两个已经找了位置坐下了。

比赛也快开始了，旁边的男生似乎都跟许放很熟悉，离他最近的那个还很暧昧地捶了下他的胸口。

被许放一掌拍了回去。

林兮迟犹豫着，最后还是没有回去。她侧头，耳边还能听到几个男生瞎起哄的声音，被许放用威胁的语气制止："吵什么？"

这种情况其实林兮迟遇到的也不少。

高一刚开始的时候，围在许放旁边的那群男生，每次看到他们两个待在一起便会发出一阵起哄声。

一开始林兮迟也有些尴尬，跟他们认识了也就没有这种事情了。

后来，林兮迟发现别班的同学来找班里的异性，大家也都会发出这样的怪叫声。

都是玩心重，并没有恶意。

她渐渐把这种行为当作寻常的事情。所以此刻林兮迟也不尴尬，反倒好奇地问："你平时对他们都这么凶吗？"

许放从脚边的纸箱里拿出一瓶水，扔进她怀里，另一只手搭在她的椅背上，神态漫不经心："我凶？"

"是啊。"这次林兮迟不再自取其辱，自觉拧开瓶盖，递给他，"所以我就很好奇你这样为什么会有那么多朋友。"

许放接过，但没喝，没搭理她。

林兮迟低头琢磨了下，猜测道："用钱买的？"

"……"许放觉得自己在她心目中似乎毫无是处，他沉默了几秒，反问道，"我犯得着？"

林兮迟当他默认："哦，果然是用钱买的。"

许放被她这反应气乐了，直接认下，反过来嘲讽她。

"所以你也是我用钱买的？"

"我当然不是。"林兮迟立刻否认，顶着一副英勇就义的模样，"所以我从小就觉得自己特别伟大。"

许放："……"

看着场内两支球队已经选好站位，五红五蓝。中锋在中圈内跳球，蓝队跳球得手，耳边有哨声响起。

林兮迟突然反应过来，问道："你是替补吗？"

许放抢过她手心里的瓶盖，慢条斯理地拧回瓶口的位置。

"嗯。"

"你为什么是替补？"林兮迟皱眉，"你不是校队的吗？"

许放又把水瓶扔进她怀里，指了指场上正在奔跑的少年们，神情懒散。

"那五个也是。"

"……"

注意到林兮迟幽幽地看着他，眼神看不出是什么含意。

许放顿了几秒,还是解释了:"谁想上就谁上,没谁安排。"

林兮迟莫名有些小失望,小声嘟囔:"如果是你肯定能拿到那个跳球。"

恰好红队有个男生扣了篮,身后瞬间响起了尖叫声,几乎要掀翻整个篮球馆。许放没听清她的话,整个人凑近了些。

"嗯?"

许放的身上还是那股熟悉的薄荷味,带着男性的荷尔蒙,肩膀宽厚,铺天盖地的压迫感向她袭来。

林兮迟用的沐浴露也是薄荷味的。

此刻,不知为何,她就是觉得许放身上的要好闻很多,而且这个距离,破天荒地,居然让她觉得有些不自在。

许放又开了口,说话时温热的气息喷在她的侧脸和脖颈处,一寸一寸地,有些痒。

"我一会儿——"似乎是在思考,他的话顿住,迟迟没说完。很快,他笑了一下,一时间,那若有若无的痒意达到了最极,让林兮迟无法忍受。

林兮迟忍不住抬手,掌心碰上他的侧脸,"啪"的一声,把他的脑袋推远了些。

许放没反应过来,下意识低骂了声。

随后不可置信地看她,表情立刻就沉了下来:"你打上瘾了?"

林兮迟摸了摸脖子,垂着眼,也有些心虚:"我这哪算打……"她的余光还能看到许放十分不善的目光,讷讷补充,"是你凑太近了……"

对于她的解释,许放没有发表任何言论。

他这次好像是真的不高兴了。

比起刚刚凑在她旁边的姿势,许放现在坐得端正了不少,他靠着椅背,视线放在场上的队友身上。

林兮迟侧头一看,能注意到许放幽深的瞳仁,绷着的五官线条,咬肌收紧,下颌内敛,是很不悦的神态。

她这次也没像往常一样,立刻就去讨好他。

林兮迟低下眼,再度摸了摸脖颈的位置,眼神有些茫然。

大概是她没去哄他的缘故，许放周围散发的郁气更加浓郁了。在这段时间里，裁判吹响哨声，陆陆续续有几个球员被替换下来。

能听到几个大男孩大喘着气，十分兴奋地说："我一会儿还要再上去一次，刚刚我那个三分球——我感觉全世界的女生都在为我尖叫。"

"你别想了！我还没上呢！"

"……"

时间就这么一分一秒地过去，一直到上半场结束，旁边的许放一点儿动静都没有，完全没有要上场的倾向。

半场休息时间。

刚刚上场的七八个男生被一群建筑系的女生簇拥着，几个男生没了刚刚的意气风发，都不太好意思地挠着头，接过她们手中的水。

徒留几个没出汗的坐在原地，嫉妒地吐槽："刚刚阿狗打得很烂吧，我都看到他差点儿扑街了好吗？"

"就是啊——"另一个男生冷哼一声，"还没我十分之一的水准。"

林兮迟听着他们的话，莫名有点儿想笑。时间一过，刚刚的不自在也散去了，她恢复正常，扭头小声喊："屁屁。"

许放低眸看着手机，没理她。

林兮迟也不介意，自顾自地问："你什么时候上场啊？"

许放依然没说话。

恰好有个大汗淋漓的男生过来，把胳膊搭在他的脖颈上，把林兮迟的话打断，大大咧咧道："许放，你第三节上？"

"……"

"快说，我们急着安排呢。"男生突然注意到林兮迟的存在，"啊"了一声，"要不你别上了吧，你不都有女——"

同时，许放把他的手拿开，力道不算轻，顶着一副"赶紧给我滚蛋"的表情，不耐道："第四节。"

注意到了林兮迟和许放两个之间不太对劲的气氛，男生很识相地走开了。

林兮迟抓了抓脸，这下是真的觉得事态严重，便开始认真地讨好他："屁屁，你怎么这么晚才上场啊？"

"……"

林兮迟捂着良心:"我感觉上场的人都没你有气质没你打球打得好还没你帅,我都快看睡着了。"

这下许放倒是有了反应,一直盯着手机的视线转了过来,睨着她。

见状,林兮迟又跟他提了最重要的事情,很刻意地强调:"你快上场吧,我相信你肯定能给我赢个自行车的。"

尽管视线转过来了,神情明显也是把她的话听进去了,但许放就是像个哑巴一样,一声不吭。

下半场就快开始了。

给男生们送水的女生坐回了原地,要上场的球员在一旁做着热身运动。

比赛一开始,体育馆瞬间又热闹了起来。

林兮迟看着椅子上放着几个空水瓶,又低头看了看自己手里的水瓶,已经开了盖,但刚刚许放也没喝过。

她不确定了:"你等会儿要我给你送水吗?"

许放懒散地靠在椅背上,坐久了似乎还有些困,他打了个哈欠,半眯着眼,没回答她的话,但表现出来的意思就是:你这问的不是废话吗?

他没反应,林兮迟只好往另一个答案上想:"那我自己喝了?"

"……"

许放被她气得快吐血了。

到时间后,许放起身,在场边做着简单的热身运动,看上去比刚刚还要生气,连一个视线都不给她。

林兮迟突然觉得,他们两个的关系,因为一巴掌,从朋友变成了仇人。

许放替补的是前锋的位置。

第四节的发球权在对方手上,场上的比分依然没有拉开,只有几分之差。

军训过去半个月了,许放的肤色白回来了不少,此时站在场内,被其他几个"煤炭"衬托得白白净净。

但他却是里边最高的一个,五官像是用刀雕刻出来的,硬朗分明。细碎的短发散落额前,剑眉微扬,看起来矜贵而英气。

建筑系只剩他没上过场,其余的人都满身大汗,唯有他身上清爽干净,像是去串门的一样。

比赛一开始,他原本那副懒散的神情一下子就变了。

林兮迟捏着手里的瓶子,紧张地看着他在场内奔跑,游刃有余地抢过对手的球,红球服令他更加鲜活有活力。

许放似乎特别喜欢扣篮,五次里有三次得分他都是单手抓着篮圈,另一只手将球扣入其内,整个人半挂在篮圈上,随后轻松地跳回地板。

动作利落帅气,格外吸引人眼球。

林兮迟觉得自己快因为尖叫声聋了。

建筑系赢了。

她抿着唇,看着旁边一拥而上的男生,以及在场内跟队友击掌的许放。刚刚随口说的话忽地就成了现实。

林兮迟觉得自己的想法真的太奇怪了。

她居然会觉得许放是里边最厉害也最好看的一个。

这种话说多了居然也会把自己洗脑成功吗?

接下来,还有一大群女生手上拿着水瓶,过去给刚下场的男生送水。

林兮迟本来也想过去,但想到刚刚其他男生被女生送水时羞赧而高兴的模样以及许放的神情,她便坐了回去。

她盯着手里的水,突然就很不高兴。

林兮迟低着头,心底酸涩难耐,是完全不知道该怎么形容的感觉。远处传来男生的哄笑声,她也随之拧开水瓶。

凭什么就他有水喝?

还有一群人给送水喝。

林兮迟正想把这瓶水一口气灌下,脚尖突然被人踢了一下,耳边传来了少年的喘气声。

她抬头。

许放满头是汗,双眼被汗水沾湿,看起来湿漉漉的,泛着浅浅的光。

他的表情非常难看，完全不像是刚刚赢了比赛的模样，反而带着点戾气。

他定定地盯着林兮迟，眼里带着不可置信。

"你还真给自己喝了？"

Chapter 6:
攻略PP计划

林兮迟愣了一下，放下水瓶，下意识往他刚刚所在的位置看了眼。

篮球场上，两个男生搭着肩，腼腆地跟面前的女生说话。周围还有三两个人抱着球在瞎闹。

一行人神情飞扬愉悦，还沉浸在胜利的余韵当中。

是生动鲜活的场景。

许放站在她的面前，像是刚洗过澡，汗流浃背。汗珠顺着发丝向下落，汇聚在下颌，豆大的汗滴砸到地上，大红色的球服也被染成深红色。

男性的荷尔蒙散发到了极致。

他的双眼深邃，戾气像旋涡一样在其内涌动起伏，整张脸板着，毫不掩饰自己不爽的心情。

在这一瞬间，林兮迟甚至还有种，如果她不把嘴里的水吐出来，许放估计会记恨她一辈子的感觉。

林兮迟硬着头皮地把水咽下去，捏紧水瓶，把盖子拧上。随后弯腰翻了翻旁边那个箱子，讷讷道："我以为……唉，你怎么老发脾气，你也没说要我给你送水呀，这里应该还有……"

摸了半天，林兮迟却连个瓶盖都没碰到。她突然有了种不好的预感，垂头一看。

果然。

箱子里空荡荡的，连一瓶水都没剩下。

"……"林兮迟偷偷看了他一眼。

许放的表情没有半点变化，站在原地休息了一阵，他呼吸频率缓了不少，也听不到像刚才那样粗重的喘气声。

感觉再待下去的话，绝对会被许放骂死，林兮迟站了起来，随便指了个方向："我去给你拿瓶水！"

说着她就想跑了。

但许放的反应极快，立刻单手扣住她的脑袋，使了劲，把她扯了回来。

林兮迟觉得自己的脑袋就像一颗篮球一样，被他随意摆弄。

许放淡声问："去哪儿拿？"

"我问问我部门的人有没有。"见他不说话，脑袋在他手上的林兮迟小心翼翼地补充，"没有的话我就去动物医学系那里拿——"

她的话还没说完，许放便扯了扯嘴角，用空着的那只手把她手里的水拿了过来，随后才放开了她的脑袋。

许放眉眼微扬，因为刚运动过，脸颊微红，连带着耳根的一大片都是红的。他拧开瓶盖，语气十分不友好。

"等你回来我都要渴死了。"

然后，林兮迟就看着他隔着瓶口，把水灌进自己的嘴里，喉结迅速滚动，一瓶水在顷刻间便被喝光。

他的神情没有半点不自然。

林兮迟呼吸一滞，感觉不太对劲，又觉得他的反应这么理所当然，自己也不应该觉得不正常。她站在原地，看着许放把瓶子随手扔进一旁的箱子里。

"那我回去了。"林兮迟摸了摸脑袋，自言自语道，"下一场也快开始了。"

她也没等许放回应，说完便转头就走。

许放用舌尖舔了舔嘴角，以及唇上残余的水渍，视线放在林兮迟的背影上，看着她平静并且与平时无二的脚步。

半晌，他坐回椅子上，使劲揉搓了下头发。

这家伙的心真是大。

不远处，有个男生回头喊他："许放！还有没有水？！"

许放正想回答，余光注意到林兮迟似乎回了头，他又收回了口中的话，懒洋洋地回："没了。"

瞥见林兮迟收回了视线。

与此同时，许放倾身，往第一排的座椅后面扫了眼，看到剩余的半箱水，手臂一捞，沉默着扔了两瓶给那个男生。

接下来还有三场比赛，所以两场比赛之间间隔的时间很短，几乎是无缝衔接。多数人看完自己院系的比赛便走了，时间一过，体育馆内越来越空。

林兮迟坐回何儒梁的旁边。

这个位置处于看台的中央，是观赛最好的位置。可她现在没什么心思看比赛，还在回想刚刚许放的模样和举动。

那瓶水她喝过的。

他怎么能就直接喝了？

这好像不合乎情理吧？

林兮迟挠了挠头，开始为许放找台阶下。

但他们的关系那么好，同喝一瓶水怎么了？小时候同睡一张床也不是没试过。而且许放那挑剔成瘾的人还肯纡尊降贵喝她的水，好像也是她的荣幸。

不对，不是纡尊降贵。

是不嫌弃。

不过他凭什么嫌弃？她能把水给他喝，他就该感恩戴德一万年了好吗？

可他们性别不同，好像也不能亲密到这个份儿上。

林兮迟吐了口气，觉得自己再想，脑子就要爆掉了。她往刚才的位置望去，无意识想找许放。但此时那边已经看不到穿着红球服的人了，似乎早就走光了。

林兮迟纳闷儿地垂下头，想找人倾诉一下，想看看别人是怎么想的，但又不知道该找谁。

通常情况下，林兮迟有事情想不通，头一个就是找许放。但这次这件事情跟他有关，而且想来想去找他探讨好像也很奇怪。

说不定还会被他说自己小家子气。

一瓶水计较那么多。

裁判吹哨，上半场结束。

叶绍文闲着没事，刚跑去看了物理系的比赛，此刻心情大好地跑了回来，大口喘着气，笑道："嘿嘿！我们系要赢了！"

林兮迟见他满头是汗，想着这天确实热，走几步路就出一身汗。

叶绍文的体力很差，他叉腰喘了一会儿气，一副刚跑了十公里的模样，很快便蹲在地上，伸出一只手，精疲力尽地说："唉，累死我了，有没有水啊？我要渴死了。"

闻言，林兮迟往周围看了看。

只能看到旁边的一个空座位上放着半瓶水，不知道是谁的。

林兮迟犹豫着："我去部长那边给你拿一瓶吧？"

叶绍文抬头，瞅了瞅何儒梁。

何儒梁单手拿着手机，另一只手把怀里的水瓶抱得紧紧的，面无表情地说："洁癖。"

叶绍文忍不住翻了个白眼，他侧头，恰好看到林兮迟位置旁边的水瓶，直接探身拿了过来。

"你这儿不是有吗。"叶绍文拧开，隔空倒入口里。

林兮迟想阻止他都来不及了："这不知道是——"

"行了，我隔着呢，没碰瓶口。"叶绍文平复了呼吸，嫌弃地看着他们两个，"考虑那么多干吗，我就是渴，要搁平时我也不愿意喝别人的呢。"

"……"

林兮迟忽然懂了。

叶绍文跟许放性别、年龄一样，所以想法应该也大差不差。

他俩当时的处境一样，就是渴。

渴可以战胜一切。

许放刚刚都说了，要是等她拿水回来，他都要渴死了。

他只是不想死。

叶绍文的这个做法，总算将一直在因为许放的行为不断烦恼着的林兮迟解救出来了。

林兮迟越想，越发觉得这个解释很靠谱，稍稍将之抛诸脑后。可事后再想起来，她不知怎的，仍隐隐觉得有些许怪异。
　　……

　　工学部是比到最晚的一个学部，其他院系比完，看台上仅剩的人寥寥无几，体育部的干事便都聚集到了这一块。
　　恰好是周五，部长提议一起去聚餐。好几个人有事，林兮迟也没什么心情，找了个借口推辞。
　　回了宿舍，她才开始觉得后悔。
　　除了学生会部门，陈涵和聂悦还竞选了班干部，今晚两人去开会，此时都不在宿舍。林兮迟一直想着许放的事情，把这事儿忘了。
　　宿舍里只有辛梓丹一个人在，气氛安静闷沉。
　　林兮迟头皮发麻。
　　她沉默着回到座位上，把书包里的东西整理了一下。大概过了两三分钟，辛梓丹都没像前两天那样找她说话。
　　林兮迟正想放松警戒线，去阳台把衣服收进来时，辛梓丹扭过身，冷不丁开了口："哎，迟迟，你吃晚饭了吗？"
　　伸手不打笑脸人，林兮迟不想理她，但还是含糊不清地应了一声。
　　"嗯。"
　　"你别生气了好吗？"辛梓丹叹了口气，"我们还要在一起住四年，一直这样不说话真的好尴尬啊。"
　　"……"
　　"我承认之前是我不对，摔你杯子这事儿，是我太冲动了。"辛梓丹表情真诚，双眸直视着她，"对不起。"
　　这样的状况让林兮迟完全不知道该怎么回应。
　　如果辛梓丹还是像之前那样假惺惺的，林兮迟不会给她什么好脸色，可她现在这种态度，让林兮迟实在不好继续冷脸。
　　林兮迟想了想，问："所以你为什么摔？"
　　"你应该也猜得到吧……"辛梓丹的表情变得有些不自然，说话也吞吐，"我很喜欢许放，就第一次见到就很喜欢。"
　　"……"

"然后我看你们两个关系那么好,我看着挺难受的。但我问过你了,你好像对他没有那个意思。"辛梓丹抿了抿唇,"所以挺想让你帮帮我……"

"如果你只是想说这个,"林兮迟的表情冷了下来,"不可能。"

辛梓丹也没太在意,从旁边拿出一个盒子,起身走到她的面前:"我就说一下,你不愿意的话也没什么啦。总之对不起了,摔你杯子确实是我不对,我今天出去外面买了一个新的。"

她把盒子递给林兮迟:"给你。"

林兮迟看着那个盒子,没有接。

"唉,你别生气了好吗?你知不知道小涵和悦悦她们因为我们也很尴尬。"辛梓丹随手把盒子放到林兮迟的桌上,"真的,别气了。"

"我觉得你很奇怪。"林兮迟有些不耐烦,"你觉得这是一个杯子的事情?你怎么就觉得只要你还了我一个新杯子,我们就能像以前那样毫无芥蒂?"

辛梓丹的表情挂不住了:"我只是不想让宿舍太尴尬。"

"行。"林兮迟退了一步,指着桌上的那个盒子,耐性十分差,"杯子你拿回去,因为我也摔了你的,你没必要还我一个。你的道歉我收下了,行吧?你能不能不要老因为这个一直烦我,你就不腻吗?"

沉默片刻。

林兮迟觉得自己实在失态,她闭了闭眼,往阳台的方向走。

"你为什么能一直那么理直气壮?"辛梓丹的好脸色没了,声音变得尖锐可怕,"我说了摔杯子是我不对,我不是道歉了吗?"

"……"

"你以为你就什么都对?你不觉得自己恶心吗?"辛梓丹也控制不住情绪了,指着她的鼻子骂,"你说许放只是你朋友,你对他的态度哪里像朋友?"

林兮迟的脚步一顿。

"你看看你周围有多少男的。"辛梓丹冷笑着,语气满是嘲讽,"我是没你有本事,能把自己从小一起长大的朋友当备胎。"

许林两家是世交，在林兮迟的记忆里，就算是追溯到最前端的任何一个角落，也都有许放的存在。

两人从小一起长大，对彼此做过的所有糗事一清二楚，丑态也都被看到过。他们之间太过熟悉，对对方了解得也太透彻，对性别上的差异其实都不会太在意了。

林兮迟跟别人说许放是她的朋友，其实也只是随口那么一说。对她来说，更标准的答案，应该是——许放等同于家人。

许放比她大三个月，从小父母就教育她在哥哥面前要有礼貌，要长幼有序。所以在小学二年级之前，林兮迟喊许放的时候，名字后面还会下意识地带个"哥哥"。

许放哥哥。

就像是现在林兮耿喊许放那般。

但随着年龄增长，渐渐地，从某天起，林兮迟突然喊不出口了，变成连名带姓地喊他，就算父母再怎么教训她也不改口。

林兮迟还记得，高三那年，同桌问过她，如果许放喜欢她怎么办。

当时林兮迟唯一的想法就是觉得荒谬，这句话在她看来，跟问她"如果你亲哥哥喜欢你你要怎么办"没有任何区别。

这不是乱伦吗？

林兮迟根本不想回答，但那个同桌一直缠着她不放，就像是看热闹一样。她便草草地回了句话，现在也记不起来说了什么了。

总之肯定不是什么高兴的话。

她很确定，在前一段时间，她对许放的想法还是，如果他有什么女装的爱好，她还能帮他买内衣挑裙子，甚至能把自己的给他穿。

这个想法在林兮迟喝醉酒的那天被颠覆。

想到内衣是许放帮忙买的，她还差点儿拿着内衣去跟许放理论尺码的事情，之后再跟许放待在一起时，林兮迟总觉得好像哪里有了变化。

但她说不上来。

林兮迟这才发现，以前的那些想法都仅仅只是她的想法。她好像也不是像她想的那样，完全不把许放当成异性看待。

从回忆里回过神。

此时，因为林兮迟的不留情面而觉得难堪的辛梓丹，愤怒之下也同样选择了用尖锐伤人的方式回敬她。

林兮迟思考着要怎么回答。

其实这件事情，林兮迟也觉得自己确实太小题大做了。

毕竟还要在同个屋檐下相处四年，就算不想跟她交好，维持个表面的关系也比像现在这样好。

可她真的很不高兴。

太不高兴了。

林兮迟很不喜欢辛梓丹以她的名义去找许放，并以此接近他。

想象到辛梓丹可能会成功，想象到以后许放的身边可能会多个她，想象到这个可能性，林兮迟就一辈子都不想再跟她说话。

辛梓丹说喜欢许放，所以林兮迟听到她提许放就很烦躁，也很生气。

但为什么生气呢？

——"你说许放只是你朋友，你对他的态度哪里像朋友？"

听到这句话时，林兮迟觉得自己好像找到答案了。

以前从未想过，但一旦这个念头冒了起来。

就像是汽水里不断向上升腾的气泡，像是单曲循环的歌曲，像是突然下了一场大雨，雨点砸到水坑里，不断溅出的水花。

一旦冒出头来，就源源不断的。

无法停止。

见她就一直站在原地，也不回答自己的话，辛梓丹的火气又翻了倍，正想用更刻薄的话让她也下不来台面时，林兮迟才终于有了回应。

"我不知道你是怎么看出我周围有很多男生。"林兮迟感觉自己的心跳比刚刚快了不少，不想把太多的精力放在她的身上，"我觉得我没有跟你解释的必要，并且请你不要用'备胎'那么难听的词来形容他。"

辛梓丹一噎："你做了还不让……"

"你现在是以什么立场来指责我？"林兮迟抿了抿唇，"我跟他以什么方式相处跟你有什么关系？我对他抱有怎样的感情又跟你有什么关系？"

"……"

"这到底跟你有什么关系,能让你这么理直气壮得像是他女朋友一样?"

"我没说跟我有关系。"辛梓丹确实没立场,这会儿也有些心虚,声音弱了下来,"看不过眼而已。"

比厚脸皮和伶牙俐齿,林兮迟觉得自己绝对不会输给她,也刺了回去:"我跟他男未婚女未嫁,别说现在这样了,我就算是当着你的面跟他亲嘴你都管不着。"

……

结局自然是不欢而散。

到阳台把今早刚晒的衣服收了下来,林兮迟拿着换洗衣物和毛巾进了卫生间。

进了这个小隔间,林兮迟才觉得自己与外边隔绝开来。刚刚的气焰瞬间消散,她蹲在地上,咬着唇抓着头发,表情带着点崩溃。

林兮迟捂着心脏,觉得自己整个心都要跳出来了。

她居然喜欢许放。

她真的喜欢许放。

天啊。

她喜欢许放。

这不是大逆不道吗?

想起刚刚自己跟辛梓丹说的话,林兮迟无声地哀号,难以自控地用毛巾捂住脸,羞耻得连气都不敢喘了。

什么亲嘴?

什么亲嘴啊……

她真的就随口一说。

林兮迟蹲在地上,整个人缩得像颗红鸡蛋。直到腿部发麻了,她才深呼了口气,起身开始脱衣服洗澡。

从浴室出来后,林兮迟不知所措的心情才稍微平复了些。她把换下的衣服丢进了洗衣机里,在洗手台前洗着贴身衣物。

各种心情都有。

终于明白过来的豁然开朗，以及因此而引起的一点儿小小的不可思议，想起许放的紧张，对两人日后相处的期待与害怕，头一回有这种情绪的手忙脚乱。

是高兴。

但也怕求而不得。

林兮迟开始茫然：之后在许放面前要怎么做？

她认识的一个女性朋友，也有一个关系很好的异性朋友。可男方有一天突然告白，女方完全没有这种心思，两人的关系无法进一步，也无法回到从前。

她也见过曾经甜甜蜜蜜，认为与对方是一生一世一双人的一对情侣，在分手之后老死不相往来。

林兮迟的心情顿时低落了不少。

她不想这样。

她想一直跟许放在一起。

回到宿舍里，聂悦和陈涵依旧还没回来。

辛梓丹坐在座位上，狭小的空间里只能听到她敲打键盘的声音。

林兮迟用毛巾揉搓着还在滴水的头发，回到座位，看着桌上装着杯子的盒子。她想了想，还是决定拿过去放在辛梓丹的桌上。

辛梓丹的动作停了下来，但没说话。

"杯子你真的不用还我一个。"林兮迟很认真地说，"我也摔了你一个，你还了我我反倒还欠你一个杯子。"

"……"

林兮迟觉得她说的也对，还要在一起度过同寝四年，干脆摊开来说："我觉得你利用我了，就是要跟许放一起回家的那件事情，而且你也从来没在这个事情上给我一个解释。"

"可我提前问过你呀。"辛梓丹终于抬头，可能是觉得林兮迟的语气变好了，她的声音也软了下来，"我问过你，许放是不是真的只是你的朋友，你说是的。我不好意思找你帮忙，但我只能通过你来接近他。"

"……"林兮迟有点儿不懂她的逻辑，"可回家这件事情你没跟我说过。"

"既然你不喜欢他,我做的事情也不会损害到你的利益。"辛梓丹说,"我是觉得这件事情没什么说的必要。"

林兮迟无法跟她沟通,只能含糊道:"反正你以后不要再做这种事情了。"

谈了一番之后,虽然和辛梓丹的关系无法回到一开始,但至少也没之前那么尴尬。

林兮迟不想再计较那些事情了,现在她不想把精力分给不相干的人。她回到座位,用电吹风吹干了头发,犹豫着在微信上找林兮耿。

林兮迟:你觉得许放怎么样?

恰是林兮耿第一节晚修下课的时间,所以她回复得很快:这是个啥问题?

林兮迟:你就回答一下。

林兮耿很听话:挺高,挺帅,也挺有钱,人也挺大方的?

林兮耿这么一说,林兮迟也突然觉得许放有很多优点,她弯了弯唇,小心翼翼地输入:那。

林兮迟:我喜欢他怎么样……

隔了好几分钟。

林兮迟等得都有些着急的时候,林兮耿才回:你为什么想不开?

"……"

林兮耿:不行!绝对不行!一点儿都不好!

林兮耿:许放哥的脾气太差了!耐性也差!动不动就发火!我就没见过比他脾气更差的人!你绝对不能跟他在一起!

林兮耿:你难道觉得自己条件很差吗?

林兮耿:你等会儿!打铃了,你等我回宿舍跟你说。

林兮耿:反正,你千万不要冲动。

看着林兮耿这副强烈反对的模样,林兮迟内心居然没有半点波动。

像是踏出了一步,就无法,也不想再后退。

她翻出了一个新本子,慢腾腾地在第一页纸上写着:攻略许放计划。

想了想,少女心事不能让人发现。

林兮迟撕掉了刚刚那张纸，给许放起了个代号，改成——
攻略PP计划。

林兮迟又翻了一页，看着空白的纸张，突然就无从下手了。她拿着笔，挠了挠头，有些苦恼，随后拿起一旁的手机上网搜索方法。
网上有很多种答案，看起来很全面，但有些答案又是矛盾的。
比如这个——
你得长得好看。
看到这个，林兮迟连镜子都不用照，心情大好地继续翻阅其他人的答案，很快又看到另外一条：如果他不喜欢你，你长得再好看都没用。
"……"
林兮迟又看了一会儿，越看越觉得不靠谱，她关上了手机，茫然地盯着那米色的单行纸，眼神放空。
很快林兮迟便想通了，她觉得她可以把这个当成学习一样，每天制定任务，然后完成。每天进一步，时间长了肯定有效果。
毕竟学习嘛，她最会了。
放长线钓大鱼。
这种事情不能着急，急不来。
急了反而会有反效果。
林兮迟暗暗告诫自己，在这页纸的右上角上标注了时间。
DAY 1：2011年9月17日，周六。

那计划什么好？
林兮迟从来没做过这种事情，也不知道怎么做才是对的，只能按照自己的第一想法。
明天工学部还有三场篮球赛，所以明天她肯定会见到许放。由此，林兮迟联想到今天把他的水喝了的事情，顿时又记起来了。
许放好像还在生她的气。
下午建筑系和机械系比赛，比完大概三点出头。想到这儿，林兮迟瞥了眼电脑的右下方，现在快九点了。
差不多六个小时。

因为一瓶水，许放六个小时没跟她说话。

林兮迟抿抿唇，慢悠悠地写了第一个计划：明天篮球赛结束给他送一瓶水，并委婉夸赞他几句，不能太过刻意。

可回忆起今天同样也有很多女生送水，送完之后也同样是带着崇拜的神情，激动地赞美那些比赛的男生，林兮迟又觉得自己这个计划太过烂大街了。

而且今天许放没收其他女生的水，也没见他跟哪个女生说话。

大概是不吃这一套？

但明天就只有篮球赛这事情，好像也没别的事情可以做了。而且送水这件事，林兮迟觉得还是有必要的。

只不过好像得换一种方式……

不过原本她就得还他一瓶水，现在多了一重目的，是不是得多送几瓶？林兮迟思考了下，犹豫着把刚刚写的"一瓶"划掉，改成"一箱"，在夸赞许放后边补充了个"待定"。

决定好后，林兮迟也不再纠结，她伸了个懒腰，满意地合上了本子，随后从架子上拿出专业书来看。

十点左右时，聂悦和陈涵同时回来，还从食堂给她们两个带了份酱香饼。林兮迟没去吃晚饭，只吃了点零食垫垫肚子，此时闻到气味顿时饿得慌。

她笑眯眯地道了声谢，刚咬了两口，林兮耿便来了电话。

林兮迟眨眨眼，有预感她肯定是要跟自己说许放的事情，便拿着手中的酱香饼出了宿舍，在走廊上接起了电话。

她趴在栏杆上，看着远处："喂？"

晚风轻轻吹，散去一天的倦意和热气，天上闪着几颗黯淡的星星，还有几块浓云缓缓移动着。

这里的视野广，除了几栋教学楼，林兮迟还能看到露出一块小角的操场，但她近视，只能看到塑胶跑道上有几个正在移动的点。

从另一个方向望去，还能看到亮铮铮的露天篮球场。

是令人觉得很惬意的一个晚上。

林兮耿的声音顺着电流传来，尽管过去了两小时，她的语气仍旧很激动:"林兮迟,我让你别冲动,你应该没冲动吧?"

林兮迟有些疑惑:"怎样算冲动?"

林兮耿炸了:"就是,你有没有跟许放哥告白?!"

闻言,林兮迟嘴里咀嚼着的东西差点儿喷出来,语气也激动了起来。

"怎么可能!我才没这么蠢!"

"哦。"林兮耿松了口气,"那就好。"

"……你对许放哪来那么多意见?"林兮迟回想了下,也想不到许放哪里惹她了,"你刚刚还说他又高又帅呢。"

"我以为他在你旁边,就随口那么一说。"林兮耿冷哼一声,"许放哥的脾气真的太差了,你得找个脾气好的,不要被这种假象蒙蔽了双眼。"

"什么假象?"

"你想想,你都认识许放哥多少年了,以前没喜欢上,现在怎么可能突然就喜欢了?你肯定是因为恰好到了春心荡漾的年龄,就错把对许放哥的感情当成爱情。"

"……"

林兮耿这么一说,林兮迟也开始怀疑自己了:"那怎么才算喜欢?"

林兮耿没谈过恋爱,此时也蒙,但她看过的言情小说不说成千也上百了,很快便镇定下来,开始提点她:"看到他就心跳加速?"

林兮迟点头:"他凑近我的时候会。"

"看到他就很开心?"

"嗯。"

"他跟别的女生靠太近的时候心情就很差?"

"嗯,也会。"

"……"才说了三个就全中,林兮耿没兴致再提,"你对别的男生会不会这样?你在大学没认识别的男生吗?不是说S大有很多帅哥吗?"

"有认识几个。"林兮迟想了想,皱眉,"但他们怎么能跟许放相提并论?"

林兮迟的想法很简单。

就算是她对许放没有那个意思,她在大学里认识的这几个男生,也没有一个能撼动许放在她心中的地位。

所以就更别说会不会对她的心情造成丝毫的影响了。

林兮耿也懂她的意思,沉默了几秒后,继续问:"那你觉得许放哥喜欢你吗?"

听到这话,林兮迟突然想起了她喝醉酒那天,头昏脑涨脱口而出的那句话——"屁屁喜欢我。"

当时的想法真的只是朋友之间的那种喜欢。

但许放的反应好像有点儿大,震惊又难以置信,似乎还反驳了句话。林兮迟冥思苦想了一会儿,却记不太起来了。

只能记起他说了"傻子"两个字。

组合起来有两种表达方式——

喜欢傻子都不会喜欢你。

或者是:喜欢你?我是傻子吗?

许放肯定不觉得自己是傻子,那就只有——

林兮迟犹豫着问:"你觉得我是傻子吗?"

林兮耿现在完全听不得她贬低自己,唯恐她对自己有错误的认识,认为自己是高攀了许放:"肯定不是啊——"

"哦。"林兮迟肯定下来,打断了她的话,"那许放应该不喜欢我吧。"

"……"

不知道为什么,林兮耿突然有点儿同情许放。

隔天是周六。

农学部因为院系少,昨天已经把季军选出来了。今天的比赛是最后一场,其中一方恰好是动物医学系。

宿舍其余三人都没有活动,她们便决定跟林兮迟一起到体育馆里看篮球赛。

动物医学系的球员有好几个都是她们班里的,但院里的体育部有帮忙准备水,所以她们也不用带水过去。

林兮迟想着要给许放送水,路过超市时便进去看了眼。

到十月之前,林兮迟的生活费全部都是得管许放要的。

上次因为中秋节,许放一口气给了她一千块钱,但因为回家的车费和各种零零散散的费用,她现在身上也没多少钱了。

林兮迟到饮品区扫了一圈,发现一箱水要三十二块钱。虽然也不是买不起,但她突然发现旁边还有一种五升装的水。

正常来说,其他人带的都是五百毫升的。

她带这样一桶过去,比别人多了十倍的水。

重点是,这桶水才十二块钱。

省了二十块钱。

不过林兮迟的目的也不是省钱。

只是很少人送水会送这种这么大桶的水吧?如果她送了这么大一桶水,许放的面上也有光,说不定也不用她哄,直接就不生气了。

想通后,林兮迟美滋滋地抱起水,去收银台付款。

宿舍其余三人在门外等她,见她抱着这么大一桶水出来,聂悦的眼神都直了:"你拿这么大一桶水干吗?"

林兮迟眨眨眼:"等会儿给人送水呀。"

"……"

跟她们看的是不同学部的比赛,所以林兮迟一进体育馆便跟其余三人道了别,在老地方找到了何儒梁和叶绍文。

从一见到面,叶绍文就一直在吐槽她的水。

就连何儒梁也没玩游戏了,神情诡异地看着她。

被说多了,林兮迟也有些郁闷,热情骤然减半。

难道很奇怪吗?

林兮迟坐着发呆,也没底气去给许放送水了。

等到许放上场了,林兮迟挣扎了一番之后,还是偷偷摸摸地抱着水从看台的最后一排走到建筑系的位置。

她在第二排的位置看到了辛梓丹。

林兮迟一愣,看到她手里的水——正常的五百毫升水。她收回了视线,抿着唇继续往前走,在其中一个位置看到许放的书包,便拿开他的书包,坐了上去。

这一瞬间,林兮迟总算反应过来,她这个突如其来的想法不太正常。

好像有点儿蠢。

许放等会儿会不会不愿意喝啊？

林兮迟用水桶支着下巴，看着许放在球场上奔跑穿梭，黑发红唇，少年气息浓郁，格外引人瞩目。但他今天进球的次数很少，看起来像是提不起劲儿来。

很快，中场休息的哨声响起。

许放跟队友击了掌，掀起衣服，用下摆擦了擦脸上的汗水，他正想回到位置拿水喝的时候，眼睛一眯，突然注意到抱着一桶水坐在他位置上的林兮迟。

"……"

许放走了过来，一时摸不着头脑："你干吗？"

林兮迟叹了口气："给你送水。"

许放："……"

他觉得他可能扛不起来。

许放觉得林兮迟真是个很奇特的生物，从她的表情看来，她完全不是因为开玩笑才给他送这样一桶水。

他迟迟没有动静。

不过也在林兮迟的意料之中，她垂下脑袋，随口问："你不喝吗？"

远处传来朋友的笑声，许放不用想也能猜到他们是在嘲笑他。

他的额角一抽，正想直接扯过旁边的箱子拿出一瓶正常大小的水，突然注意到林兮迟略显低落的情绪。

许放的眉眼挑起，弯腰蹲在她面前，盯着她的眼，脱口的话瞬间就变成了另外一句。

"那你倒是给我啊。"

得到了意料之外的回答。

林兮迟顿了下，有些反应不过来。没多久，她"哦"了一声，嘴角不由自主地弯了弯，费劲儿地把水递给他。

许放伸手接过，拿了一会儿就放到地上，脑袋低着，表情像是在思考。

一时答应得快，拿到手后他也不知道该怎么喝。

林兮迟揉捏着酸疼的手臂，突然觉得自己这一路的疲惫没有白费，她用指尖戳着水桶，笑嘻嘻地说："你要喜欢我明天还能给你带。"

"……"也不知道这家伙今天是哪根筋抽了。

许放头皮发麻，想把她骂醒，想到她刚刚的表情，不知怎的又骂不出口。只能压低了声音，用商量般的语气跟她说："我喝不下那么多。"

"啊——"林兮迟也意识到了这个问题，看着那桶满当当的水，很快就找到了解决方案，"没关系呀，你可以带回去喝。"

"……"

有点儿道理。

他刚运动完，确实也渴，而且他也搞不懂林兮迟在想些什么，便不再计较这些。

想着想着，许放忽地笑出了声，摇了摇头，也不知道在笑什么，随后便起身坐到她旁边的位置上，把水桶提了起来。

林兮迟期待地盯着他。

直到他拧开桶盖，准备把水桶举起来开始喝了，她表情一愣，终于反应过来——

如果许放要喝她带来的这桶水，是要把这一大桶举到头顶喝的。

那个画面有点儿可怕。

如果他一个不小心没拿稳，整桶水就直接浇到他脑袋上了，又或者是水没洒出来，这五公斤的水就像块石头一样哐当砸在他身上。

所以是，要么当场洗个澡，要么进医院。

这两个后果没有一个是她能承受的。

"等一下。"林兮迟猛地叫住他。

见许放的动作确实停下来了，她才放下心来，开始翻着书包，从侧边的袋子里翻出一根吸管，是之前买酸奶时不小心多拿的。

吸管，大概十五厘米长。

林兮迟眨眨眼，把吸管递给他："拿这个喝吧。"

"……"

许放一脸黑线。

让他在这儿这样喝？

周围全是认识的朋友，观众也大多是认识的同学，然后让他在这儿抱着一桶水,用一根吸管来磨磨叽叽地喝水?

这不等同于当众承认自己很弱吗?

许放轻飘飘地瞥了她一眼,没再搭理她,轻松地把水举了起来,一口气喝了十分之一。他的喉结迅速滚动着,随后用手背抹了抹唇,唇上一片水色。

黑发冷眼,白肤红唇。

她以前怎么没觉得他这么好看?

林兮迟盯着他的举动,莫名也觉得有点儿渴。她别过了眼,深深吐了口气,用手给自己扇了扇风。

许放拧上桶盖,把水放到脚边。

"热?"注意到她的举动,许放挑挑眉,又掀起衣摆来擦脸上的汗,露出线条紧绷的腹肌,心情看上去倒是挺好,"我都没喊热。"

"哦,是啊。"林兮迟看了他一眼,这下倒是把手放了下来,面不改色地撒谎,"那水有点儿重,搬着挺辛苦。"

"林兮迟。"许放突然喊她。

"啊?"

"明天带正常的水。"

"……"林兮迟一顿,"哦。"

中场休息结束,下半场开始后,许放也上去跑了一小段时间。这次上场,他明显比先前的精力好了不少,不断进球又进球。

林兮迟看着他在赛场上来回奔跑的模样,偷偷往后看了一眼。

辛梓丹还坐在第二排的位置,注意到她的目光,还很友好地跟她弯了下嘴角。

林兮迟收回了视线。

想到刚刚许放说的话,她突然觉得自己这个追求真的是赢在了起跑线上。关系一熟悉,给许放送水这事儿,连送成一桶都能成功。

但这要怎么办啊?

这样反倒显得他们之间没有半分能成为恋人的概率。

总感觉她如果直接跟许放表白。

许放的反应大概是:认识多年的兄弟突然跟我表白了,我该怎么办?

　　林兮迟看着场上的许放,闷闷地思考着应该如何做才能让他开始对自己有一点儿性别差异的意识。

　　送水这事,针对许放的性格,林兮迟觉得做法必须要跟其他人的做法不一样,得特别一些。但现在这个走向,很显然她这个想法是错误的。

　　那等会儿夸他的计划,是不是得参考一下其他人的做法?

　　不要有太大的区别。

　　想到这儿,林兮迟望向了别处。

　　远远地,能看到另一个方向有个男生下了场,有个女生过去给他送了水,不知道在说什么,双手握拳并拢放在胸前,脸上带着崇拜而骄傲的表情。

　　脸颊红扑扑的,双眼也亮如繁星。

　　有点儿可爱。

　　而站在她对面的男生,高高大大的,此刻也是十分腼腆的样子。

　　林兮迟歪着头,表情若有所思,随后她举起手,笨拙地学习着那个女生的举动和神态。

　　把力气花光之后,许放才下了场。他坐回林兮迟的旁边,喘着气,什么都没说,只是拿起地上那桶水就往嘴里灌。

　　林兮迟深吸了口气,生硬地捏拳,学着那个姿势,声音微扬:"哇!屁屁你太厉害了吧!真的太棒——"

　　闻声,许放侧头看向她,顿时注意到她的那副忸怩作态的模样。他嘴里的一口水差点儿喷出来,立刻把水桶放到腿上,剧烈地咳嗽着。

　　把气顺了,许放才低声骂了句。

　　"我真服了。"

　　林兮迟:"……"

　　她绝对不会再做这种事情了。

　　许放咳得脸都发红了,嗓子又痒又燥,十分难受。他按捺着脾气问她:"你今天发什么疯?"

　　"没发疯。"林兮迟郁闷道。

　　是你太难搞了好吗?

怎么做都不对劲。

真的太难了。

林兮迟的满腔热忱一下子就跌进了谷底,眼皮恹恹耷拉着,疑惑地低喃着:"送你一桶水,别人觉得奇怪,你却没有骂我。"

"……"

"别人受到夸赞,高兴。夸你,反倒被你骂了。"

"……"

"你让我思考一下。"

许放:"……"

这家伙到底想做什么?

比赛结束后,林兮迟也没在他这儿多待。受到了沉重的打击,此刻她只想找个没有许放的地方思考新的对策。

看许放的几个朋友都在收拾东西打算走了,林兮迟便跟他道了句别,回到了原来的位置。

何儒梁不知道去哪儿了,只剩叶绍文一人玩着手机。

林兮迟走过去,随口问:"何学长呢?"

叶绍文眼都没抬:"去厕所了吧。"

林兮迟没太在意,坐回自己的位置,开始回忆着过去对待许放的种种行为,越想越觉得追到许放这件事情的可能性为零。

余光瞥到叶绍文,林兮迟犹豫了下,还是决定找他帮帮忙:"叶绍文,我问你个问题。"

"什么?"

"你会喜欢一个总是骂你的女生吗?"

"具体骂了些什么呢?"

林兮迟想了想以往对许放说的话,掰着手指慢慢说:"骂你丑,说你抠门,矫情——"

她还没说完,叶绍文立刻大呼小叫:"我有病才喜欢。"

"……"

本来她还觉得赢在了起跑线上的。

林兮迟回宿舍反省了一番,感觉自己现在努力的方向不太对。纠结了一晚上后，她决定先暂停，不再做这些刻意的事情。

看情况行动。

她相信，总会出现一个机会，让她能好好刷好感度的。

周日，工学部剩最后一场比赛，建筑系和海洋系的夺冠之战。

对于这场比赛，两支球队的成员明显认真了不少，来观战的观众也比前两天多了一倍。看台上，密密麻麻的，男女比例差不多五五开。

在比赛开始前，林兮迟就拿着水到许放那边，坐到昨天的位置上。

许放本来在跟队友说话，见她过来了便走了过来，站在她的面前，漫不经心地瞥了眼她手里的水，似是松了口气。

他坐到了林兮迟的旁边。

林兮迟想了想，问他："你紧张吗？"

"紧张什么？"

"冠军和亚军的奖品差好多，冠军是一辆自行车，亚军就只有一瓶洗衣液。"

"那不是你该紧张的事吗？"

"……"也对。

虽然这场比赛重在参与，胜负并不太重要，但是听到裁判宣布建筑系胜利的时候，林兮迟还是非常非常高兴的。她看着一拥而上的人群，以及在场内忍不住露出笑容的许放，也拿着水瓶慢吞吞地挤了进去。

想到有很多人都想给许放送水，林兮迟的动作便加快了不少。

许放周围确实围了不少女生，多是跟他一个班的，但他也记不起名字，只是礼貌地道了声谢，也没接过她们的水。

往林兮迟坐的方向看了一眼，许放没看到她的人影。

他又往前方扫了一圈，在不远处看到她笨拙地被几个人挡着，过不来。

很快，林兮迟认了命，绕了一圈，走到他的附近。却又被他周围的女生挡着，连个缝隙都插不进来。

林兮迟心想这家伙真的是这里最招蜂惹蝶的一个，她往四周看了看，发现只有去许放身后的位置能跟他有点儿肢体接触。

她正想绕到那边去的时候。

许放的眉梢扬起,微微倾身,伸手扣住了她的脑袋,往他的方向拖。
"看不到我在这儿?"

兄弟。
那货好像看上我了。

云动物医学①班

Chapter 7:
连发小的主意都打

旁边的女生很自觉地给他腾了位，众人面面相觑，瞬间明白了些什么，各自散去，蜂拥到其他球员的面前。

林兮迟被许放这么一带，重心不稳，不受控扑到他的身前。

但她还是能站得稳。

可不知怎的，林兮迟莫名有了个冲动，无法阻拦的冲动。她咽了咽口水，装作刹不住车的模样，整个人扑进他的怀里。

似乎也没想过有这样的结果，许放毫无防备地被她撞得后退了两步。

刚运动完，他的衣服大半都是湿的，散发着些许汗味，但也不难闻。他的双手空着，因为意外，此时也不知道该放在哪儿。

……好像还是没有任何反应。

林兮迟定了两秒，慢吞吞地松开，然后站好，决定在许放骂她之前恶人先告状："你不要总把我的脑袋当篮球，我站不稳的——"

许放猛地又向后退了两步。

"你。"被他这副像是被非礼了的模样刺激到，林兮迟瞪大了眼，也不高兴了，"你这反应也太过分了，我就是站不稳，我又不是故意的。"

许放别开眼，没看她。他抓了抓脸颊，对她这话没做出什么回应，伸手放在她的面前，扯开了话题："水拿来。"

"哦。"林兮迟有种自己在唱独角戏的感觉，纳闷儿地收掉气焰，向前走了一步，把水放进他的手里。

许放也下意识地退了一步，接过她手里的水，侧身，拧开瓶盖，仰头一口气把整瓶水喝完。

林兮迟注意到他的动静，歪着头问："怎么我过来一步你就退一步？"

　　"什么？"许放把瓶盖拧好，表情有点儿呆，很快就变了脸色，眼里划过几丝不自然，声音也随之变得不善，"热，你别凑那么近。"

　　闻言，林兮迟乖乖地向后退。

　　没退几步，许放又道："太远了。"

　　她定住，抬头。

　　许放刚运动完，脸颊染着红，额前汗涔涔的，看上去确实热得不行。此刻，连耳朵和颈部那一块都微微泛红。

　　林兮迟愣了几秒，盯着他，开始回忆刚刚他的脸有没有这么红。

　　但她想不起来了。

　　余光注意到林兮迟一直盯着他，许放莫名心虚，唯恐被她察觉出了什么端倪，语气越发恶劣："看屁啊？"

　　林兮迟"啊"了一声，倏忽间也有些不好意思，缓缓挪开了视线。

　　"好，我不看。"

　　"……"

　　几个学部都是决赛，几乎是同一时间比完。因为比赛的胜负出来了，体育馆内骚动了一阵，随着人群散去平静下来。

　　建筑系和海洋系两支球队的队长商量了一番，决定一同到校外聚餐。

　　林兮迟正想回去找其他干事，问问接下来的安排是什么的时候，突然被其中一个男生喊住："同学。"

　　林兮迟回头，一头雾水，迟疑地指着自己："叫我吗？"

　　"是啊。"男生穿着海洋系的深蓝色球服，腼腆地问，"这几天你负责我们这个学部也挺辛苦的，为表达我们系的谢意，你也一起来聚餐吧？"

　　恰好叶绍文和何儒梁过来了，林兮迟说了句"等一下"，便小跑到他们的面前，说了大致的情况："他们两支球队现在要去聚餐，问我们要不要也一起去。"

　　听到这话，叶绍文突然凑到她耳边，神神秘秘地问："他们请客吗？"

"……"林兮迟退了一步,表情有些无语,"你自己去问。"

何儒梁没搭理他们两个,继续往前走,拿着文件夹去跟两个队的队长说了下奖品的分发时间和其他事情。

林兮迟往别处望了圈,问道:"我们要不要问问部长他们接下来有什么安排,怎么都见不到人影了?……"

提起这个,叶绍文叹了口气:"他们也都跟各自负责的学部聚餐去了。"

"哦。"想到许放也在,林兮迟小声建议,"那我们也去吧。"

叶绍文又叹息了声。

林兮迟莫名其妙地看了他一眼:"你叹什么气?"

他瞥了她一眼,愁眉苦脸道:"你不懂。"

"……"

何儒梁过去了之后就被几个男生热情地拉着说话,再也没回来过。林兮迟本想过去找许放一起走,却被叶绍文死死地扯着手肘不放。

林兮迟真的觉得他今天格外反常:"你干吗?"

叶绍文理直气壮道:"这里我们两个都没有认识的人,一起走啊。"

林兮迟摇头,把他的手掰开:"我有。"

叶绍文又连忙揪住她:"不行,这里我一个人都不认识,我害怕。"

"……"你一个交际花不要装了好吗?

林兮迟实在不知道他想做什么,又把他的手掰开,边寻找着许放的人影,边催促:"你有什么事情就直说呀。"

篮球队男生的海拔都很高,个个高大又壮实,林兮迟一时也找不到许放。

叶绍文舔了舔唇,有些忸怩:"你帮我问问温部长在哪儿。"

林兮迟想问他怎么不自己问,但又怕被他继续缠着,只好妥协地拿出手机,在微信上找了温静静部长,问她在哪里。

温静静回得很快。

林兮迟直接把手机聊天窗放在他的面前。

叶绍文点点头,随后又很沧桑地叹了口气:"行吧,我知道肯定瞒不住你。"

莫名听到这样一句话,林兮迟愣了一下。

瞒不住什么？

叶绍文也不卖关子，继续说："我喜欢温部长。"

"……"

林兮迟震惊了。

她是真的完全不知道啊，一点儿苗头都没发现啊。

叶绍文到底是为什么会觉得，他肯定瞒不住的？

林兮迟不敢信，压低了声音说："你居然敢把主意打到部长的身上？"

"爱情是没有年龄和职位之分的。"叶绍文对她这样的反应很不满，生硬道，"你不应该这样打击我。"

"啊，对不起。"林兮迟抱歉地给他比了个加油的手势，"那你……加油？"

一旦说出来了，叶绍文的话痨本性也出来了，不断地跟林兮迟倾诉着他这几天内心的酸涩和难熬。

林兮迟像个树洞一样，对这些也没发表什么意见，只觉得自己虽然也是暗恋，但目前好像还没这种感觉。

半晌后，叶绍文终于消停了。

林兮迟想了想，也小声问他："假如你被一个女生抱了会怎样？就意外的，不小心的那种。"

叶绍文恹恹地问："什么关系？什么样？"

"朋友。"林兮迟顿了几秒，舔了舔唇，"就长我这样的。"

叶绍文一顿，猛然道了声歉："对不起。"

"……"

"我可能会打人。"

"……"林兮迟的眉眼一跳，补充了句，"但我看到他脸红了啊。"

叶绍文继续打击她："可能脸皮薄吧。"

听到这话，林兮迟不说话了。

怕自己说的话太重，叶绍文有些心虚，没过多久又忍不住出声："喂，你怎么不说话了？"

"我觉得你的话很不靠谱。"林兮迟完全不像是被打击到的模样，"他才不是脸皮薄的人,你说的答案没有一个是对的。"

"……"

林兮迟也开始打击他:"你这么低的情商是绝对追不到部长的。"

"……"

说完后,林兮迟哼了一声,没再跟他说话,加速往前边走了一小段路,在一群人中央找到了许放。

他的周围全是男生,不知道在说些什么,兴奋热烈又愉快。

林兮迟顿时不敢过去了。

倒是许放注意到了她的身影,停下步伐,随后把一个男生搭在他肩上的手拍开,徐徐地朝她的方向走来。

然后又是一片起哄声。

这次林兮迟莫名有点儿脸热,垂下了头。

许放没注意到她的异样,往后看了眼,似是漫不经心地问:"你刚刚跟叶绍文在说什么?"

"没什么。"林兮迟很诚实地说了,"就他跟我说他喜欢——"

想了想,她觉得这是别人的私事,又把话咽了回去:"反正就说他喜欢一个女生,问我要怎么追比较好。"

许放皱眉,很不爽:"他问你干吗?"

很快他又觉得自己的语气太不客气了,冷着脸补充道:"你哪有那经验和脑子?"

"怎么……"没有。

林兮迟弱弱地闭了嘴,还是没把话说完。

毕竟她现在还没追到。

如果说了这话,要么就现在直接跟他表白,要么就被他误会自己喜欢其他人。

都不好。

林兮迟决定先憋下这口气。

暗自想着,等她日后成功了,一定要回来翻旧账,狠狠反驳他的话。

出到校外,大多是男生,一行人也没太纠结,直接到一家常去的大排档吃晚饭。

三十多个人被分成两桌。

看起来都相互认识，大家没有按系分桌坐。两桌上各有建筑系和海洋系的人，红蓝的统一球服，十分吸引人的目光。

林兮迟坐在了许放的旁边。

何儒梁和叶绍文坐在另外一桌，她望了过去，发现叶绍文果然已经跟其他人打好了关系，开始称兄道弟了。

"……"

她低头用茶水洗着餐具。见许放没动静，林兮迟便顺手把他的也给洗了，然后有一搭没一搭地跟他聊着天。

许放不怎么搭理她。

林兮迟也没在意。

等菜上齐后，林兮迟后知后觉地发现，许放的情绪好像不太好。

重点是这种不好的情绪好像是针对她的。

比如，以往他们像这样跟其他朋友一起出去吃饭，由于人太多，一般都会是大桌，还会有转盘。因为觉得她手短，许放都会帮她夹菜。

或者是帮她把她喜欢吃的菜转到她的面前。

但今天许放不仅没有这么做，反倒看到她要夹什么就抢先夹到自己的碗里。

一开始林兮迟还觉得是巧合，次数一多就觉得不对劲了。她夹什么许放就夹什么，这就算了，他还次次都夹她想夹的那一块。

完全是在针对她好吗！

在次数高达十次之后，一口肉都没吃到的林兮迟忍不下去了，在桌下用脚踢了他一下："你干吗啊？"

许放淡淡瞥她一眼，完全不理亏："我在吃饭。"

"……"

反倒像是她小肚鸡肠了。

饭后，有好几人因为还有些事，便先走了。其余人商量了一番，决定到附近的一家桌球店玩。

进了店里，林兮迟在其中一个区域发现了另外两个系的球队。沙发上坐着一群人，里边有两个林兮迟认识的人，是温静静和体育部的另一个干事。

距离有些远，也不好打招呼，林兮迟便没有过去。

大约十个男生上去打桌球，剩下的人坐在一旁的沙发上玩狼人杀。林兮迟本以为许放也会过来一起玩，坐下之后才发现他被一个男生扯去一旁玩斗地主了。

她眯着眼看了看。

三个人，分别是许放、叶绍文还有一个海洋系的男生。

林兮迟收回了视线，她有些郁闷，也不知道许放到底为什么生她的气。本想在这个游戏上给他放水讨好他，但现在他又跑去跟别人玩斗地主了。

玩了几局之后，有几个人要去上厕所。

林兮迟便趁这个机会起身，走过去看许放他们的战况。远远地，她能听到叶绍文得意的笑声："哈哈哈我要赢了，又要赢了，这牌我闭着眼都能赢……"

她走到叶绍文的背后，看清了他手里的牌。

王炸和一个顺子34567。

坐在他旁边的许放臭着一张脸，似乎十分不爽，见到她过来了也只是懒洋洋地抬了抬眼皮，半句话都没吭。

许放和另一个男生手里都还剩很多牌。

隔壁的沙发上恰好就是温静静那一群人，此时那边也刚好结束了一局。温静静站在中间倒着可乐，一不小心杯子倒了，洒了一桌。

叶绍文的余光总是放在那边，注意到之后，立刻站了起来，把牌塞给林兮迟："快赢了，帮我打一会儿。"

林兮迟只是来看戏的，此刻也有点儿蒙。

其余两个人都把视线放在她的身上，林兮迟愣愣地坐下，问道："现在该谁出？"

另一个男生说："该你了，我刚出了个二。"

林兮迟看着手里的牌，偷偷看了许放一眼："叶绍文是地主吗？你们的赌注是什么？"

许放眉心一跳，看她这个表情就有不好的预感。

"嗯，叶绍文地主。"男生表情有些无奈，"最后一局了，他们说这把赌大的，哪家输了就光着上半身去操场跑一圈。"

"许放裸奔……"林兮迟喃喃低语，然后出了两张牌，"王炸。"

这牌她只需要把接下来的顺子出了就赢了。

"……"

看到她这副气势汹汹的模样，许放几乎已经猜到了结局，眉心一跳，把牌盖在桌上，一副视死如归的模样。

顿了几秒后，林兮迟扭头看向叶绍文的方向，愧疚心顿起，但依然无法阻止她的这个想法，迟疑了两秒后，她在心里跟叶绍文道了歉。

对不起了。

许放当着别人的面裸奔，不可以的。

绝对不可以！

随后她犹豫着，慎之又慎地抽了一张牌。

"3。"

这牌一出，许放的表情定格住，疑惑地看了她几眼。片刻后，他才重新把桌上的牌拿起来，长睫一垂，随意地丢了张牌出去。

旁边的男生有些犹豫，磨磨蹭蹭地接了一张K："怎么王炸完出个3啊，许放，你说她手上剩四张，是不是剩个炸？"

许放挠了挠脸颊，肯定道："外边没炸了。"

与此同时，叶绍文帮温静静收拾好桌面回来，心情大好地吹着口哨，站在林兮迟后面问："赢了没？哎——怎么还在打，你们新开了一局吗？"

"还没。"林兮迟把牌放在桌上，心虚地站了起来，含糊不清答，"你自己打吧，我不怎么会玩。"

"行。"叶绍文爽朗地笑了声，坐回了座位，顺口道了声谢，"谢了啊——"他的尾音拉长，看到牌的那一刻，音调瞬间提高了八度，"我怎么少了张牌？"

不等林兮迟回答，电光石火间，叶绍文就已经猜到了答案，脑袋一寸寸地向后转，不可置信地问："你出了什么？"

海洋系男生很好心地出来回答:"她出了个王炸,然后出了个3,我接了个K,之后你就回来了。"

怕叶绍文当场把她打死,林兮迟舔了舔唇,又重复了一遍刚刚的话,像此地无银三百两一样。

"我真的真的不怎么会玩。"

闻言,许放看向她,眼里划过几丝不解。他整个人靠在椅背上,指尖摩挲着牌的边缘,嘴唇微抿着,神情若有所思。

叶绍文皮笑肉不笑:"那你倒是知道有王炸这玩意儿。"

"我……"林兮迟一噎,不知道该怎么辩解了,抬脚往原来的位置走,"哦,他们回来了,我要回去玩游戏了。"

叶绍文这口气完全咽不下去,双手撑在扶手上,想起身追过去把她臭骂一顿。

还没站起来,身旁的许放忽地伸腿钩住了他的椅子,稍微使了点劲儿,他的椅子脚随之在地上移动,发出"刺啦"的声响。

突如其来的移动把叶绍文的注意力转移,回头看着罪魁祸首。

"你发什么神经?"

许放又靠回到椅背上,漫不经心地扯着嘴角,指了指桌面。

"出牌。"

回到位置上,林兮迟看了眼手机,差不多十点了,刚刚去厕所的人也早都回来了,不过到现在还没开新的一局,大概是在等她回来。

坐下没多久,一个男生站起身给他们发身份牌。

不远处有个正在打桌球的男生放下了球杆,看着手机,不知道在说些什么,没多久便回了头,高喊了声:"许放!"

林兮迟和其余人也下意识地往那边看。

四五个男生集合站在一起,收拾着东西,看上去似乎是要离开了。

"他们应该要走了,十点半要点名。"正在发牌的男生收回视线,解释了下状况,"学校查国防生查得很严格。"

很快,几个男生往他们的方向走来,打了声招呼便从旁边的门离开了。

林兮迟虽然跟他们不认识,但还是礼貌性地抬手,跟他们比了个"拜拜"的手势。

许放走在最后面，看到她坐在男生堆里，傻愣愣地抬着手跟他说再见，面色一冷，顿时气不打一处来。

他的脚步停了下来，眼神淡淡的，对着她抬了抬下巴。

林兮迟瞬间懂了他的意思，唇角忍不住翘了起来。她低头掩饰，慢吞吞地把自己放在桌上的手机和纸巾收好，把牌放回桌上。

有个男生注意到她的动静："啊，林兮迟，你不玩了吗？"

林兮迟点点头："不玩了，我要回宿舍了。"

此时许放还在旁边戳着，没动弹。他的身材高大又结实，容貌俊朗立体，站在这儿就像一堵墙，格外吸引人的目光。

其他人瞥见许放和林兮迟的互动，猜测两人的关系不一般，也没再说什么。

见她走到自己身后了，许放瞥了她一眼，表情才稍稍由阴转晴，抬脚往外走。

这家桌球店的地理位置很偏，房子比较老旧。

楼道狭窄，只能容纳一个人通过，楼梯间里甚至连窗户都没有，空气闷沉，头顶的灯还坏了，两人只能借助桌球店透出来的光线往下走。

怕许放会看不清路，林兮迟打开手机的手电筒，从他旁边硬挤了过去，给他照明前方的路，喃喃低语："你小心点，别摔了。"

许放跟在她后边，看着她的背影和举动，一晚上的闷气全消，微微敛了下巴，嘴角浅浅地勾了起来。

楼道里安静又暗，只能听到两人的脚步声和呼吸声。

许放盯着她的脑袋，她的头发刚过肩，发质天生细软蓬松，短发衬得她整个人越发小巧。

他忽地有种想揉她头的冲动。

也没克制住自己的欲望，许放利索地抬手，用力揉了揉她的头。

林兮迟的脚步没停，也没拍开他的手，郁闷道："你干吗？"

许放面不改色地停下动作，改成把她的脑袋推到一边："你的头挡着我的光了。"

"哦。"林兮迟没怀疑,下意识把手抬高了些,"这样能看到吗?"

"看不到。"

林兮迟又举高了些:"这样呢?"

许放:"还是看不到。"

林兮迟暗暗吐槽着这人真是个瞎子,手上却是妥协着把手机举到头顶,手臂稍稍向后挪了些,斜着往前照,整个楼梯间被照亮:"这样还看——"

"看到了。"

林兮迟的话被他打断,同时,有清浅的气息触到她的手背,带着一些痒意。不太真实,她也不知道是不是只是自己的错觉。

下一刻,手背上又传来温热柔软的触感。

比上一次真切得多。

林兮迟猛地收回手,心脏一跳,还没来得及问,许放便不耐地开了口,语气很恶劣:"举太高了,撞到我了。"

"啊——"林兮迟愣愣的,声音乖巧又呆,"哦。"

恰好也到一楼了,林兮迟便关上了手电筒,心脏怦怦怦直跳,若有若无地摸了摸手背的位置,脑袋里瞬间只有一个想法:"撞到他哪儿了?"

脸?不太像,许放的脸没肉,可硬了。

眼睛吗?也不像啊。

鼻子也不对。

那就只有——

林兮迟不敢再想,单手捂着脸,试图让脸上的温度降下来。

……

想到许放十点半要查寝,加上还有洗澡和其他各种事情,林兮迟的脚步自觉加快。

但她加快的速度跟许放正常的速度没什么差别。

许放闲适地跟在她后面。走了一段路后,他想起刚刚的事情,随口问:"你不会玩斗地主?"

这话她可以用来骗叶绍文,但在许放身上一点儿用都没有,毕竟之前她还通过这个赢了许放一大笔钱。

林兮迟骗不了他,干脆实话实说:"我想帮你赢呀。"

听到这话,从未在林兮迟这里得到过这种待遇的许放眉梢扬起,却是一副完全不相信的模样:"哦,你跟那个叶绍文有仇?"

"……"真没有你信吗?

林兮迟忧郁地看了他一眼,但也没再解释什么。

两人的宿舍楼离得不远,快到楼下时,林兮迟不想再浪费他的时间,直接跟他说了句再见,便快速地蹦跶着回了宿舍。

许放在原地站了一会儿,回想着刚刚的画面。

莫名地,他又想起了今天下午的场景。

林兮迟和叶绍文并肩站在一起,有说有笑的,而且还同穿着校学生会的会服,看上去就像是穿了情侣装一样。

这个画面真是碍眼。

而且林兮迟还说叶绍文让她教他怎么追女生。

这不就是暗示吗?

真是低级又没新意的套路。

但当后来叶绍文崩溃地指责着林兮迟,和甩出剩下的四张牌时……

许放用手背抵着唇,轻轻笑了下。

算她有良心。

回到宿舍,林兮迟翻出她的计划本,麻利地在上边记录着今天自己和许放发生的事情,写出来的文字流畅又愉快。

笔尖停在了某一处。

想起在楼道里的那个温热而不明确的触感,林兮迟犹豫了一阵。良久后,她还是在本子上写了一句话——

　　下楼梯的时候,许放偷偷亲了我的手。
　　一定,肯定,绝对不是我的错觉。

林兮迟合上本子。

心想,如果她想要不动声色地将暗恋对象拿下。

一定要有盲目的自信心,一定要相信对方一定会喜欢上自己。

这才有继续暗恋和追求的动力。

真的不是她不要脸。

真的不是。

这是她的动力。

九月底,初秋如期而至。

天空高而清澈,浅蓝色的底,没有任何云层的晕染。教学楼下的桂花树开得正好,教室的窗户大开着,幽香随风袅袅而来。

老旧的风扇发出轻微的声响,耳边还有粉笔划过黑板和水性笔在纸张上发出的"唰唰"的声音。闫志斌的声音高扬,滔滔不绝地在讲台上讲课。

林兮迟有点儿走神,低头在草稿本上来来回回地写着四个数字。

——1024。

余光注意到身旁的人似乎把脑袋凑了过来,林兮迟立刻回过神,把本子合上,镇定地看向黑板,把上边的板书抄到课本上。

过了一会儿,林兮迟侧头偷瞄许放。

却好像只是她的错觉。

此时许放正好好地坐在位置上,嘴唇微抿着,低头记着笔记。他把头发剪短了一些,露出光洁的额头,看起来精神了不少。

见状,林兮迟拍了拍脸,也集中了精力好好听课。

明天便是国庆佳节,时间恰好在周六,学校也不特意安排补课和调整时间,按国家规定放足了七天长假。

宿舍里除了陈涵,其余三人家里都在R省,回家都算方便,所以基本能回家的都会回去。

陈涵的家离学校很远,坐飞机还需要三个小时的时间,来回奔波很麻烦。但这次因为有一周的假期,她纠结再三,也还是选择回家。

宿舍便仅剩林兮迟一人。

不过这七天假期她早就有了安排。

校外有家奶茶店招临时工,只招国庆假期的兼职。经部长推荐,林兮迟加了店长的微信,看了大致的要求,便报了名。

兼职这事儿,主要是因为假期空闲时间太多,林兮迟想以此来打发时间,但和缺钱也有点儿关系。

林兮迟和许放做的那个赌约已经结束,她之前给他的生活费全部花完,甚至还倒花了他几百块钱。

虽然林兮迟也没打算还,但是这就给了她一个警示。

如果她还这么随心所欲地花钱,一个月的生活费是绝对不够的。

更重要的一点是,再过一个月,许放的生日就到了,林兮迟要存钱给他买礼物。

往年两人都不把生日这种事情放在心上,林兮迟更是随意。想起来了就随便送他一样东西,比如一支缺了笔帽的笔,比如一瓶喝剩一半的可乐,再比如她用了半年的手表。

但今年肯定不能这样。

她再这样下去,简直就是直接把许放往别人怀里送。

在林兮迟的胡思乱想中,下课铃响了。闫志斌拖了会儿堂,但注意到学生们一脸骚动,没多久就放他们走了。

林兮迟把东西收拾好,跟辛梓丹和叶绍文道别。许放坐在旁边等她,长腿搭在桌子下边的铁杆上。

许放随口问:"你这七天要干吗?"

"我打算去做个兼职。"林兮迟站了起来,如实告诉他,"就在学校外边,只做国庆这七天。"

许放皱眉:"你没事做什么兼职?"

两人边说边往外走。

"我没事才做兼职啊。"林兮迟在书包里翻着单车钥匙,边问,"你要不也一起来吧,反正你也没事干,天天闲得慌。"

许放瞥了她一眼,没说话。

"你等会儿,我跟你说说要求。"林兮迟翻出手机看了看之前跟店长的聊天记录,"首先是性格活泼开朗,有耐心好相处……呃,你好像不太符合。"

"……"

"每天工作时间不少于四个小时，一个小时十五块钱，感觉你应该会嫌少。"

"……"

林兮迟接着往下念："有职业素质……"

没等她念完，许放突然打断了她的话，语气柔而多情："迟迟。"

很少听他这样喊自己，林兮迟的心脏漏跳了半拍，侧头看他，表情愣愣的。

"啊？怎么了……"

"别去了，你不符合要求。"许放扯过她手里的单车钥匙，一副全心全意为她好的模样，继续道，"你没有素质。"

林兮迟："……"

林兮迟额角一抽，闷着气，看着许放走到教学楼旁的单车棚里开了单车的锁，磨磨蹭蹭地站在他旁边等着。

这车是新生篮球赛的奖品，车轮子大，有后座，车架轻便，款式有点儿复古，林兮迟很喜欢。

赛前许放虽然是那么说，但拿到之后便送给她了。

学校很大，多了辆单车也方便不少。

平时和舍友一起上课，林兮迟还是像之前一样步行去。这次是因为她一会儿要去奶茶店面试，才把车骑了出来。

许放把车子从单车棚里推出来。

林兮迟握住车把，坐上鞍座后，回头问他："我现在去面试，你呢？是回宿舍还是去吃饭？"

许放插兜站在原地，不置可否。

她犹豫了几秒："那我走了？"

"嗯。"

想着早点面试完早点回宿舍，林兮迟也不想拖太久，低下头把手机放进书包里，踩住脚踏，想往前蹬。

突然间，身后一沉。

林兮迟下意识回头看，就见许放稳稳当当地侧坐在后座上，神情自然又清高，像是拦了辆出租车，下一刻就要跟她这个司机说自己的目的地。

"……"林夕迟的嘴角抽搐了下,问道,"您知道自己多少斤吗?"

全身都是肌肉,结实又沉。

"知道。"

"……"知道你还不下来。

林夕迟顿了顿:"你也要跟我一起去面试?"

"嗯。"许放的腿长,他随意地踩在地上,很记仇地回,"我闲得慌。"

"……那我跟你换个位,你载我。"

"不要。"许放很直接,"载不动。"

林夕迟:"……"

您的体重将近我的两倍好吗?

林夕迟咬牙踩动了单车,心想着自己喜欢的绝对不是个男人,而是一个名副其实的公主,一定要让人供在心上的那种。

这么一想,林夕迟很肯定,许放是绝对不会看上别的女生的。

哪有人会像她这样毫无底线地宠着他?

到奶茶店时,林夕迟累得仅剩半条命。从锁单车开始,她就一直劝许放赶紧回宿舍——外边这么热别中暑了,快去吃饭,不要饿着了。

总之不用等她了。

免得一会儿她还要载他回去,剩下半条命也没了。

许放皱眉,很不可思议地问:"你难道要让我自己走回去吗?"

"……"他能这么理直气壮地说出这种话,林夕迟也觉得很不可思议。

两人一前一后地走进奶茶店里。

这家奶茶店空间很大,分上下两层,装修精致温馨,所以客流量并不少。除了饮品,店里还卖一些甜品,样式华丽,口感又好。

林夕迟跟部门聚会时也来过这里。

面试还算顺利,林夕迟当场就通过了。店长告诉她今晚会把排班表发给她,明天就可以过来上班了。

……

出了店,两人又回到停单车的位置。

"我今天就把话撂在这儿了。"林兮迟把单车钥匙塞给他,小跑过去,半坐在后座上,神情小心又警惕,"如果你今天不载我——"

许放瞥她一眼,淡淡道:"怎样?"

"那我就——"

"怎样?"

"那我就……"

许放轻哼一声。

他的这副模样让林兮迟立刻怂了,乖乖地从后座上跳下来,苦着脸。

"那我就载你吧。"

"……"

许放默默地坐上单车的鞍座,背对着她。在她看不见的地方,嘴角翘了翘,很快他清了清嗓子,又收回了唇角的弧度。

见状,林兮迟眨眨眼,乐滋滋地坐回后座上,她用双手捏住后座的下方,以免自己被甩出去。

过了半晌。

林兮迟坐在许放的后边,盯着他的背部,神情若有所思。几秒后,她垂下眼,慢腾腾地抬手,揪住了他的衣角。

感觉到她的动静,许放回头看了她一眼,没说什么。

隔天下午,林兮迟收拾了一番,动身出门去奶茶店。昨晚店长给她发了排班表,时间基本都固定在下午两点到六点。

每天四个小时。

到店后,林兮迟忙碌了一段时间。

下午三点半左右,林兮迟把一杯奶茶打包好,递给面前的顾客。恰好,她放在兜里的手机响了,她瞅了眼,是林兮耿。

林兮迟下意识接了起来。

那头有些吵,是人群的喧闹声,林兮迟还隐隐能听到地铁的报站声。

"林兮迟,出来接我。"

"……"林兮迟一愣,"什么?"

"我刚下地铁,一会儿应该能到你们学校门口了。"林兮耿的声线娇而清脆,"你不用来地铁站找我,你不想出来的话我直接去你宿舍就好。"

林兮迟蒙了:"你来S大了?"

听她这语气,林兮耿也听不出她是不是因为自己先斩后奏生气了,声音立刻低了下来:"对啊……我就来玩两天……"

"……"

反正都来了,林兮耿拉长了声音,开始耍赖:"反正我以后也要报这学校的啊,就当先来参观一下了。"

顿了几秒。

"我现在没时间。"林兮迟看着还在等单的几个客人,思考了下,"你在原地待着别动,别乱跑,我让许放去接你。"

挂了电话,林兮耿挠挠头,给许放发了条消息,让他不要过来了。而后看向四周,随着人流的方向出了地铁站。

她背着书包,用手机导航,很顺利地走到了S大的校门口。

S大建立已有近百年的历史。

经过时间的洗礼,看起来磅礴壮阔。校门在前些年修葺过,却仍是因承受着日日夜夜的风吹雨打,带了时间的痕迹,多了几分历史感。

此时虽是假期,但学校也不显冷清,来来往往的全是洋溢着青春气息的学生。

林兮耿锁了手机屏,正想走进学校里的时候,恰好看到从里头往外走的许放。她下意识缩回步伐,往后一转,躲到旁边的柱子后面。

许放眼尖,而且林兮耿的动静又大,一瞬间就被他察觉到。他懒懒散散地走过去,站定在她的旁边。

还没张口说话,林兮耿便立刻开始赶人。

"哥,你快回去吧。"

许放没搭理她这话,自顾自地往前走:"走了。"

林兮耿在原地停了片刻,见许放完全不回头,便没有原则地跟上:"你跟我说我姐在哪儿,我自己去找她就行了,不用你带——"

许放没任何耐心:"赶紧给我过来。"

"……"怕他发火,林兮耿连骂他的声音都小了些,"你就是想借着我去见我姐,禽兽不如,连发小儿的主意都打。"

闻言,许放扯了扯嘴角,淡淡道:"有意见?"

林兮耿闭嘴了。

"而且。"许放的表情带了几丝疑惑,像是对她这句话很无法理解,"什么时候我见林兮迟还要找借口了?"

"……"

把最后一杯奶茶打包好,林兮迟递给了面前的女生,这才放松下来。

前台处已经没有顾客了,大都是拿好打包的奶茶便走了,剩余的便在店里找了位置坐下。

现在天气虽然已经转凉,但店里仍然开着空调,耳边还放着舒缓的音乐,十分舒适宜人。

趁着空闲时间,林兮迟想问问许放接到林兮耿了没有。

还没等她拿出手机,眼一抬,她便看到林兮耿推开奶茶店的玻璃门,后边跟着许放。

见到林兮迟,林兮耿眨眨眼,走到她面前:"你在这儿干吗,打工吗?"

"嗯。"林兮迟把提前让同事做好的一杯奶茶递给她,"我还有两个小时才下班,你先找个位置打发时间,饿了跟我说。"

林兮耿接过,闷闷道:"你干吗打工,你钱不够用吗?"

听到这话,林兮迟偷偷瞅了许放一眼,随口说:"没有,我就是没事干。"

林兮耿盯着她看了一会儿,也没再说什么,听话地拿着奶茶找了个角落坐下。

同时,许放低头看了眼手机,没过多久便抬起了眼睑,走到她面前,散漫道:"两杯乌龙奶盖,两杯珍珠奶茶。"

没想到他会点单,林兮迟犹疑了下,才迟缓地在收银机上打出单据。

"总共五十二。"

许放递给她一张一百元,林兮迟接过,慢吞吞地从抽屉里拿出几张纸币和三个硬币,递给他。

随后,她往空杯子杯壁上贴上杯贴,回想起刚刚叫他去接林兮耿还被臭骂了一顿的事情,有些无语:"你本来就要来买饮料,顺路把林兮耿带过来怎么了?"

许放垂眸玩着手机："我这不是带过来了？"

林兮迟想要从他的神情里找到一丝歉意，提醒道："那你还把我骂了一顿。"

"啊。"许放思考了下，气定神闲道，"那是因为想骂。"

"……"

林兮迟刚想撑回去，就被同事喊过去帮忙。她瞪了他一眼，也没再说什么，立刻过去了。她今天是第一天上班，还有很多东西不会做，此时只能帮忙打打下手。

许放站在原地看她，直到她看过来了，才装模作样地看回手机屏幕。

舍友还在催他：大佬，你不是就出去接个人吗？这都快一小时了，四缺一啊啊啊你能不能快点！

许放：快了。

许放：再等会儿，给你们买了奶茶。

舍友：啊？没人要喝啊。

舍友：谁让你买的？？？

"……"

林兮耿选了个不好的位置，正对着空调，一开始还没什么，但坐久了便冷到不行。她想换个位置也难，周围要么是情侣要么就是成群结队过来的学生。

她往周围瞅了瞅，几乎看不到一张空桌。

又仔细观察了一圈，林兮耿终于在旁边的旁边找到仅坐着一个男生的位置。是店里除了她以外，唯一一个独自坐在这里的人。

她突然有了一种惺惺相惜的感觉，但主要也是想过去蹭个座。

现在这里实在太冷了。

男生似乎在打游戏，修长的手指在屏幕上飞快地滑动着。他的肤色很白，鼻梁上架着一副金丝眼镜，侧脸的五官曲线硬朗分明。

长得有点儿好看。

林兮耿觉得比许放长得好看多了。

也是搞不懂为什么待在这个帅哥遍地的学校，林兮迟最后依然看上了朝夕相对的臭脾气许放。

"同学。"林兮耿站在他旁边喊了一声。

男生戴着一副纯黑色的耳机，不知是音量放得太大还是别的原因，他像是没听到一样，没有理她。

林兮耿干脆拍了拍他的肩膀，再喊了一次："同学。"

男生下意识摘下了半边耳机，视线依然放在手机上，低声问："什么事？"

林兮耿指了指他对面的位子："我能坐你对面吗？"

闻言，男生抬起眼，桃花眼微微一眯，但目光也没停留在她身上太久，很快便垂下了眼。

"可以。"

桌子是玻璃圆桌，空间并不大，上边摆放着甜品和奶茶，摆得有点儿散，林兮耿没地儿放奶茶了，便小心翼翼地把最边上的一盘往男生的方向推。

但不知为什么，盘底像是粘了东西一样，林兮耿用了点劲都挪不动。她也不敢用太大的力气，怕用力过猛把盘子里的点心弄出来了。

过了半分钟，林兮耿也有些郁闷了，干脆往自己的方向挪了挪。

这次倒是挪动了。

余光看到似乎有人在看着她，林兮耿抬了头，就见男生的视线已经不再放在手机上，单手支着下巴看着她，眉眼略带春意。

"你不介意吗？那个。"男生指了指她面前的那个盘子，轻轻笑了下，"我吃过的。"

到点后，林兮迟把围裙解开，往店里扫了一圈，这下让她发现了一件很诡异的事情。

林兮耿并没有待在原来的地方，而是换到了店里靠墙那一排的位置，对面还坐着一个男生。

重点是，这个男生还是她认识的人。

何儒梁。

虽然林兮迟早就知道何儒梁在这儿，但她倒是没注意到两人坐在了一起。

不知道在聊些什么，两人相处的气氛看起来还算不错。

林兮迟头一回见到何儒梁在空暇时间没有看手机。

从林兮迟这个方向看去，林兮耿背对着她。只能看到何儒梁用勺子挖着面前的蛋糕，没怎么吭声。

林兮耿的手上比画着什么，看上去心情颇好。

林兮迟走了过去，她先是瞥了眼林兮耿，后才望向何儒梁，友好地打了声招呼："何学长。"

何儒梁颔首。

"你们认识啊？"见状，林兮耿有点儿蒙，但她也没太在意，抬头看向林兮迟，"我们要走了吗？"

"嗯。"林兮迟低头看了看手机，"去吃晚饭。"

林兮耿立刻站了起来，跟何儒梁道了别，便推着林兮迟往外走。

出了奶茶店，林兮迟才问："你怎么跟他坐一张桌了？"

"你认识他啊？"林兮耿表情有点神秘，"你不觉得这男的条件很好吗？长得好看，成绩又好，气质斯文，重点是脾气很好啊。"

"……"

"我刚刚旁敲侧击地问了下，好像还挺有钱的。"林兮耿握了握拳，顶着一副"我决定了就这个吧"的模样，"林兮迟，你选这个吧。"

林兮迟手里拿着她喝剩的奶茶，刚喝了一口，听到这话差点儿全部喷出来，被呛了半响才道："你疯了吗？"

她这副嫌弃的模样也让林兮耿瞪大了眼，很不可置信。

"这个条件你还看不上，那你为什么会看上许放哥？"

除了上次新生篮球赛，林兮迟基本没跟何儒梁有过什么交集，私下也不怎么说话，但想到之前他说自己最好骗，她便对他没什么好感。

感觉林兮耿对他的印象好像很不错，林兮迟便开始贬低他。

"这个学长留级了。"

"我知道啊。"林兮耿满不在乎，认真地给她分析，"但他现在只是误入歧途，他的基础都还在的。只要他放弃游戏，努力学习，依然是个分分钟拿奖学金赚大钱的潜力股。"

"……"林兮迟居然觉得她说得有点儿道理，但还是很快就找到反驳的话，"他为了游戏旷考，一点儿自制力都没有。"

林兮耿一噎，这次不知道该怎么回了。

她没底气，但为了让林兮迟逃出许放的魔爪，决定用嗓门取胜，耍着赖皮："不管怎样，他还是甩许放哥一条街好吗！"

林兮迟刚想反驳，腮帮子突然被人从身后掐住。

坚硬的触感，指尖带了点凉意。力道不算轻，却也不会让她觉得疼。手的主人将她的头向右后侧一拧，令她随着力道转了头，对上了他的视线。

许放额前渗出一层薄薄的汗，将他的刘海儿打湿，底下是一双乌黑深邃的眼。他穿着藏蓝色短袖，圆领，露出锁骨和一截白皙硬朗的脖颈。很快他便松开手，神情有些莫名。

"谁甩我？"

林兮迟："……"

林兮耿："……"

许放突然冒出来这个场景，把林兮耿吓得倒吸了一口气，唯恐他把她刚刚说的话都听进去了，磕磕巴巴地反问："许、许放哥，你怎么在这儿？"

林兮迟的反应与她截然不同，没被吓到，揉了揉腮帮子，自然地回话："我让他过来的。"

"……"

林兮耿不敢相信，看向她，眼里混杂着各种情绪，像是在无声地说：你叫他来了怎么不告诉我？你为什么要叫他过来？我一点儿都不喜欢他，就我们两个人不好吗？

许放扫了林兮耿一眼，又直直地盯着林兮迟，不经意般地问："你们刚刚在说什么？"

两个人同时这样盯着她，林兮迟莫名也有些心虚。她思考了下，刚刚她和林兮耿好像只聊了关于何儒梁的事。

她贬低他，林兮耿抬高他。

应该没有扯到许放……

再三确认刚刚的话基本没什么不可告人的地方，林兮迟便诚实道："哦，就耿耿她说何儒梁能甩——"

听到这话,怕许放知情后会当场把自己撵回家,林兮耿着急地跺跺脚,猛地打断她的话:"能被许放哥甩一条街。"

"……"突然让她改了话,林兮迟有点儿蒙,神情呆愣地看向她。

话题一时扯到了不相关的人身上,许放也没太反应过来,疑惑地问:"何儒梁?"

见他确实好像不太记得了,林兮迟便给他提了提:"就是开学的时候老师经常提的那个旷考留级的学长啊,我之前也跟你提过的。负责工学部新生篮球赛的也有他,就是戴眼镜的那个。"

"哦。"许放神色懒散,回忆了下,"不记得了。"

全部用来记那个叶绍文了。

危机解除。

林兮耿松了口气,适时地扯开话题:"我们现在去哪儿?"

"去吃饭,我请客。"林兮迟笑嘻嘻地翻了翻口袋,拿出两张钱给他们看,"我第一天的工资!这家店工资是日结的,老板人超好!"

闻言,林兮耿也来了兴致,指了指某个方向:"那我们去吃路口的那家烤肉店吧,我刚刚闻到味道就超级想吃!"

"……"林兮迟沉默了半晌,又拿着那两张钱在她面前甩了甩,认真地提醒她,"我的日薪只有六十块钱。"

意思就是,她的预算只有这点儿。

林兮耿:"……"

结果三人还是去了那家烤肉店。

进店后,服务员递来菜单,林兮耿接过,和林兮迟坐在一排,两个脑袋凑在一起点菜。许放坐了一会儿,没多久便去了洗手间。

等他一走,林兮迟立刻压低声音,开始夸赞许放,试图扭转他在林兮耿心中的不良印象。

"你看许放多大方,对你多好,你想吃烤肉他就来这家店了。"

林兮耿没理她这话,回头确认许放不在旁边了,才迟疑地问:"我们刚刚在街上说的话许放哥应该没听到吧?"

林兮迟顿了顿,安抚道:"让他听到也没事啊。"说完后,她闭眼昧着良心继续夸,"许放这人很大方的,绝对不会计较你在背后说他坏话这种小事。"

"不是,他什么时候来的啊?……"

"我也不知道。"不懂她为什么要一直问这个,林兮迟挠了挠头,茫然道,"我一直在听你说话呀。"

林兮耿抿了抿唇,视线飘忽了起来:"我刚刚好像说了你看上许放哥了,不知道他有没有听到——不是,我真的不知道他会突然来的。"

她的语速变得很快,音量又轻,林兮迟一时还有些不明白她话里的含意。

场面停顿了几秒。

林兮迟疑惑的表情渐渐变得清明,猛地想起刚刚跟林兮耿的对话。

——"林兮迟,你选这个吧。"

——"这个条件你还看不上,那你为什么会看上许放哥?"

然后不到一分钟,许放突然从身后出现,掐住了她的腮帮子。

"……"

联想到这个,轰的一下,林兮迟原本平静的情绪荡然无存。一股热气倏地涌上脑门,像是发烧一样的热度,令她整张脸都红了起来,完全无法控制。

林兮迟甚至想当场遁地,狼狈不堪地捂住了脸:"不是吧……"

但冷静下来后,林兮耿又觉得,如果许放真的听到了她的话,反应不可能像现在这么平静。不过他坐下没多久就去上厕所,这点也有点儿奇怪。

也有可能是太激动了,怕暴露自己觊觎林兮迟多年的事情,然后去厕所平复心情。

反正她也不懂了……

林兮耿想提醒一下林兮迟,不管许放听没听到,在他面前都要镇定从容,泰然处之,不然这副手忙脚乱的模样,就算他真的没听到,也能猜到了吧。

不就是此地无银三百两吗?

她在脑海里准备了一大堆话,正想苦口婆心地开导林兮迟时,就见许放从转角处回来了。见状,林兮耿不敢再多话,匆匆地吐出了个"冷静",便继续低头看菜单。

林兮迟的脸还是红的，余光注意到许放回来了，便装作渴了的样子，低头喝水。

　　许放坐下，跟林兮迟面对面。

　　林兮耿还没点好菜，所以短时间内也不会上菜。此时桌上三人各做各的事情，气氛安静得开始发散出莫名的尴尬。

　　许放把手机放进口袋里，抬起眼眸看了看林兮迟。注意到她的举动，他的眉梢一扬，神情带了几许奇怪，喊她："林兮迟。"

　　他突然这么严肃地喊她，不论是不是想跟她提刚刚的事情，全身带着戒备状态的林兮迟都非常手足无措，脑袋里那根弦像是断了。她憋着气，一口气把脑海里反反复复想着的话说了出来："不关我的事，别问我不要问我千万不要问我！都叫你别说了！快闭嘴！"

　　许放："……"

　　他还什么都没说。

　　见状，许放眉间的皱褶更深了，漆黑的眸子盯着她。他也没因她这么大的反应说出什么别的话，只是指指她手里的杯子，喉结随着每个字的吐出滑动着，轻声说："别喝了，里边没水了。"

　　"哦。"林兮迟立刻放开水杯，觉得自己现在真的太不冷静了。她捂了捂脸颊，站了起来，"我去个厕所。"

　　过了几秒，她又突然意识到林兮耿这个猪队友的存在，瞬间又坐了回去。

　　"算了，我还是不去了。"

　　"……"

　　林兮耿审时度势地举了手，打破这个僵局，叫服务员过来拿菜单。趁此机会，她悄悄地用手机给林兮迟发了条消息：太明显了大哥。

　　林兮耿：你不要说话了，就安安静静待着吧，求你……

　　不然被发现了的话，你之后一定会把一切责任都怪到我头上来的啊。

　　林兮迟的手机放在包里，此刻完全没注意到林兮耿的内心活动和包里不断振动着的手机，她咽了咽口水，豁出去般地问："屁屁，你刚刚有听到我和耿耿的对话吗？"

许放侧了侧头，漫不经心地重复了遍刚刚听到的话。吐字清晰，声音平淡无情绪："不管怎样，他还是甩许放哥一条街好吗。"

林兮迟紧张地捏着拳头，追问："就这个？"

"嗯。"

"没别的了？"

她这副紧张异常的模样，让许放内心那股怪异的情绪越发明显，顿了几秒后，他别有深意地问："那还能有什么？"

话音落下，林兮迟屏着气盯着许放的表情。过了半晌，确认他说的话确实是真的之后，才松了一大口气："没有。"

许放闲散地背靠椅背，听她说话。

"就耿耿说你被何儒梁甩了一条街。"自己刚刚的反应这么大，林兮迟觉得她有必要为自己解释一下，但这话脱口后，她又觉得自己好像出卖了林兮耿，良心发现般地改了口，"哦，是何儒梁甩你一条街。"

她也不再纠结在这上面，眼角弯弯："反正都差不多。"

许放："……"

所以他们两个为什么要甩来甩去？

恰好服务员过来上了几盘肉，顺带帮忙把烤盘热起来。

林兮耿抿着唇，没再把注意力放在他们两个身上。只想着，她只是过来看看林兮迟的校园生活过得好不好，后天，不，明天她就回去了。

她快高考了，还有很多作业没做，很多错题也没改，她还有很多事情……

总之她不管了！

跟她一点儿关系都没有！

边用夹子把肉夹到烤盘上，林兮耿边扭头看。就见林兮迟垂着头，想掩藏愉悦的表情，隐隐还带了点得意的情绪，尾巴几乎要翘上天。

随后她又转头，看向许放。

此时他也盯着林兮迟。

表情完全不像是平时那般冷淡又欠揍，眼神幽幽的，带了几分意味深长。

吃完晚饭后，许放把两人送到宿舍楼下，便回了宿舍。

宿舍其余人不知道去哪儿了，此时里边空荡荡的，一尘不染，各种物品按规矩摆放得整整齐齐。

　　许放被分到的宿舍并不好，是上下铺，热水器和空调也老旧，刚来的时候里边还有一大股霉味。他睡在下铺，此时灯也没开，脱了鞋便躺上了床。

　　许放懒洋洋地靠在叠成豆腐块的被子上，双腿搭在扶梯上，进入一个十分舒适的状态。黑暗里，只有他的手机发着光，将他的脸照亮。

　　能看到他的表情似乎略带紧张，影影绰绰，不太真切。

　　许放舔了舔唇角，找了蒋正旭，慢腾腾地在屏幕上敲着字。

　　许放：兄弟。

　　停顿一秒，他继续敲字。

　　许放：那货好像看上我了。

攻略PP计划

DAY X:
....

下楼梯的时候,许放偷偷亲了我的手。

一定,肯定,绝对不是我的错觉。

Chapter 8:
你是不是暗恋我

许放给林兮迟设定的铃声和别人的不一样，虽然都是系统自带铃声，但一般只要是这个铃声响起，他再不想接都会接起来。

听到铃声响时，许放正准备跟几个舍友打游戏。

因为昨天的事情，许放很清楚林兮迟今天要兼职，所以此时接到她的电话也有些疑惑，不知道她是为了什么事情。

叫他出去玩还是什么的，那当然好。

她要是早点提，他还在这里打什么游戏？

想到这儿，许放便放开握着鼠标的手，眉头一扬，侧头对几个舍友说了句"等下"，随后便接起了电话。

林兮迟的声音从那头传来，软而谄媚："屁屁，你有空吗？"

听到这个开头，许放爽快地关上电脑，低声应："嗯。"

结果下一句——

"耿耿来我们学校了，我现在没时间，你去帮我接她吧？她现在就在地铁站，你直接跟她联系好了……"

许放嘴边的弧度慢慢收掉，面无表情地听她把话说完，另一只手重新开了电脑，站了起来，语气沉而不耐烦："我一天到晚哪来那么多时间？"

"……"

"林兮耿没事过来干吗？现在高三生都这么闲？"

"……"

其他几个人就看着许放边冷脸跟电话里的人说着话，边迅速起身套上鞋子，拿起钥匙和钱包，往门口走。

伸手拉开门，许放又转头看他们，冷冰冰地抛下了句"我出去接个人，马上回来"便出了门。

林兮耿比林兮迟小将近两岁，但心思却比林兮迟多了个几百倍。

许放也不记得是从什么时候开始，只要这小屁孩看到他和林兮迟待在一起，就会想方设法地把他们两个拆散开来。

还总顶着一副"你最好收回你那龌龊的想法，我绝对会保护好我姐的，我绝对不会让她落入你的魔爪之中的，绝对不会"的表情，令他烦不胜烦。

难得的假期，这个明年六月就要高考的高中生还特地跑来 S 大了。此时别说让他去接她，许放都想直接把她送回去了。

想是这么想，但做不做又是另一回事了。

把林兮耿送到奶茶店，看舍友像催命一般地给他发着消息，许放抬眼看向林兮迟，不像来时那般雷厉风行，动作磨蹭了不少。

原本许放过去是想跟她说一声便走，但不知不觉就演变成了别的话，点了四杯饮品。

然后又在她面前多站了一会儿。

许放怕影响她工作，也不再跟她闲聊，提着四杯饮品回了宿舍。想着今天林兮迟有伴陪她吃晚饭了，一会儿肯定不会叫他出来。

所以花个五十多块钱多看她几眼也不亏。

结果刚打了两局游戏，许放就收到了林兮迟的微信。

林兮迟：屁屁，六点出来呀！一起吃晚饭！

因为这条消息，许放接下来打游戏的时候心情都好上了几倍，结束了这局他便完全没了继续下去的心思，在舍友们唾弃的目光下进浴室洗了个澡。

之后便出了门。

说实话，许放确实没有听到林兮迟和林兮耿的聊天内容。他没有偷听墙脚的习惯，况且这两人凑得近，说话又小声，他想听也听不清。

当时刚走到她们两个身后，就听到林兮耿的声音突然扬了起来，说：

"不管怎样,他还是甩许放哥一条街好吗!"

突然提到他,许放猝不及防,也没来得及思考这句话的含意,瞬间就抓住里边最重点的三个字:甩许放。

然后他就下意识伸手掐住了林兮迟的腮帮子,像是已经"上位"了那般地质问她:"谁甩我?"

完完全全地忘记了他根本还没追到人。

听到林兮迟的解释后,他忽地就明白了——她们只是拿他跟另外一个男人做对比。

许放压根没怀疑到别的事情上,也忘了去想她们为什么无缘无故要对比他和何儒梁的条件。

当时唯一的想法就是,觉得自己的反应太过激,怕再露出什么马脚。

随即他就去厕所里调整了一下情绪。

等许放再回来时,整张桌的气氛都变了。

原本的场景是,这两人有说有笑地点着菜,林兮迟还假惺惺地说着不要点太多许放也没那么有钱,下一刻便点了好几盘牛肉。

可现在,林兮耿仍然在点着菜,一旁的林兮迟却脸颊泛红,眼神飘忽,嘴唇贴在杯口上,像是在喝水,可杯里却是空的。

她在紧张。

许放怀疑是林兮耿跟她说了些什么。

所以他也变得有些不自在。

坐以待毙没有用,许放干脆主动喊了她一声,想看看现在是什么状况。结果林兮迟反应比他还大,并且还提心吊胆地问他有没有听到什么。

这个反应,肯定还是不知道他喜欢她。

但许放从来没见过林兮迟有这么无措的时候,脸红得像是上了腮红,杏眼亮晶晶的,神情似紧张又似期待。

许放觉得有些莫名其妙和古怪,但又有什么无法言喻的心情升腾了起来,几乎要充盈他整个心脏。

听到他否定的回答之后,林兮迟很明显松了口气,眉眼弯弯,心情顿时愉悦了起来,又变回那副没心没肺的样子。

变化那么快。

难道是刚刚跟林兮耿说了什么不能让他知道的事情吗？

许放开始回想刚刚听到的话。

但有用的信息太少，因为他只听到了一句。

而且那还是林兮耿说的。

此刻他的精神已经放松下来，渐渐陷入沉思，想到某处时，他忽然又捡起了那个被他忘了的问题——林兮耿为什么要拿他跟何儒梁对比？

再联想起林兮迟发红的脸和紧张的情绪……

许放的目光一滞，渐渐浮起了一个令他不敢相信的答案。

然后。

他无所适从到，又想去厕所调整一下情绪了。

思绪从回忆里回到现实。

等了好一会儿，许放依然没等到蒋正旭的回复。

因这件事，许放的情绪高涨了一个晚上，全部精神都放在这上面，连饭都没吃好，话也没跟林兮迟多说几句。

此时他毫无耐性，烦躁地坐了起来，想都不想就给蒋正旭打了个电话。

然而对方没接。

恰在此时，有人拿着钥匙开了门，走廊的灯光照了进来，大半的宿舍一下子就亮了起来。

余同走了进来，一片漆黑。他本以为里边一个人都没有，哪知空气里突然响起了幽幽的声音。

"喂。"

余同被吓得往后退了几步，立刻开了灯，见到是许放才松了口气，咋咋呼呼地问："哥们儿，你想吓死谁？！"

顺了口气，余同关上了宿舍门。

许放现在逮到个人就当对方是情感专家，完全没顾虑其他的，直接问："大同，女生会因为什么对比两个男人的条件？"

"哦，这我知道。"余同站在柜子前，大大咧咧地脱掉上衣，"我女朋友拿我跟吴彦祖对比过，然后差点儿跟我提了分手。"

"……"

许放抿了抿唇，内心的答案越发肯定，喃喃低语着，语气像是在做梦一样。

"那她真喜欢我。"

"谁啊？"余同就穿着条内裤在宿舍里走来走去，把换下的衣服扔进洗衣机里，"大哥，你不是有女朋友吗？你想劈腿？"

许放靠回被子上，懒散地答："就林兮迟。"

"林兮迟……"余同漫不经心地重复着，感觉这个名字有点儿耳熟，但又想不太起来，他把脱下来的袜子也扔进了洗衣机，"这哪位？"

许放瞥他一眼，没有要作答的倾向。

但余同瞬间记起来了，声音也猛地响了起来。

"你还没追到？不是吧？"

被他这大嗓门吼到，许放掏了掏耳朵，"啧"了一声，不耐道："这是我想就能的？你小声点。"

"不是。"余同皱着眉，"你怎么不上啊？那姑娘很明显对你有意思啊。"

闻言，许放坐了起来，认真地看他："你确定？"

他这反应让余同也不敢瞎说了："我猜的。"

"……"

余同挠挠后脑勺，贴心地过去跟自己的战友一起思考："不过我一直以为你俩是一对啊，你问问大张、老黄他们，没有一个人怀疑过你俩的关系。"

许放没说话。

"你就追呗，平时接送她上课，约她吃饭看电影。"余同绞尽脑汁想着自己之前怎么做的，告诉他，"要么直接告白啊，尿什么？怕什么？"

沉默了几秒，许放垂着眼，淡淡承认："是。"

怕猜错，怕只是自己多心。

怕只是因为这是自己渴求多年的事情，所以她有了点奇怪的举动，就产生了那个苗头。

怕自己真的说了之后，她会尴尬。

然后躲着他。

他赌不起，一丝一毫都不敢用来赌。

况且现在她家里还是那种状况。

再发现不好的事情，因为这一层尴尬的隔阂，难过的时候，她又该找谁？

余同不知道他在顾虑什么，纠结了半天才说："要不你就给点暗示，对，就给暗示吧。还有，收收你的垃圾脾气，就这脾气还想追人？"

"……"

"如果你就一直这个状态，"余同认真说，"就算对方对你有意思都会被你磨没。"

回宿舍之后，林兮迟又把林兮耿教训了一顿，让她以后在外边说话注意一点，训得她连连点头才逼着她把带过来的试卷写了。

林兮耿只放了三天假，老师们布置的试卷足够让他们度过这个假期了，实在没有时间陪林兮迟在这边玩。

林兮迟的高三也才过去不到半年，很清楚她目前是什么状况，准备第二天就把她送回去。

提前跟店长招呼了声，隔天中午吃完饭后，林兮迟把林兮耿送上了高铁。

返程到学校附近的地铁站时也才下午三点。

林兮迟想了想，选择回到了店里干活。

很巧的，她一进店就看到角落处分别坐着两个认识的人。

许放和何儒梁。

……

接下来的两天，他们两个每天都定时来，像是较劲儿一样。直到第三天，假期的第五天，何儒梁没来了。

当天晚上，林兮迟收到了何儒梁的微信。

这还是他们两个加好友之后，第一次聊私事。

何儒梁：那天那个女生是你妹？

林兮迟：对呀。

何儒梁：也在 S 大吗？

林兮迟：不是，就过来找我玩，她现在已经回家了。学长找她有什么事吗？

顿了片刻。

何儒梁又问：她多大？

林兮迟皱了皱眉，不知道他为什么要问这个，但还是默默地在心里算。林兮耿读书早，所以虽然比她小快两岁，却只比她小一级。

她今年十八，林兮耿还没过生日，所以……

林兮迟：十六。

这次隔了很久，何儒梁都没再回复。

林兮迟也没想太多，进浴室洗了个澡便睡了。

林兮耿回溪城之后，许放每天都过来奶茶店找林兮迟。

跟她吃午饭，吃完后还没到上班的时间，许放便会陪她在周围逛一会儿。到点就送她去上班，等她下班后，两人一起吃晚饭，然后许放又把她送回宿舍。

每日都如此。

而且，对待她的态度也比平时温和了不少。

比如：

林兮迟跟他一起去逛街，见到一条流浪狗时，她习惯性地蹲下身，盯着那条狗，无比认真地喊着："屁屁。"

正常来说，许放不会搭理她，并会对她这种行为嗤之以鼻，甩脸就走。但这次，他站在她身后，居然破天荒地搭了腔。

"这儿呢。"

再如：

林兮迟跟许放出去吃烤肉。

这次只有他们两个，林兮迟对烤肉一窍不通，这任务自然就落在了许放的身上。但她挑三拣四，指使他加各种调料，让他记得时时翻动肉片，不然会焦……

各种难伺候的毛病。

吃的时候,林兮迟又摆出一副嫌弃的模样,说:"不好吃。"

她本以为这次许放一定会生气,但他只是幽幽地看着她,过了半分钟才轻声说:"好。"

感觉终于把许放打回原形,林兮迟正想像往常一样,作势下跪道歉的时候,就见许放拿起筷子,也吃了一口,咀嚼了两下后,面无表情地说:"确实难吃。"

林兮迟狐疑地看他。

"我感觉像在吞针。"

"……"

"委屈你了。"

林兮迟:"……"

许放的这种状态,在过去十八年里,出现的次数寥寥无几。一时间让林兮迟去想,她也想不到许放什么时候对她有过这么明目张胆的示弱。

勉强来算的话,高三寒假的时候好像有一次。

那时候距离高考连半年都不到,学校放高三生回去过年,假期只有一个星期。这个假期林兮迟完全没把时间浪费在其他事情上,每天吃完早饭之后便骑着单车去许放家拉着他一起学习。

许放的语数英三科成绩都不错,唯有理综成绩一直提不上来。林兮迟急得半死,但当事人倒是每天优哉游哉的,完全不把这事儿放在心上。

后来实在觉得从外公家到许放家的半个小时路程太浪费时间了,犹豫再三,她便跟父母提出了这个假期想回家住。

……

二〇〇六年之前,许家和林家还没搬到岚北别墅区,住在同一个小区的同一栋楼。

后来,许父看上了岚北别墅区的房子,花了大半的积蓄买下一套。时隔三个月,许家对面的房主想到海外定居,决定将这套房子卖掉。

林父听说了之后,纠结了一番,最后还是决定卖掉原本的房子,用这笔钱和家里的积蓄，买下了许家对面的那套房子。

林兮迟和许放又成了邻居。

林家的房子有两层，父母住在一楼。二楼有四个房间，两间是林兮迟和林兮耿的房间，还有一间是书房。

剩下那个空房间，林母特地跟她们提过，是留给姐姐林玎的。

买了这套房子后，刚过一年，林玎被找回来了。

林父找人重新把那个房间装修了一遍。装修的那段时间，林玎跟林兮迟住一个房间，到后来连林兮耿都凑过来了。

三个姑娘挤在一张床上，缩在被窝里，叽叽喳喳地谈天说地。

林玎的话少，因为之前的经历，性子沉默又孤僻，但跟她们待在一起的时候也会很开心，弯着眉眼听她们吵闹。

怕林玎觉得自己融入不了这个家庭，家里的另外四个人都在努力，尽可能地对她好。

但结果完全不如想象中的那样，他们越努力，反倒越让林玎觉得自己只是个客人。

随着时间一天天过去，林玎在家里的姿态甚至没有刚来时那般自然，越发地战战兢兢。

只要是谁跟她说话大声了一点儿，她便会立刻哭着请求不要把她送回去。

她说她做错了，她会听话。

不要把她送回人贩子手里。

林兮迟觉得她是因为过去的经历留下了心理阴影，跟父母建议过带她去看心理医生。

希望她能慢慢忘记过去，摆脱过去，希望她能清楚认识到，她的人生已经回归正道。

只要她努力，她的未来也会是令人期待而美好向上的。

林父和林母都同意了。经朋友推荐，在着手准备联系心理医生的时候，奶奶通过姑姑的嘴听说了这件事情，亲自来了林家。

虽然林兮迟对很多事情都不太在意，神经大条，但对于她重视的人，她也会十分敏感。

所以从小她就很清楚，奶奶并不喜欢她。

林兮迟也清楚，奶奶并不是重男轻女，因为她很喜欢林兮耿。

就算林兮耿不小心摔坏了她珍爱的手镯，她也只会乐呵呵地安慰着林兮耿，说没有关系。可林兮迟只是不小心碰到她的身体，都会被她冷嘲热讽一通。

林兮迟不知道自己做了什么，她努力过，想提升自己在奶奶心目中的形象，多次之后发现根本没有作用便放弃了。

后来奶奶一来家里，林兮迟跟她打了招呼后，便会识相地回到房间里学习。因为不喜欢她，奶奶倒也满意她少出现在自己面前的举动。

但这次，奶奶一到家里就指着林玎和林兮迟，叫她们留在客厅，让林兮耿回到房间去。

宽敞的客厅一时间就只剩她们三个人。

那一天，林兮迟终于明白了一直以来奶奶讨厌她的原因。

林玎七个月大的时候，林母带她出去买菜。因为一时不注意，把她弄丢了。之后报警，或是贴寻人启事，也一点儿用处都没有。

因为这事情，林母每日以泪洗面，精神状态越来越差，每天就待在家里哪里都不去。

林父伤心却也不知如何是好，万般无奈之下，他做出了一个很不好的决定。

他到孤儿院领养了那时候才一岁的林兮迟。

林父想将林母的愧疚感降到最低，想假装把林玎找回来了。

所以今天林兮迟才会站在这里。

啊，多好理解。

她是被抱养回来的，是用来代替林玎的。

奶奶其实也是个好奶奶，她对待所有孩子都是一视同仁的。不过，她只认同血浓于水的感情，别的都不在她的考虑范围之内。

那一刻的孤立无助，那一刻的无法思考，那一刻僵到冰点的气氛。

林兮迟看着奶奶抱着林玎，另一只手指着她，轻轻缓缓地说："孩子，所以你千万别觉得自己是多余的，不然多不公平啊，你要知道——

"真正多余的人已经理直气壮地活了多少年了。"

这句话，林兮迟觉得自己一辈子都忘不掉。

接下来的日子，林玎对待林兮迟的态度发生了巨大的转变。

她完全没有因为奶奶的话而对自己在这个家里的地位多了多少信心，反倒有了更多的猜疑。

林玎的精神状态变得更差了，见到其他人依然是一副胆怯而自卑的模样，可只要看到林兮迟，就会开始尖叫着让她滚。

林父和林母在几个星期之后才知道，林兮迟已经知道自己是被领养的事情。他们因此特别严肃地找她谈了一回，再三跟她强调，她绝对不是林玎的替代品。

林家有三个女儿，他们对谁都是这样说的。

林兮迟很清楚，他们一定也是爱她的。

在林玎回来前，他们的确对她和林兮耿的关心和爱是相同而平等的，从不会因为林兮迟不是他们亲生的而有一丝一毫的差别对待。

可因为他们的过失，林玎遭受了她原本不应该承受的事情。他们想要弥补自己的过错，也因此，无法再同从前那般，做什么都一碗水端平。

他们只能把心思，逐一从林兮迟身上抽出，重新投入林玎身上。

林玎不希望林兮迟出现在家里，不希望她还像现在这样活得那么快乐又自在，不希望她再出现在自己的面前。

她希望林兮迟活得像自己一样，煎熬而难以忍受。

所有人都只能让步。

林兮迟不断地对着自己说"没关系"，嘴里不断重复着父母对她强调的话，最后却只听进了奶奶跟她说的那句话。

选择了让步。

……

在外公家住的这一年间，林兮迟很少回家。就算她经常去许放家玩，路过自己家的时候，进去的次数也屈指可数。

那时候林兮迟正值高三，难得提了这么一个要求，林父和林母完全没法拒绝。

　　林兮迟也不想跟林玎见面，主动提出住在一楼的客房。她每天早出晚归的，大部分时间都待在许放的家里，倒也相安无事。

　　但在假期的最后一天，林兮迟在许放家突然就来了例假。她不太好意思跟许放说这事情，用手机给母亲发了条短信，随后才回了家。

　　从厕所出来，林兮迟正想回去找许放时，出乎她的意料，林玎从楼梯上走了下来，身后跟着红着眼不断阻拦着她的母亲。

　　林玎的腿脚有问题，走路一跛一跛的，走楼梯更是困难，半天都没走到林兮迟的面前。她的眼睛瞪大着，只在楼梯上哭喊着："我就知道！我就知道——你一定还在这儿！"

　　林兮迟的呼吸一滞，不想听她说话，脚步加快着往外走。

　　"林兮迟！"林玎尖叫着，声音又沙又哑，"你给我记住了，你是多余的，你是被领养的！要不是我爸妈你现在还不知道在哪儿——"

　　之后的话林兮迟没再听下去，她关上了房子的大门。

　　这种话她听林玎说了无数次，所以此时心情也没有太大的波动，在原地站了半分钟后，她便重新进了许放家。

　　林兮迟回到了许放的房间，却没见到他的人影。

　　她也没想太多，坐回书桌前，拿起笔继续写题。

　　没过多久，许放也回来了。他的脸色不太好看，下巴滴着水，额前的发丝也湿漉漉的，像是刚洗了脸。

　　林兮迟眨眨眼，问道："你困了？"

　　许放没说话，坐回她的旁边，抽了几张纸巾开始擦脸上的水，然后便沉默着抓起笔，继续写着试卷。

　　林兮迟侧头瞅了瞅他的表情，低声说："哎，你困了就睡会儿吧，我又不是狠到连让你睡个午觉都不肯……"

　　她的话还没说完，许放就打断了她的话，轻声说："我们来打赌吧。"

　　"——啊？"

　　"赌下个学期，整个学期的生活费。"

　　林兮迟蒙了："赌这么大？"

　　"嗯。"

"赌什么？"

"随便，掰手腕吧。"

林兮迟沉默了几秒："你当我是傻子吗？"

最后林兮迟还是在他的坚持下妥协了，然后也很意外地，她很轻松地用单手将他秒杀了。她对许放的脆弱震惊无比，盯着自己的手，半天都缓不过神。

她已经想不起来自己多久没赢过许放了。

林兮迟脱口而出："哇，你是不是太废物了啊？"

"嗯。"

那时候，她本以为许放会回骂她，结果他就只是轻声"嗯"了一下，之后便继续拿起笔写题。林兮迟觉得很古怪，便偷偷摸摸地凑过去看他的表情。

林兮迟这才注意到，许放的嘴唇抿着，双眸红得像是要滴血。她被他吓了一大跳，猛地扯住他的手，说："我们重来一次？我感觉你刚刚只是没发挥好。"

他别过头，低声说："不用。"

声音低哑又轻，听起来十分难过。

林兮迟不知道怎么办了，就小心翼翼地问："你怎么了……"

许放那时候说的话她还清晰记得。

"没什么。"许放的尾音微颤，一字一顿地说，"你说得对，我确实很废物。"

那时候林兮迟也没太想通许放为什么会有那样的反应，这会儿再联想起，也大概能懂他那时的情绪从何而来。

他大概是听到了林玎的话，又想起之前因为她搬家跟她冷战的事情。

那次是因为愧疚，那这次是因为什么？

从林兮耿来 S 大找她那天后，许放这样的状态已经持续了将近一个月了。

林兮迟觉得他太奇怪了，就算她再怎么刻意惹他生气，他都只是沉默一阵之后，又开始向她示弱，像是对她做了什么亏心事一样。

这种感觉虽然有点儿舒爽，但是又像是山雨欲来的前兆。
很可怕。

时间不知不觉就到了十月二十四日。

大概是林兮耿回去后跟父母提了自己生活费不够用的事情，林母又给她打了一些钱。

林兮迟拿着这笔钱给许放买了一双运动鞋，在他生日的当天晚上，她提着蛋糕和礼物，打算亲自送到他的宿舍。

提前看过许放的课表，林兮迟确定他这个时间段没有课，她还旁敲侧击地问过，也确定了他这段时间会待在宿舍里。

S大并不限制学生进异性的宿舍，一般只要在楼下跟宿管阿姨说一声并签个名字就好。林兮迟去找许放的次数并不少，此时连签字都不需要，跟阿姨说了一声后便直接进了宿舍楼。

林兮迟上了三楼，走到许放的宿舍门前，敲了三下。

没人开门。

她又敲了三下。

还是没人。

林兮迟这才发现宿舍门没有关好，门虚掩着，她便小心翼翼地向里推。里面黑漆漆一片，没有开灯。她郁闷地皱了皱眉，小声喊："许放。"

没人说话，不像是有人在的样子。

"我开灯了啊……"

林兮迟犹豫着，按下了门旁边的开关，宿舍里一下子就亮了起来。她往里看，就见宿舍四张床上，只有许放的床上有人。

此时许放正躺着闭着眼睡觉，发丝柔顺耷拉下来，可能是因为突然亮了灯，他的眉头紧皱，看起来不太高兴。

林兮迟仔细看了看，确实除了许放没其他人了。她轻手轻脚地关上了门，把手上的东西放在许放的桌子上，凑过去蹲在许放的旁边看他。

林兮迟开灯的那一刻，许放的意识渐渐清醒过来。他听到她放东西的声音，也听到她走过来蹲在自己面前的动静。

许放正想睁眼时，突然感觉到一个又凉又软的触感。

好像是她的手指，在摸他的脸。

确定这个答案，许放突然就不想睁开眼了。他有点儿好奇林兮迟接下来会做什么，便懒洋洋地继续闭着眼，等待着她接下来的动作。

过了半分钟，许放听到林兮迟站了起来。

不知道她要做什么，许放偷偷睁了眼，就见她又回到了他桌子的位置。注意到她又要转身，他立刻合上了眼。

过了一会儿，她走过来，和刚刚一模一样，蹲在他的身前。

然后，许放闻到了马克笔的味道。

"……"

接着便是林兮迟在他脸上涂涂抹抹的过程。

脸上这冰凉又痒的触感，让许放的心情从失望慢慢地演变成愤怒。他按捺着脾气，不断地在内心跟自己说：你喜欢她，她是你喜欢的人。你要对她好一点儿，记得要温柔，温柔。忍忍就过去了。

因为这句话，他没有当场睁开眼跟她发火。

"我怎么就画成这样了？"林兮迟盯着他的脸，喃喃低语，"等下他醒来肯定会把我打死的吧……"

接着，如许放所料，他听到林兮迟落荒而逃的声音。

听到门关上的声音后，许放慢腾腾地睁开眼，起身照了照镜子，随后面无表情地到洗手台前开始洗脸。

洗了一分钟。颜色一点儿都没掉。

两分钟，没掉。

三分钟后，许放看着脸颊两侧还很明显的三根猫胡须，扔掉手里的毛巾，深吸了口气，在内心调节了三秒的情绪后，怒气达到了顶点。

许放拉开阳台的门，满脸戾气地往外走。

他今天再忍他就是真有病。

十月见底，随着几场大雨的纷至沓来，气温已经降到了十来摄氏度，夜里的气温甚至已经低于十摄氏度了。

空气又湿又冷，呵出来的白雾在路灯的照耀下飘散开来。

连下了两天的雨已经停了，但地面上大多还是湿漉漉的。放眼望去，水泥地上全是坑坑洼洼的水坑，冷意像是无处不在，从任何一个角落轻易地钻入你的骨髓里。

　　还要给许放过生日,所以林兮迟也没有跑远。出了宿舍楼,她往四周望了一圈,走到旁边超市前的遮阳棚里坐下。

　　不知道许放什么时候醒来,林兮迟也不敢主动去吵他。

　　林兮迟吸了吸鼻子,把外套的帽子戴到脑袋上,双手放进兜里,整个人缩成一团,试图驱赶全身的寒意。

　　她开始思考着一会儿许放发火的话,应该怎么解释比较好。

　　说她只是想试试那支笔还有没有水,但一时找不到纸,刚好在这个时候看到了他的脸,一时顺手就直接当纸用了。

　　或者是,说她最近看了个视频:只要在性情暴躁的人脸上画猫胡子,就能让这个人变得跟猫一样温顺可爱……

　　感觉不管说哪个都会被他打死。

　　她当时是怎么想的?

　　好像也没有太特别的缘由。

　　许放安静躺在她的面前,浓眉似剑,睫毛又黑又密,像是鸦羽一样,立体挺直的鼻梁,还有弧度恰到好处的唇瓣。

　　看起来毫无防备和攻击力。

　　林兮迟看了半晌也没觉得腻,真的觉得许放长得太好看了。

　　她觉得如果自己一直这么看着,肯定会控制不住亲上去。为了制止这么龌龊无耻的想法,林兮迟只能用笔来丑化他的形象。

　　她完完全全是为了保护他的贞洁才做出这样的事情。

　　但她也不能就这么直白地把这话说给许放听,不得把他吓个半死?

　　寿星日变成"寿寝日"。

　　坐久了之后,林兮迟就算缩成一团也没觉得暖和。她有点儿后悔出门前没有戴围巾,裸露在外的脸僵硬无比。

　　她干脆站起来蹦跶了几下,通过运动来取暖。

　　林兮迟从小就怕冷,每次一到冷天,她穿的衣服永远比别人的多。

　　这样的天气别人穿个三件就够了,她会不断往身上套着保暖内衣和羊毛衫,至少塞个五件才罢休。

　　不过今天是来见许放的,为了不让自己显得过于臃肿,林兮迟再三思考后,还是忍痛脱下了一件衣服,只穿了四件便出了门。

晚上的风比白天的要猛烈许多,结合着这低温,冷风像是刀片一样割在林兮迟的脸上。

她可怜兮兮地把外套的拉链拉高了些,正想进超市里取取暖的时候,突然就注意到自己身前五米远的地方多了一个人。

许放。

无声无息地。

他站在路灯旁,背着光,五官看不太真切,影影绰绰。只穿了一件薄外套,宽松长裤,脚上套着双黑色拖鞋,像是匆匆忙忙地出来,什么都来不及换。

林兮迟的呼吸一滞,往后退了一步之后,又把拉链拉高了些。她穿的这件外套连帽子上都有拉链,可以直接拉到顶,整个脑袋都能被封闭在里面。

要不是因为看不到路,林兮迟都想直接把自己整个人藏进去了。

她把拉链拉到鼻尖处,低下脑袋,视线垂至地上,畏畏缩缩的,装作一副路过的模样,屏着气从许放旁边走过。

还未与他擦肩。

许放扯了扯嘴角,单手抵着她的脑袋,另一只手把她的拉链拉到顶,他轻笑了声,眼里却毫无笑意。

林兮迟听到他"啧"了一声,声音慢条斯理,一字一顿地,带着满满的嘲讽:"就算你拉到这儿——

"你看看我认不认得出来?"

"……"

眼前立刻陷入一片黑暗,林兮迟挣扎着把拉链拉了下来。重见光明之后,她注意到许放脸上的马克笔痕迹,衬着他那副严肃的表情,看上去滑稽又可爱。

她有点儿想笑,但又怕被他看到之后,更是火上浇油。

林兮迟又低下脑袋,尽自己的努力将嘴角的弧度敛住,弯着眉眼,将话题扯到了别的事情上边,讨好般地说:"屁屁!生日快乐!"

许放没说话,拽着她的帽子往宿舍楼的方向扯。

这个姿势有点儿不舒服，林兮迟使了力，揪了一会儿才把自己的帽子抢了回来，小跑着跟在他的旁边，无辜道："屁屁你怎么不说话？"

闻言，许放侧头睨着她："你不是说生日快乐？"

林兮迟打开手机看了看日期，确定自己没看错才说："是呀，今天就是你生日啊，你忘了吗？"

许放显然是在计较"生日快乐"里的另外两个字，他收回了视线，淡淡问："我看上去像是快乐的样子？"

"……"

林兮迟偷偷瞅了他几眼，看到他脸上那几根用马克笔画的猫胡须，蹙着的眉头以及紧抿着的唇，不敢说话了。

大概是察觉到了林兮迟心虚的模样，许放用眼尾扫了她一眼，也没吭声。

两人并肩上了三楼。

这一层住的基本都是国防生，一路走过去全是许放认识的人，他就顶着这样一张脸，被见到的几个朋友嘲笑了几句。

许放没说什么，倒让旁边跟着的林兮迟徒生了愧意。

就快走到许放宿舍门前时，两人路过了一间宿舍，里边走出了一个光着膀子的男生，大大咧咧地喊着："喂！胖子！你们宿舍的——"

话还没说完，他便看到了许放，改口道："妈呀，你这脸怎么回事？——对了，你宿舍还有洗衣液吗？"

男生的身材很好，宽肩窄臀、肤色偏黑，更显出阳刚之气。他看起来是刚洗了澡，发丝滴水，上身没穿衣服，下身只着了一条及膝的休闲裤。

浓郁的男性荷尔蒙气息扑面而来。

几乎是同时，许放转头，再次将林兮迟衣服的拉链拉到顶，动作迅速又利落，随后才回答了那个男生的话："没有。"

下一刻，许放扯住林兮迟的手腕继续往前走，走进了宿舍里。

林兮迟郁闷地拉下拉链："你老弄我这拉链做什么？"

"那你看什么？"

"啊？"

213

许放没再回答,只是哼了一声,走到床边脱下外套。他里边只穿了一件纯色短袖,看上去像是一点儿都不怕冷。

而后,他继续到阳台洗脸。

林兮迟纠结了一会儿,也跟了过去,看着他用洗面奶洗了一次后,只掉了一点点颜色的马克笔痕迹,她咽了咽口水,弱弱地说:"用酒精应该能洗掉……"

许放沉默着看了她一眼,脸上的水珠顺势向下流,汇聚在下颌处,掉落到地上。刚刚大概是因为在外面,想给她点面子才没发火,此时像是憋了一路的火气在这一刻爆发,他的表情十分难看。

林兮迟立刻闭了嘴。

他又走回了宿舍,从其中一个柜子里翻出了半瓶酒精,又回到洗手台前,倒在毛巾上开始用力擦脸,倒把火气发泄在自己的脸上了。

"我帮你洗。"林兮迟抢过他的毛巾,赎罪般地说,"我帮你洗……"

许放还是没说话,但也没抢回毛巾,低下眼定定地看她。

林兮迟踮起脚尖,慢吞吞地擦着他的脸,她不敢跟他的视线对上,就盯着他脸上的痕迹,小声说:"我哪知道你会直接就这样出来了啊。"

许放单手撑着阳台的栏杆,微微弓下身子,将脸凑近她。

他的脸因为刚刚自己的力道已经开始发红,林兮迟不敢再用力,就一点点地、轻柔地擦着,然后说:"屁屁今年十九岁了。"

听到这话,许放眉眼一挑,而后就见她眨了眨眼,意有所指道:"应该要懂点事了,要好好克制自己的脾气,不要总是对善良可爱的人发火。"

许放额角一抽,冷声道:"你能闭嘴吗?"

两人的距离靠得极近,说话的时候都能感受对方的气息,就在咫尺之间。

林兮迟把他脸上的笔迹擦得干干净净,满意地点点头,眼珠子一转,忽地跟他的视线对上了。

从以前,林兮迟就觉得许放的眼睛生得极为好看,眼形偏细长凌厉,内勾外翘。他的眼睛不算大,单眼皮,瞳孔乌黑深邃,像是一块磁石一般,盯着看的时候,就会不自觉地将她吸引进去。

她对他没有别的想法时，偶尔都会因他这双眼晃神。

更别说是现在了。

等林兮迟回过神的时候，已经不知道自己盯着他看了多久了。

他的神情依然像刚刚那般清冷桀骜，眼神却多了几分别的含意，林兮迟看不懂，只觉得他们之间的距离好像更近了，她只要轻轻踮个脚，就能亲到他的下巴。

林兮迟瞬间屏住呼吸，将毛巾往他手里一塞，不自然地别过脸，闷闷地说："你把脸洗一下。"

随后便转身走回了宿舍里。

许放站在原地，看着她的背影。很快便站直了起来，拧开水龙头，将毛巾清洗干净，慢条斯理地将脸上的酒精擦干净。

他看着镜子里的自己，气息悠长地淡笑了声。

想着刚刚的事情，林兮迟心绪不定地往周围看看，在宿舍的角落里找出一张折叠小桌子，摊开放在许放的床前。

她走到许放的书桌前，把蛋糕拿了过来，动作缓慢地把蛋糕盒打开。

恰好许放洗完脸从阳台出来了，见到桌上的蛋糕时，他皱了下眉，扫了周围一圈，才不太确定地问："你买的？"

林兮迟在蛋糕上插着蜡烛："不然？"

许放狐疑地看着她，走过来坐在她的面前。

国防生的宿舍每周要检查三到四次卫生，都是不定时检查，所以宿舍里时时刻刻都得保持干净。

两人席地而坐。

察觉到许放似乎一直盯着她看，林兮迟装作没发现，一直垂头点蜡烛，还故作随意地扯着话题："你舍友什么时候回来？"

"不知道。"许放也凑过来，帮她一起把蜡烛点了。

点满十九根后，林兮迟站了起来，往门口的方向走："你先别吹蜡烛，我去关灯，这样才比较有气氛。"

把灯关上，林兮迟把书桌上的袋子抱了过去，笑眯眯地坐在他的面前。

"你要不要先许个愿？"

"哦。"许放背靠着床沿,懒洋洋道,"希望你今年能变聪明一点。"

"……"林兮迟懒得跟他计较,把手上的袋子很明显地在他眼前晃了一下,"你能不能许点正常的,比较实际的愿望?"

看到袋子上的标识,许放又皱了眉:"哪来的?"

林兮迟蒙了:"我买的啊!"

他完全不相信她的话,继续思考:"林叔叔穿这个牌子的鞋?"

林兮迟:"……"

这话顿时又让她想起了以前总送他一些自己用过的东西。

这样的事情对现今的林兮迟来说,完完全全就是不想再被提及的黑历史。

林兮迟的脸猛地红了大半,硬着头皮想为自己挽回面子:"这就是我买的,全新的,没有人穿过的,我挑了很久的!"

说到最后,因为激动,她的音调都扬了起来。

沉默一瞬。

此时,房间里仅剩火烛的光,照射在两人的脸上,明明灭灭。

许放敛着下颌,眼尾微微上扬,视线从林兮迟手里的袋子一寸寸地向上挪,与她的目光平视。

眼里的情绪像是漩涡般暗涌,一点点地感染着他。

是氛围的推动,还是因为长久以来的渴望,令他无法再继续克制下去。

许放哑着声音,始料不及地说:"我感觉我永远猜不对你的想法。"

林兮迟的情绪平静下来,闷声说:"什么?"

许放伸手,第三次将她的拉链拉到顶。林兮迟的视野瞬间又陷入一片黑暗,只有微弱的光线从拉链的缝隙里透了进来。

她皱眉,不明是什么情况,正想挣开。

就听到许放继续说。

"但这次我感觉我猜的应该没错。"

一时间,林兮迟的呼吸也迟缓了下来。她掐着手指,莫名有了种预感。

预感他接下来说的话,一定是能让她的心脏跳到嗓子眼的话。

果然,下一刻,许放的声音再度响起。

声音清润低哑,在这个昏暗的房间里回荡着。
"你是不是暗恋我?"

气氛变得暧昧又沉寂。

狭小的室内,昏暗的光线,忽明忽暗的火烛。坐在她对面的少年说出的那句话,在这样的氛围下,显得缱绻而温和。

却又充满了深深的压迫感,让林兮迟几乎要喘不过气来。

脑袋空白了半晌,林兮迟甚至开始感谢许放把她外套上的拉链拉到头顶的举动。有了这一道屏障,即使是与外界的空气隔绝开来了,她都觉得呼吸顺畅了不少。

林兮迟不知道该怎么回答这句话。

她觉得自己可以蒙混过去的,她随随便便都能说出好多话来反驳他的这句话,让他再也不会产生这样的念头。

然后她就能逃过这一次了,就能化解掉这样尴尬而不知所措的状况。

只要她笑着打哈哈过去,用开玩笑的态度说"你在想什么啊",他们的关系就会恢复到从前那样。

可能会有一点儿变化吧,但时间久了,肯定能变回从前那样。

就这样做吧。

必须明确他也喜欢自己,才能告白。

必须这样。

不然连朋友都当不了了。

林兮迟咬了咬牙,伸手把拉链往下拉,表情像是上战场那般,英勇而不退缩。她把拉链拉到鼻尖处,露出一双乌黑亮晶晶的眸子。

恰好撞上他的视线。

像是在她沉默的这段时间里,他就一直盯着她,从未挪开过视线,仿佛要隔着那一层布料,将她的内心分析得透透彻彻,想知道她的想法究竟是如何。

他的双眼很深沉平静,倒映着眼前的烛光。那光线很微弱,像是她轻轻一挥,或者随意地说几句话,就要熄灭掉,变回一片漆黑。

林兮迟原本准备好的话顿时一句都说不出来了，她垂下脑袋，避开他的视线。恰好看到蛋糕上的蜡烛，几乎已经要烧到底部了，她才弱弱地张了口，很刻意地转了话题。

"你快许愿啊……"

她的这个反应仿佛已经给了他答案。

许放垂下眼睫，微微发颤。他自嘲般地笑了一声，声音慢条斯理又带了几分哑意："愿望啊——"

他顿了几秒，清了清嗓子，像是把情绪调整回来了，语气变回之前那般吊儿郎当而漫不经心："你把刚刚的话忘掉吧。"

"……"

这句话就似乎是在给林兮迟一个台阶下。

她明明应该要松一口气才对，明明应该侥幸逃过了这一劫才对，可她只觉得这样的发展好像不太对劲，也完全没有让她觉得心情好一些。

眼前的许放脸上虽然没带什么表情，但他好像很不开心。

林兮迟不知道他的难过从何而来，可许放有这样的情绪，也会让她很难过，也会让她觉得眼前一涩，鼻尖泛酸。

说完之后，许放坐端正了起来，脸上没什么表情，随口道："啧，几百年没吹过蜡烛了……"他低下头，做出了个要把蜡烛吹熄的姿势。

与此同时，林兮迟抿了抿唇，觉得自己紧张得手都僵了。她深吸了口气，将拉链扯下来，抢先一步把蜡烛吹熄。

随着她的举动，宿舍里瞬间陷入一片漆黑。

没想过她会有这样的举动，许放有点儿愣怔，整个人还僵在原处，过了几秒才问："你做什么？"

"哦。"林兮迟也发愣，缓缓地缩回位置上，小声地说，"就是，你刚刚的那个愿望……那什么，我还没想好能不能帮你实现……"

幽暗的房间里，气氛随着她这句话凝固下来。

林兮迟的耳边静谧一片，她能很清晰地听到自己心跳的声音。心脏在狂跳，不知所措地、毫无章法地，像是要从她的身体里跳出来。

扑通。

扑通，扑通。

她看不到许放的表情，也不知道他能不能听懂自己话里的含意。林兮迟只能等待着他的答复，在这样一片漆黑里，希望他能主动给她亮起一道光。

不知道是过了多久。

林兮迟完全没有任何思考能力，她觉得好像是只过了几秒，但又好像已经过去了一夜那么漫长。

耳边响起尖锐的"刺啦"一声，隔绝在两人之间的那张桌子被人拉开。

下一刻，许放猛地伸手把她扯进怀里，力道极重，完全没有克制丝毫力道，还带着略显急促的呼吸，死命将她往怀里塞。

林兮迟又听到了另外一阵声音。

与她的相似，却有细微分别。

是从他胸前传来的，像是打雷般的心跳声。

她听到他用气音低骂了句脏话，然后像是松了口气，脑袋低下来，俯在她的耳侧，说话时带着温热的气息，将她的耳根一点点地染红。

"想得倒是够久。"

林兮迟的脸贴在他的胸膛上，因为他这个举动，她连手都不知道往哪里放，声音闷闷的，带了点不知所措，还有些磕巴："也、也没多久吧……"

说完之后，她顿了下，又小声地补充："我有一点点紧张。"

"紧张吗？"许放的喉结上下滑动着，修长的指尖钩住她的帽沿，向下一扯，"想好怎么回答没有？"

林兮迟的脑袋瞬间裸露在空气之中，头发变得乱糟糟的，被他单手抵着。她装死般地窝在他怀里，像是没听到话一样，一声不吭。

"不用想了。"许放没耐心了，手微微使劲，抬起她的头，宿舍门外有人经过，走廊的声控灯随之亮起，他借透进来的光盯着她的眼睛，轻声说，"我换个愿望。"

林兮迟迟钝地回："……什么？"

"蜡烛被你吹掉了，我很不开心。"许放抬手抚着她的脸，一寸寸地向她逼近，神情一本正经又理直气壮，"那就还我一个女朋友吧。"

219

林兮迟浑身发软，呆呆地看着他，整张脸烧得几乎冒烟。

"啊，"许放的目光在她脸上打量着，心情看上去非常愉快。一时间，两人的距离变得极近，"像你这样的，我就很喜欢。"

"……"

"你说行不行？"许放的嘴唇几乎要贴到她的唇瓣上，喃喃低语着，语气带了点诱哄，"你看不出来吗？我很喜欢你——"

像是受了蛊惑，又像是遵从内心的想法，林兮迟捏着拳头，抬睫盯着他的眼睛："你喜欢我这样的吗——"

她声音弱了下来："那这个愿望我好像能帮你实现。"

话音刚落。

她感觉许放的呼吸似乎停住了，良久后他才低笑出声，然后继续向她逼近。林兮迟觉得自己所有的感官都被许放控制住，全因他的一言一行被影响着。

周围全是他的气息，比起先前的任何一次都要浓郁而令人着迷。这个距离，只要她轻轻抬头，只要他再低下头。

只要再多一秒。

……

然而并没有这一秒。

宿舍门猛地被推开，几个男生的声音着急又粗犷，像是刚跑回来那般，还喘着气："我真无语了，昨天才检查过卫生，今天又来。"

"就是啊，许放醒了没啊？找他半天没回——"

宿舍的灯管随之亮起。

林兮迟的呼吸一滞，猛地推开许放，装作什么都没发生那样，立刻侧身，镇定自若地拔着蛋糕上的蜡烛。她背对着那三个男生，抿着唇，能听到面前的许放非常不爽地暗骂了声。

"服了。"

"……"

在灯亮起的同一瞬，三个男生便注意到了两人之间旖旎的气氛，以及许放降到了冰点的眼神。他们立刻噤了声，非常自觉地掉了头，往外走，还非常贴心地关上了门。

宿舍里回归安静。

下一秒，宿舍门再次被打开，余同探头进来，小声地提醒："同志你快点啊，领导马上来检查卫生了——"

"出去。"

"砰"的一声，门再度被关上。

许放没磨蹭，过去一起帮她把蛋糕上的蜡烛拔了，装进蛋糕盒里。他站起身，扯着林兮迟的手腕把她拉了起来。

"走了。"

林兮迟刚站好，怀里便被他塞了个蛋糕盒。她仰头看着他，就见他安静地抬手整理着她的头发，随后才拿过她手里的蛋糕盒，扯着她的手腕往外走。

推开门，他的三个舍友并排靠在走廊的栏杆上。听到门的动静，三人齐刷刷地看了过来，眼神十分意味深长。

"晚点回来。"丢下这句话之后，许放面不改色地拉着林兮迟下了楼。

两人一前一后走着，林兮迟眨眨眼，主动扯了话："不是检查卫生吗？你要不先回去收拾东西？"

"没事，他们会弄的。"

出了宿舍楼，两人没再说话，之后一路沉默。

两人的关系毫无预兆地进了一步，林兮迟有些不敢相信也不太适应，但更多的是满心的欢喜与溢上心头的甜蜜。

许放把她扯进校内的一家咖啡厅里，找了个空位坐下。

一路上的自我调节，让林兮迟完全没了刚刚的尴尬与不自然，她很快就进入了身份，笑眯眯地跟许放说着话："屁屁，我跟你说，这个蛋糕我花了两百块钱呢！还有那双鞋花了我好多钱……"

话还是跟平时一样多，态度也跟平时一点儿区别都没有。

仿若刚刚没有发生任何事情。

许放看了她几眼，神色不定，心里觉得她这样的反应好像不太对。但也没再说什么，之后也像平时那样，听她说一句，然后再回她一句。

吃完蛋糕后，许放把林兮迟送到了宿舍楼下，他看着林兮迟这副嬉皮笑脸的模样，眉头忽然就皱了起来，像是憋不住那般地，生硬地说："别忘了。"

听到这话，正准备跟他道别的林兮迟一愣，没太反应过来："啊？"

许放别过脑袋，板着一张脸，眼里划过几丝不自然。

"你有男朋友了。"

十年内接吻吧
♡ kiss

×10

动物医学①班

Chapter 9:
还怎么多喜欢一点儿

因他这句话，林兮迟一愣，神情变得正经了起来。她在原地站了一会儿，像是在想些什么，歪头喊他："屁屁。"

她这副模样表现出来的意思，在许放眼里就像是后悔了一样。他眉头皱起，没来由地觉得火大。

下一刻，许放抿着唇，伸手捂住了她的嘴，语气无比恶劣。

"我管你记不记得。"

林兮迟才不怕他，费劲地扯开他的手，用双手拽着。她的表情纳闷儿，隐隐又带了些得意："屁屁，你现在是不是又感动又害怕？"

许放莫名其妙，只抓住了被戳中的那个词，冷着脸说："我怕个屁。"

"那就是感动了。"林兮迟的眼睛瞪大了些，笑眯眯地看着他，"我也觉得自己很伟大。你看，你脾气这么差，我都愿意给你当女朋友。"

"……"

"你是应该感动。"

许放的额角一抽，把她的脑袋推远了些，见她的神态确实不像是受刚刚的气氛所惑才答应下来的，心情也好转了不少。

确认下这事儿，他勉强决定咽下这口气。

"记得就行。"

"屁屁。"林兮迟眨着杏眼，没再开玩笑，腾出一只手戳了戳他的下巴，"明明是你生日，怎么反倒我还收到礼物了？"

许放的神情一愣。

很快，林兮迟摆出一副你完全可以把你的终身托付于我的模样，继续说："别担心，我会对你很好的。"

许放的手被她抓着,耳根升腾起点点热度,漆瞳里闪过几丝狼狈,表情略带不自然。

还没等他回话,林兮迟又道:"毕竟是我把你惯成这样的。"

"……"

"我的责任我来承担。"

"……"

许放垂头,面无表情地看她。

尽管他现在确实心情极佳,尽管他现在仍有一种在梦里的感觉,但这些,也完全无法阻挡他想告知她以往所做的成百上千件破事的念头。

他希望她能想清楚。

惯着,不是把对方当小狗的意思。

两人在外待了两个小时。

站在宿舍楼门前,林兮迟用力地对他摆了摆手,之后蹦跶着进了宿舍。

许放看了下手机,注意到时间差不多十点了。他仰头看着这栋宿舍楼,很迅速地就找到林兮迟住的那间,转身折返。

说起喜欢林兮迟这件事情,其实许放也不太清楚自己是从什么时候开始的。

是因为自己生病住院的那次,她来到自己的面前,毫无预兆地开始哭?

还是知道中考成绩之后,她喜滋滋地跑到他家,不顾他还在床上睡觉,直接掀起了他的被子,凑在他的面前说"屁屁!你开心吗?我们能上同一个高中了"?

许放最讨厌别人在他睡觉的时候去吵他,但林兮迟被他骂了成百上千次,没有一次能记住他的话,并且还越发地猖狂。

当时他才刚睡着,被林兮迟吵醒后,头皮一炸,只想发火。他满脸戾气,睁开眼,看到了她的模样。

林兮迟就趴在他的床边,脸跟他凑得极近。

眼睛又圆又大,带了点俏皮的棕色;皮肤细腻白皙,被阳光照射显出浅浅的绒毛;小巧挺立的鼻梁下方,红艳的唇扯出一个愉快的弧度。

她笑起来尤为好看，眼睛微弯，有点儿像个月牙儿，唇边还有一个很深的笑窝，长得漂亮又平易近人。

"……"许放忽地闭了闭眼，本来想让她滚的话瞬间咽回口里，少年音因为刚睡醒有些沙哑，低低地应了一声。

"嗯，开心。"

那是他头一回，莫名其妙地对着林兮迟克制了自己的脾气。

她好像有点儿开心。

那好吧。

这次就不发脾气了。

……

许放很难找到一个准确的时间点。

因为在过去六七千个朝朝暮暮里，每一分每一秒，林兮迟似乎都有能令他更加深爱的记忆。

但不管是什么时候喜欢上的，所幸，这家伙难得地善待了他一次。

没有让他等太久。

跟许放道别后，林兮迟欢快地哼着歌回了宿舍。她到现在还有种特别不真实的感觉，浑身轻飘飘的，脑袋恍惚得像是喝了酒，却又像是有使不完的力气。

这是"脱单"的魔力吗？

林兮迟真想找个地方打个滚。

因为想给许放庆生，林兮迟今天连作业都没写就出来了。此时宿舍另外三人都在安静地写着实验报告。

林兮迟也没吵她们，收敛了嘴角的弧度，安安静静地回到座位上。收拾了一番后，她进卫生间里洗了个澡，这才出来开始做作业。

磨磨蹭蹭，再加上各种琐事，林兮迟坐到桌前也差不多十一点了。宿舍熄灯时间是十二点，但辛梓丹睡得早，一般她们十点半左右就会关灯。

林兮迟开了桌上的台灯，昏黄色的光，显得温暖宁和。周围安安静静的，偶尔能听到陈涵和聂悦用气音说话，还有敲键盘的声音。

她点亮手机，看了一眼。

许放在微信上找了她一次，恰好是十点半，国防生宿舍熄灯的时候。

许放：睡了。

想表达的大概是"我这边熄灯了，不要找我了，你找我我也回不了了"的意思。

往常许放都不会特地跟她说一声。

他俩一般都是，如果在聊天的话，到点的时候许放会跟她说一声，但没有聊天的话，林兮迟也懒得管他是不是熄灯睡觉了。

这个好像是女朋友的待遇。

连睡觉都要跟她说一声。

林兮迟愉快地回了个"晚安"，随后才打开电脑开始写实验报告。

完成时，林兮迟才注意到，其他两个舍友早已回了床。没有被灯光覆盖到的位置黑漆漆的，唯有她所在的位置冒着光。

林兮迟丝毫没有困意，也没急着睡，打开之前为了攻略许放准备的那个小本子。

从九月十六日开始，到昨晚，每天写一页。现在只差两页，加起来就有四十页了。

林兮迟翻到最新的一页，是她昨晚刚写的计划。

DAY 38：2011年10月24日，周一。

给许放订了个水果蛋糕，还准备了一双他喜欢的牌子的运动鞋。要亲自把东西送到他宿舍，给他庆祝生日。另，如果足够幸运，有这么一点可能性，他的舍友都不在宿舍的话：

点蜡烛的时候要关灯，昏暗的光线里，异性单独相处，最容易滋生出暧昧，说不定侥幸还能让许放动了心。

吹蜡烛之前，让他先许愿，并声称要帮他实现愿望，用柔情攻势一步步将他的心拿下，让他无法抵挡，溃不成军。

……

这太准了吧。

林兮迟瞪大了眼，心想她真的是情商爆棚，制订了正确的计划之后，轻而易举地就拿下了许放。仅仅只花了三十八天的时间，她居然就追到了这么难搞的许放。

她真是太厉害了！

那之后还要做什么好？

先确定个小目标。

一步一步来的话，第一步应该是牵手吧。

唉！许放那家伙也没谈过恋爱，他肯定也什么都不懂。没关系，她比他聪明，她能让他坐享其成，让他明白跟自己谈恋爱是一件多么美好又轻松的事情。

牵手这事容易，她随时随地都能做，那就今年结束之前牵手吧。

然后是……

想到这个，林兮迟一顿，抬手摸着唇，回想起今天在那狭小的室内，咫尺间的气息交融，几乎要碰触到的温热柔软。她的手向上挪了些，捂住发烫的脸。

接吻这事情，必须天时地利人和，要找到正确的时机。

但这个时机可能不太好找。

林兮迟懊恼地挠挠头，想着只是制订一个小计划，便犹犹豫豫地写了个"三年内接吻"，想了想，她很快便划掉，改成"五年"。

看着这行字，林兮迟抿了抿唇，放下笔，用双手捂着脸。平复了下呼吸之后，她再度低下头，看着那暖黄色的纸张。

唔，既然是小计划。

那就。

林兮迟很尿地捏了捏拳头，慢吞吞地把"五年"划掉，改成了——"十年"。

因为精神上的振奋激动，林兮迟翻来覆去一个晚上都没睡好，第二天天一亮她就醒了，忍着寒冷爬起来洗漱。

早上第一节课从八点开始，时间还早，宿舍其余三人都还在睡梦之中。林兮迟不敢弄出太大动静，轻手轻脚地换好衣服便出了门。

到食堂去买了早餐，林兮迟决定继续自己的温柔攻陷，让许放完全没法离开她，长期下来就会对她痴迷无比，无法自拔。

先送个早餐。

买十个肉包,一会儿给他九个。

这应该能让许放明白,自己是个阔气又对他好的人吧?

林兮迟乐滋滋地抱着早餐到许放的宿舍楼前,站在其中一棵树下,正想给许放打电话的时候,手机突然响了。

她眨眨眼,定眼一看,来电显示:屁屁。

林兮迟心想这就是恋爱的力量,默契也变得十足,她弯着眼接起了电话,还没等她开口,那头的许放便道:"下来。"

他猛地就来这么一句,林兮迟也没反应过来。

"啊?"

可能是觉得她还在睡觉,许放顿了一下,语气没先前那么生硬,通过电流过来多了几分磁性,说的话让她非常猝不及防。

"我在你宿舍楼下。"

"……"

"给你买了早餐。"

"……"

林兮迟吸了吸鼻子,呆滞地低头看了看手里的十个包子,思考着应该怎么应付现在的这个状况。

如果是她先打电话说这两句话,感觉就能理直气壮一些。

但现在是许放先打过来了,就让她莫名有了种,她过于积极地争抢了他所想做的事情的感觉。

那她要不要装成自己还在睡觉的样子?

毕竟这是成为情侣后,他头一回给她献殷勤。如果这次拂了他的面子,他肯定再也不会做这种事情了。

不过装睡是容易,可她现在手里还有十个肉包,这要怎么处置?

不能浪费粮食啊。

林兮迟磨磨蹭蹭地思考着,迟迟都没给他回话。

以为她又睡过去了,许放声音扬高了些,催促道:"快点。"

林兮迟还是没回话,整个人的思绪还放在"十个肉包"和"装睡"之中。在她这儿,这两个概念等同于"珍惜粮食"以及"给许放面子"。

下一刻,许放的音量又恢复成正常分贝,语气很沉,毫无波澜,用平静的态度来给她施压:"林兮迟。"

听到这个语气,林兮迟瞬间打了个激灵,没再考虑。她舔了舔嘴角,转身边往自己宿舍楼的方向走,边小心翼翼地喊他:"屁屁。"

"嗯?"

"你吃肉包吗?"

"……"

林兮迟边啃着包子边走到宿舍楼下。

还没过十分钟便看到站在她宿舍楼下的许放。他的手里提着一个牛皮纸袋,穿着黑色毛呢大衣和白色中领毛衣,视线放在宿舍门口,没往这边看。

从这个角度只能看到他的侧脸,五官曲线立体而利落。背脊挺直,气质精神,高挺而俊朗。

林兮迟没喊他,沉默着走到他身后,用鞋尖碰了碰他的鞋跟。

许放下意识回头。

就见林兮迟睁着双大眼看着他,看着不像是刚醒的模样,嘴巴咀嚼着,吃着手里的肉包子。

今天的天气不太好,气温比过去几天都要低。天空浓云重重,虽然没有下雨,但空气里全是湿气,稍稍吹来一阵清风,都会带来刺骨的寒意。

所以林兮迟穿得并不少。

她六点就醒了,那时的温度极低,而且刚醒来还是最怕冷的时候,她在一片昏暗里找衣服,摸到什么厚的就往身上套。

林兮迟也记不得自己穿了几件了,总之她现在虽然暖和,但是行动很不便,僵硬又迟缓,像个上了年纪的老人。

许放默不作声地看着她。

注意到了他的眼神,林兮迟低下头看着自己身上的衣服,然后看了看许放此时的穿着。

两人对比鲜明,一个臃肿矮小,一个高大清瘦。

她张嘴把最后一口包子吃下去,费劲地从口袋里拿出纸巾擦嘴。

把纸巾丢入塑料袋里,林兮迟用空着的手把围巾往下扯了些,调整着脑袋上的毛线帽的位置。

察觉到他还看着,林兮迟忍不住说了句:"今天有点儿冷。"

所以没法为了你注意风度,少穿一件衣服。她在心里补充。

闻言,许放点亮手机看了眼,轻声说:"今天九度。"

林兮迟连忙点头,想获得他的认同感:"嗯嗯,很——"冷吧。

"看到你这样。"许放的眉头舒展开来,懒洋洋道,"我以为是零下九度。"

"……"纠结着要不要夺回点风度,林兮迟犹豫着又把围巾向下扯了些,还没等她有更进一步的动作,许放忽地把手里的牛皮纸袋往她怀里一塞。

林兮迟很自然地接住。

许放抬手,安静地把她的围巾半解,然后重新缠绕,打了个小结,让她的小半张脸都被埋在围巾里边,漆眸深邃而温和。

被他这样看着,林兮迟眨了眨眼,脖子一缩,像是有点儿不好意思。

许放没怎么戴过围巾,所以此时系围巾的方法随意又生疏,就是胡乱地往上缠,远远看着就像是在捆绑木乃伊一样。

林兮迟呼吸有点儿困难,但他一片好意,也难得这么温柔,她也不想当着他的面把他的成果直接破坏掉。

而且缠好围巾,确实比先前松松垮垮地戴着暖和了不少。

因为这两点,林兮迟觉得这点难受还是能忍受的。

戴好后,许放重新拿回她手里的东西,长腿一迈,径直往前走。

林兮迟顿了几秒,连忙小跑着跟上。

过了半分钟,许放的脚步慢了下来,并肩走在她的旁边。

走了一小段路,林兮迟实在觉得不太舒服,连说话都要隔着好几层布料。她闷闷地低着头,开始扯着围巾,想把它扯松一些。

下一刻,注意到她的动静,许放望了过来。

"戴着。"

听到这话,林兮迟立刻放下手。

许放的眉眼低垂,睫毛像鸦羽一样又密又长,语气漫不经心,一副为她着想的模样,继续道:"把你脸遮好,别人就不会认出这么肿的人是你了。"

"……"

宿舍楼附近就有家校内超市,超市外放着几排桌椅,供学生使用。林兮迟本想去那儿,但因为天气寒冷,还是被许放扯到了最近的食堂。

此时七点出头,食堂已经陆陆续续有学生进出。并不是高峰期,大部分座椅都是空着的,几个学生零零散散地占了几桌。

找了个空位,林兮迟先一步坐下。

许放把手上的东西全部放在桌子上,这才慢条斯理地坐到她的对面,伸手把装着肉包子的塑料袋上的结打开。

透明的塑料袋,里边用白色纸袋装着热腾腾的肉包。

许放对林兮迟起这么早的行为也没多想,只觉得她就是想吃肉包,便早起来买了,然后顺便也给他买了一份。

虽然提着的时候就觉得这个重量不太对劲,但许放依然没有想太多。

此时拆开了袋子,看到里边的层层叠叠的肉包子,许放的表情才有了些变化。肉包的个头虽不大,但这个量也让他的表情僵硬了几秒。

许放的眉头微拧:"你买那么多干吗?"

林兮迟弯着眼,献宝似的说:"给你吃。"

"……"

"你买了多少个?"

"十个。"

"……你吃了几个?"

"两个。"说完后,林兮迟开始强调,表情谄媚而骄傲,"别的都是你的!我不跟你抢,我都是给你买的。"

"……"他可能会撑死。

许放闭了闭眼,放开手里的东西,把那个牛皮纸袋扯了过来。

这个距离,林兮迟才注意到牛皮纸袋上有个标识,是学校外边的面包店。她去过几次,记得一个面包的价格并不便宜,大概等同于二十个肉包的钱。

下一秒,许放从里边拿出两个面包和一个巧克力蛋糕,还有两瓶牛奶,放在她的面前,说:"你看看要不要吃?"

面包细而长，撒上抹茶粉，用纸包着，泛着浓郁的香气。旁边的三角形蛋糕，层层叠叠，包裹着夹心，巧克力酱向下流，最上边点缀着两颗草莓。

就连牛奶都是用宽胖可爱的玻璃瓶装着的。

林兮迟原本的得意扬扬瞬间荡然无存："……"

他一个大男人怎么活得这么精致？

对比着桌上的两种食物，林兮迟觉得自己带来的那八个包子未免太随便了，完全不像是同个桌上应该出现的食物。

她郁闷地垂头，觉得自己吃许放带的早餐，许放吃她带的早餐这件事情，实在太不公平了。但她又受不了蛋糕的诱惑，在心底天人交战了一番便慢吞吞地拿起了勺子。

许放注意到了她的表情，弯了弯唇，这才拿起了那几个肉包开始吃。

把蛋糕吃完之后，林兮迟看着许放面前还剩下五个包子，眼巴巴地瞅了眼旁边的两个面包，偷偷地拿起一个来啃。

她留一个面包给他吃。

一定会留一个的。

她对他这么好，怎么可能不把好的东西留给他？

几分钟后，林兮迟又眼巴巴地看着最后一个面包。注意到许放面前还有两个包子，她磨蹭了一会儿，还是拿起了那个面包。

许放吃了那么多肉包，一定吃不下面包了。林兮迟想。

她是在为许放排忧解难，为他着想才把这个面包吃下去的，不然她不会吃的，她其实也很撑了。

虽是这么想，但之后每咬一口面包，林兮迟的愧意和紧张就上来一分。

这种行为真的太渣了，有三个吃的，她一个都没分给许放。

这和她所想的温柔攻势差了十万八千里。

许放没察觉到她的心理活动，只想着怎么把面前的早餐都解决掉，他很少试过早饭吃这么多，但勉强还算能吃得下。

他还想着幸好他买的早餐没多少，林兮迟应该也吃得下。如果她吃不下的话，他应该还是能勉强地硬塞下去。

完全没想过要跟她抢。

等他总算把最后一个包子咽下去,许放抬眼,突然注意到林兮迟盯着他的目光,神情幽幽的,带了点下定决心的意味。

许放疑惑地看了她一眼,问:"你干吗,还饿?"

林兮迟不答反问:"屁屁,你知道吗。"

"什么?"

"我听别人说,许家从你这一代开始,开始有了个诅咒。"

许放皱眉,完全没听过这个传说:"什……"

他的话被林兮迟打断。

"如果许家长子随随便便地就甩了初恋对象,"林兮迟觉得自己这话不太好,但却有足够的威慑力,只好咬着牙说完,"从此以后,他放的屁就会变得又响又臭。"

"……"

话音落下,不远处有个学生不小心把餐盘掉到地上,"哐当"一声响,在略显静谧的食堂里格外刺耳。

林兮迟的注意力偏向那侧,但很快就回过神来,注意到眼前的许放默不作声地盯着她,黑眸里波澜不惊。

原本冒起的那股威胁他的想法瞬间消失,林兮迟的心虚感又增加了几分,不动声色地避开他的视线,低头把桌上的包装纸和塑料袋收拾好。

许放面无表情地思考着她刚刚说的话,完全搞不懂她为什么会在他们在一起的第一天,就开始想他会甩了她的事情。

这个诅咒粗俗又幼稚,明显就是她随口扯的,漏洞百出,还带着一副想让他听到之后变得恐惧紧张的模样。

怎么老是一副傻乎乎的样子?

许放没因为这个生气,但也懒得搭理她这句话。他把所有东西塞进那个牛皮纸袋,起身往垃圾桶的方向走。

林兮迟连忙跟上,捧着瓶牛奶继续喝着,懊恼着这个诅咒是不是说得太狠了。她走到许放的身后便放慢脚步,乖乖跟在他后头。

两人走出食堂。

此时七点半左右,现在从食堂出发去教学楼,到那儿应该差不多到上课时间。

许放第一节没有课，林兮迟的则是动物解剖学的实验课。

因为昨天就想着今天给他送早餐，所以她昨晚就收拾好了东西，书包里早已装好今早上课要用到的书，也不用再回宿舍一趟。

一路沉默。

许放走在前面，林兮迟走在后边。

不知要怎么打破这个局面，林兮迟思考着要不要直接告知他自己说的这个诅咒是假的。

不过她感觉许放也没相信她的话。至于为什么不理她了，她也不太懂。

半晌，许放停了脚步，转身看向她。

林兮迟没反应过来，也没来得及刹住脚，因为低着头，脑袋就直接撞上他的胸膛。

她撞的力道不算小，许放的眉头一皱，但也没推开她。几秒后，他伸手帮她揉了揉脑袋，妥协般地喊了声："林兮迟。"

"啊？"

"你那个诅咒我听过。"

"……"

他突然来了这么一句。

林兮迟惊了。

还真有？

见她手里的牛奶瓶空了，许放扯了扯嘴角，神情散漫地接过，也学着她信手拈来地扯。

"许家长子找到初恋后，诅咒开始发挥作用。"

"嗯？"

"不过为了公平起见，也为了保持世界的平衡，"许放一本正经地说，"这个诅咒也会对许家长子的初恋对象生效。"

"……"林兮迟被他说得一愣一愣的，迟疑地问，"就是我甩了你也会那样？"

"不是。"许放扯住她的手腕往前走，随手把垃圾扔到了一旁的垃圾桶里，"是你说话一粗俗就会那样。"

许放觉得自己得管管她了。

那些话都是谁教的？

"哦，这个好办。"林兮迟松了口气，没过多久又苦恼了起来，开始指责他，"那我以后怎么喊你？你怎么起了个这样的名字啊？"

"……"谁起的？

许放嘴角抽搐了下，不想对她发火，便看着她纠结了一路。

直到走到教学楼前，她的眉头舒展开来，像是想通了，终于开了口。

"好。"林兮迟晃了晃他的手，总算想通了，乐滋滋道，"以后我喊你尸比。"

"……"

接下来的几天，许放就一直听着她这样喊他。一开始他还想忍着，久了就忍不下去了。

但就算他发了火，林兮迟也只是顿一下，之后再讨好般地加了两个字，喊他。

"尸比大佬。"

直到劲头过了才消停。

所幸，她这副傻而不正经的模样只在两人独处的时候出现。

虽然一天二十四小时有一半的时间都被她气得够呛，但每天回了宿舍之后，许放居然都很期待明天的到来。

转眼间，十一月来临。

像往年一样，S大邀请隔壁的Z大，举办了一场篮球友谊赛。去年是Z大的篮球队来S大，今年则倒过来，S大的球队过去那边参加比赛。

体育部帮忙联系Z大那边，以及准备车辆，等等。

因为人数过多，体育部也不需要全部人都一起跟过去，按抽签和自愿，于泽定了几个人。

加上大二大三的，校篮球队总共有五十来人。

大一新加入篮球队的球员，基本在球队里就只是第三替补。正式比赛的话，一般都会派老球员出场，新球员普遍没有上场的机会。

不过因为这次是友谊赛，队长挑出来去参加比赛的人里，竟有一半都是大一的。

许放便是其中之一。

十一月中旬的周末,一行人一大早在校外集合,浩浩荡荡地坐上了开往Z大的大巴。体育部那边来了四个人,分别是于泽、林兮迟、何儒梁和另外一个女生。

四人是最晚上车的。

位置和人员都是提前安排好的,四十八个人的座位,刚好坐满。

林兮迟先上了车,走在座位中间的过道,观察着哪里有空位。她眯着眼扫了一圈,注意到倒数第二排有两个并着的座位是空着的。

她正想走过去。

手腕突然被人从边上一扯,林兮迟没有防备,一屁股坐到旁边的位子上,她呆愣地抬头,映入眼中的是许放略带困意的脸。

很快他把手松开了,脑袋往后一靠,又闭上眼继续补眠。

许放似乎特别偏好深色的衣服,此时他穿着黑色外套、灰色运动长裤。外套的拉链拉到顶,遮住了他的嘴唇。头发向下耷拉着,看起来毫无防备又乖巧。

林兮迟眨眨眼,问道:"你很困?"

他散漫地应了声:"嗯。"

林兮迟没说什么,低头整理着内里乱七八糟的书包。

过了几分钟,似乎觉得自己没有事情做,林兮迟开始有了动静。她先是玩了玩手机,发现没什么好玩的之后,便开始把注意力放在许放的身上。

"不要困。"林兮迟猛地摇了摇他的手臂,"屁屁,你不要困。"

"……"

"我们来打游戏呀。"

说完之后,林兮迟从口袋里掏出手机,眨眼间就被他夺过,伴随着不耐的话。

"别玩了,等会儿晕车了吐我一身。"

"……"她确实容易晕车。

抢了手机之后,许放继续闭眼睡觉。

林兮迟没事做,只能百无聊赖地坐在原地,偶尔看看窗外飞速向后跑的景色。过了一会儿,她的目光不自觉地就从窗户挪到他的身上。

距离军训已经过了两个多月了,许放的肤色已经完全白了回来,但不同于以前的那种病态白,看起来精神而明朗。他闭着眼,睫毛长而密,像是一把小刷子。

生活过得规律又健康,所以他的眼睛下方基本看不到黑眼圈,颜色很淡。

林兮迟托着腮看着他。

突然就找到了打发时间的事情。

不知过了多久。

林兮迟全神贯注地数着他的睫毛,刚数到一百二十根,他的睫毛忽然一颤,让她立刻找不到自己数到哪儿了。

下一刻,他的手抬了起来,林兮迟的眼睛被他温热的手掌捂住,脑袋也顺势被他推到椅背上。

她没反应过来,眨了眨眼。

像是觉得很痒,许放很快就把手收回。

林兮迟的眼前恢复一片亮色,就见眼前的许放眼睛睁着,眼里没了一丝睡意,精神得不像是刚醒过来的模样。

他的声音带了一层哑意,慵懒味十足:"别吵我。"

林兮迟很无辜:"我哪有吵你?我都没说过话,也没碰到你。"

闻言,许放顿了下,看着她亮晶晶的眼,又抬手挡住了她的视线,轻声重复。

"别吵我。"

……

视野被许放这么一挡,不知不觉间,林兮迟也睡着了。再醒来的时候,车子已经停在Z大了,车上的学生陆陆续续向下走。

许放还坐在她旁边,见她醒了便站起身,把她拉了起来。

注意到林兮迟还一副迷迷糊糊的模样,他默不作声地替她拿起书包,扯着她的手腕下了车。

车子停在Z大的西门。

Z大的篮球队派了好几个人过来接他们。

林兮迟刚睡醒，神志还有些不清醒，看到许放手里拿着她那个粉色的书包，结合着他一身的深色，看上去很违和。

她歪着头，正想拿过。

耳边突然传来了一阵咋咋呼呼的男声，很耳熟，林兮迟的思绪慢吞吞的，一时也想不起是谁。

"哎，许放你怎么过来了？！——姑奶奶你也来了？"

她顺着声源看过去。

眼前的男生高大壮实，留着一头板寸，有很薄的双眼皮和笑起来眯成一道缝的眼睛，牙齿被肤色衬得白得亮眼。

哦。

看到人了，林兮迟就记起来了。

是蒋正旭。

见到他，许放的眉眼一抬，也笑了。

"我都忘了你是这学校的了。"

"呵呵，你可真有良心。"蒋正旭不太在意，见到他们也高兴，他走过来揽着许放的肩，笑嘻嘻道，"走吧，来参加友谊赛的吧？我带你们去体育馆。"

其他人已经跟着Z大体育部的另外几个人往前走了，此时就剩他们三个站在原地。

林兮迟点点头，拿过许放手里的书包，乖乖背上。

蒋正旭本来走在两人的旁边，没多久，他的鞋带开了，便蹲下来系，再抬头时，突然注意到已经走到十米前的林兮迟和许放的动作。

林兮迟困得眼睛酸涩，有些睁不开，半眯着眼，另一只手下意识地握着许放的手腕，像个小孩一样。

许放的动作顿了顿，垂眸看了她一眼，手腕向上一勾，挣开她的手。看到林兮迟露出不解的表情时，他的眼皮一垂，用掌心握住了她的手。

"……"

蒋正旭猛地站起来，三步并作两步跑到两人跟前，倒退着走："我天，我都忘了你们两个在一起了啊。"

两人在一起的当天，许放便昭告了全天下。

他的舍友，他高中的朋友，以及他的父母。

蒋正旭还是第一个知道的。

林兮迟揉了揉眼,大脑还在宕机中。听到这话,她"嗯"了一声,嘟囔着:"我追了他很久,很辛苦的。"

三人从高一开始就在同一个班。身高的缘故,许放和蒋正旭经常坐最后一排,当了两年的同桌,关系自然而然就变好了。

而林兮迟有事没事就去找许放,久而久之,她也跟坐在许放旁边的蒋正旭打好了关系。

许放暗恋林兮迟这件事情,不是许放跟他说的,而是蒋正旭自己发现的。

高一上学期的校运会,连着进行了两天。头一天晚上举办了个晚会,只有高一高二的参加,高三正常晚自习。

按要求,每个班要出一个节目。

他们班的集体凝聚力并不强,直到最后一周才开始匆忙地准备。因为准备时间不够,最后只能选一个最简单的节目——找两个人上去唱一首歌。

文艺委员特地选了班里两个唱歌好听的同学,本来想直接这样蒙混过去,但班主任却觉得过于简单。

恰好他记得在之前要求填的高中简历里,林兮迟在特长一栏顺手填了个"钢琴"。

就这么莫名其妙地,林兮迟成了这个节目的第三个表演者,坐在舞台左侧的钢琴旁。

校运会结束后。

本以为自己完完全全是个背景板的林兮迟,却出其不意地在学校的贴吧火了一阵。许多其他班的男生常常来看她,抑或是问她的联系方式。

当时蒋正旭在别的班的朋友,也常托他帮忙转交东西给林兮迟。

多是一些零食和饮料。

只送了两天,就被许放发现了这事。

当时许放什么也没说,但之后的每天,每次蒋正旭拿着东西回到班里,都会被许放抢去,然后面不改色地给他那个朋友送回去。

就这么持续了整整一个星期之后,年级里竟渐渐生出了非常离谱的谣言。

蒋正旭的朋友实在不堪忍受,之后便不了了之。

这件事情让蒋正旭察觉到了端倪。

在接下来的观察中,他发现许放是对任何接近林兮迟的男生都这样。宁可被人误会,也不让其他男生靠近她。

这几年,蒋正旭也算是他们两个人的见证者。

此时听到林兮迟说追了许放很久,还追得很辛苦,他是真的不敢相信。并且之前许放这家伙还三天两头地找他,一副同样陷于水深火热中的样子。

蒋正旭瞬间觉得自己之前对他的安慰全部都成了笑话。

对于这种状况,他的理解就是:

许放喜欢林兮迟,但很享受被她追求的过程,所以一直吊着她。

场面安静一瞬。

蒋正旭最先反应过来,手颤巍巍地举起,指着许放,用满是谴责的语气对他说:"许放,你这人怎么能这样呢!"

这声让林兮迟猛地回过神,稍稍清醒。第一个注意到的是自己被许放牵着的手,她的眼睛眨了眨,回握着他手的力道加重了些。

心想:怎么牵手这事也让许放捷足先登了?

整得她在这场恋爱当中一点儿作用都没有。

蒋正旭的正气顿起,一时间将与许放的兄弟情抛之脑后,只想将林兮迟从这段感情的卑微位置里解救出来,告诉她真相。

"林兮迟。"蒋正旭边说边往远离他们的方向跑了几步,大声地喊,"许放可暗恋你几百年了!"

一顿。

林兮迟瞬间精神了:"唔?"

许放:"……"

对于许放在生日那天,提出让她给他当女朋友这件事情,林兮迟一直认为大部分是在气氛的烘托下,他生出的意乱情迷。

毕竟回想起过往发生的任何一件事情,完全没有一个迹象能表明,许放是喜欢她的。

就因为这，林兮迟还一直在行动上努力着，让他不至于隔天就后悔。

过了半分钟。

"就，"林兮迟歪了歪头，慢吞吞地问，"几百年了吗？"

"……"许放不自然地别开视线，抬手搓了搓后颈，视线往前看，也把话题扯到刚刚的事情上，"你什么时候追我了？"

林兮迟没藏着掖着，很诚实地说："我之前都在追你呀。"

她这个模样不像是开玩笑的样子，许放犹疑地瞥她一眼，也开始回想过去两个月的事情。唯一能想到的就是，跟叶绍文打牌的那次，她故意给他放水。

其余的，一丁点儿能感受到的都没有。

见他还是一副质疑的模样，林兮迟瞪大眼，掰着手指，一件一件地给他数："新生篮球赛给你送水，经常找你聊天，用兼职来的钱给你买礼物，还有骑单车载你……而且其实我对你的态度也温柔了很多呀。"

许放："……"

说真的，他听了第一条就不想往下听下去了。

那桶五升的水？

不过他倒是挺庆幸这家伙缺根筋的脑子。这些事情要放在其他人身上，估计就算对她感兴趣，也会头一天就将她拉入黑名单。

察觉到许放若有所思的表情，林兮迟就当他是记起来了，继续问他刚刚的事情："蒋正旭刚刚说的话……"

没等她说完，许放单手捏住她的下巴，指尖揉着她下边的软肉，动作像抚摸狗一样。他的眼睫低垂，轻声应了下来："嗯。"

没想过他会答应得那么快，林兮迟愣了，呆呆地看着他。

被她盯得浑身不自在，许放捏着她下巴的手往另一侧拧，让她的视线转移到别处，才恶狠狠道："有意见？"

这场篮球友谊赛，比先前 S 大的新生篮球赛正式了不少，围观的群众也多了很多。不仅仅有 Z 大的，还有不少从 S 大过来的学生。

开场前，两校的代表发言。广播里将两支球队介绍了一遍之后，两支球队上场的十五人还要握手表示"友谊第一，比赛第二"一番。

前排的位置基本都是给要上场的球员坐的，林兮迟被安排到了第三排,旁边是体育部的另外三个干事。

许放是替补,坐在第二排的位置,刚好在林兮迟的位置前边。

比赛前的环节太多,这段空闲的时间里,其他人基本都是各自在玩手机。林兮迟百无聊赖地坐直起来,凑近许放,把玩着他的头发。

许放被她弄得有点儿痒,抬手摁住她的手:"别弄。"

林兮迟不管不顾,挣脱开,继续玩。

他的脾气顿时上来了,猛地回头,黑瞳无波无澜地看着她,像是无声的威压。

林兮迟也回望他,圆而大的眼睛一眨不眨。

时间像是定格下来。

十秒后。

许放深吸了口气,臭着脸转了回去:"算了。"

"屁屁。"林兮迟笑眯眯地,用力揉了揉他的脑袋,"你喜欢我,所以你得对我好点,你不能老让我来纵着你。"

"……"

她一副跟他讲道理的样子:"这种事情肯定要有来有往的,这样我们的感情才不会变得冷淡下来,我们可以过一辈子的热恋期。"

她的话好像特别有道理。

许放冷笑一声:"行,下次轮到我。"

林兮迟也不在意,很爽快地应下来:"成。"

先前林兮迟和许放待在一起的时候,撞见过何儒梁和于泽。她早已跟他们介绍过许放。

所以此时看到两人的互动,他们也没多问。

坐在林兮迟旁边的女生虽然跟她是一个部门的,但她俩交流的时间很少,算不上熟悉。

女生不太清楚他们的关系,注意到他们之间的相处,好奇道:"哎,迟迟,这是你男朋友吗?"

闻言,林兮迟侧头,很高兴地应道:"对呀!我男朋友!"

许放回头看了她一眼,因她的反应,原本的郁气瞬间荡然无存。他的嘴角轻轻一勾,看向那个女生,礼貌颔首:"你好,我叫许放。"

林兮迟此刻的心情特别高涨。

明确来说，是刚刚听了许放说他暗恋了她很久之后，就开始变得十分高涨。原本的心态从小心翼翼变成了恃宠而骄，有恃无恐。

没经过思考，林兮迟就像以前那样，顺口接了句："放屁的放。"

"……"

许放唇边的弧度收回，面无表情地看着她。

似乎觉得他们之间的相处很可爱，女生笑出声来，也没再说什么。

林兮迟瞬间觉得有些不对劲，无辜地看向许放，开始辩解："哦，我忘了……我就顺口这么一说，你帮我求求情，这次诅咒不要灵验行吗……"

"嗯。"许放的眉眼舒展开来，淡淡道，"行。"

林兮迟松了口气，但莫名又觉得他这么爽快大方的态度很是异常。

他轻扯了下嘴角，悠悠补充了句："有来有往。"

过了几分钟。

几个去厕所换球服的男生回来，坐在了许放的旁边。

其中一个男生低头系着鞋带，顺口就问："许放，这你女朋友？"

校队的人并不少，每个人训练的时间不一样，林兮迟偶尔会去看许放训练，所以也只认识里边的几个人。大部分队友都只知道许放有女朋友，但不知道她长什么样。

许放"嗯"了一声。

林兮迟也主动自我介绍："你们好呀，我叫林兮迟。"

说完，感觉这说得有些简短，林兮迟本想再说明是哪个兮，哪个迟。

然后就像是重现了刚刚的场景。

唯一的区别就是，她和许放的位置颠倒了过来。

还没来得及开口，就听许放神情漫不经心，又理所当然地说了句。

"白痴的迟。"

"……"

跟许放认识了那么多年，林兮迟还是头一回从他口里听到这种说法。

她差点儿气笑。

这明显跟她习惯性接过许放自我介绍的解释完全不一样。

对比鲜明。

一点儿都不自然,生硬又尴尬。

强行解释,为黑而黑。

并不想搭理他这么幼稚的"有来有往",但在其他人面前,林兮迟决定给足他面子,也没骂他,故作淡定地推了一下他的脑袋来泄愤。

也没觉得他的朋友会相信他的话。

然而。

过了几秒,刚刚问话的那个男生系好鞋带后,坐直起来。他的笑容憨厚开朗,恍然大悟般地回:"哦,那个迟啊。"

林兮迟:"……"

哪个?

不是,两个读音都不一样,他是怎么听懂的?

许放抬手,揪住她放在他脑袋上的手,散漫道:"嗯,就那个。"

"……"

比赛开始前,Z大还邀请了一些社团来表演,再加上各种发言,将一场本来只需一个小时的比赛,硬生生拉长到了两个半小时。

到后面,林兮迟和另外几人干脆开了桌手机麻将。她不会玩,就是来凑人数的,所以都是按系统提示瞎打。

余光注意到许放总转过头看她,林兮迟分了心问:"干吗?"

许放此时只穿着球服,以及薄薄的内搭。

林兮迟看着都觉得冷。

可许放刚热了身,额前还冒着细汗,看起来跟她不像是在一个季节的。他的视线往下垂,往她的手机屏幕上瞥了一眼,唇线抿直,没说什么就又转了回去。

林兮迟疑惑地看着他的后脑勺。

旁边的男生互揽着肩,笑嘻嘻地说话,话题无非是最近玩的游戏,以及看上的妹子。就许放一人背靠椅背,坐姿懒散,是百无聊赖的模样。

过了一会儿,林兮迟注意到他抬手揪了揪头发,很快便放下手。

林兮迟眨了眨眼,也没在意。

许放又回头看了她一眼,像是在暗示点什么,然后再次抬手,把玩着头发。他的手指骨节分明,甲板略长,泛着浅浅的光泽,格外好看。

像是在说：麻将有什么好玩的，来玩我啊。

林兮迟没懂，一点儿都没懂，只觉得很奇怪。

怎么老抓头发，很痒？他昨天没洗头吗？但最近天气这么冷，也不用天天洗头吧。也不对，他基本每天都要训练，汗流一身的，肯定会洗头。

那就是买的洗发水不好用？

思考的时间太久，林兮迟一直没有出牌，系统的倒计时已经变成零了。坐在她旁边的女生便拍了拍她的腿，催促道："迟迟，该你了。"

"啊，好的。"林兮迟回过神，飞快地出了张牌，随后她向前倾，伸出一根手指戳了戳许放的后颈："屁屁。"

许放回头："嗯？"

林兮迟："等会儿回学校之后，我们去趟超市吧。"

许放："嗯。"

林兮迟："去给你买洗发水。"

许放的眉眼一挑："没事给我买什么洗发水？"

"感觉你的头好像很痒。"林兮迟一脸认真地看着他的发丝，露出让他不要担心的表情，"我给你买个止痒的。"

"……"

这场比赛，许放当前锋替补。等他上场，林兮迟打开手机相机，正想拍下他进球的瞬间时，屏幕跳出来电显示：耿耿。

备注下边还附带着她的手机号码。

周围很吵，场上裁判的吹哨声，看台处观众的掌声和呼喊声，虽然这分贝不至于让人难以忍受，但在这里肯定接不了电话。

林兮迟左侧坐着何儒梁，再旁边是于泽，出了座位便能走到过道，往上走便是体育馆的后门。

林兮迟侧头，小声地对何儒梁说："学长，我出去一下。"

何儒梁没说话，桃花眼上扬，目光却落在她的手机屏幕上，神情幽深不明。

就这么顿了五秒左右，他收回了视线，眉眼微微一弯，略带棕色的眼睛像是含了情，给她腾了个位置。

"去吧。"

……

高三只有周日放假，周六虽然不用上课，但学校强制要求学生留在学校里自习，直到下午才能离校。

高三生争分夺秒的，基本周日下午就都统一到校，算起来假期也不到一天。

离高考的时间越来越近，林兮耿玩手机的次数也少了很多。

以往林兮迟找她，她基本都能秒回，现在至少会隔个一天才回复。怕影响她，最近林兮迟找她的次数也少了些。

此时接到林兮耿的电话，林兮迟也有点儿惊讶。

出了体育馆，找到个僻静的位置后，已经过了三四分钟了，电话自动挂断。林兮迟回拨了过去，拨通的嘟嘟声响了十几次。

没接。

林兮迟又打了一次。

还是没接。

林兮迟的眉头皱了皱，坚持不懈地打了第三次。

响了十声后，没接。她本想挂断，直接给母亲打个电话问问是怎么回事的时候，电话那头终于接了起来："喂。"

"你在干吗，怎么不接电话？"

林兮耿顿了顿，慢吞吞地回："刚刚上厕所呢。"

"哦。"林兮迟没想太多，单刀直入道，"你打电话给我干吗？"

"就问问你跟许放哥咋样呗。"林兮耿的声音很小，通过电流传过来，不知是不是错觉，她的声线比平时多了几分沙哑，"你第一次谈恋爱，我总要操点心的。"

林兮迟的眉头一直没舒展开来，犹疑地问："你怎么了？"

沉默须臾，林兮耿的声音突然扬了起来，话里带了笑："我什么怎么？是恋爱中的女人都这么敏感吗？"

"……"

林兮迟还想问些什么时，很快，林兮耿又道："唉，最近考试考得不太好。"

"就这事儿？"林兮迟松了口气，轻声安抚，"没事儿，大不了复读。"

"……"

"你读书早,复读一年也跟你同班同学同龄。"

"……你还是别安慰我了吧。"

两人聊了一会儿。

临挂电话前,林兮耿声音依旧低低的,突然转了个话题,说:"林兮迟,妈妈好像想带林玎去B市看心理医生,说是要在那边住一段时间。"

林兮迟顿了下:"嗯。"

"不过她好像不愿意去。"

"不要管她了。"林兮迟没心情去管林玎的事情,轻扯了下嘴角,"你好好学习吧,不然真要复读了。"

这一聊,加上一来一回,林兮迟再看时间,竟然已经过了三十分钟。再回体育馆时,下半场都已经快结束了。

许放似乎刚下场,坐在座位上喝水,头发湿漉漉的,发梢滴着水。他的头仰着,脖颈拉成一条直线,喉结随着吞咽滑动。

林兮迟回到座位上。

余光注意到林兮迟的身影,他放下手,头扭了过来,刘海儿垂在额前,黑瞳被染出浅浅的水光。像是一口幽深的井,深邃而一望无际。

他的唇线拉直,情绪看上去不佳。

"你比完了吗?"林兮迟边从书包里拿出纸巾边问。

"没有。"许放皮不笑肉不笑地扯起嘴角,看着自己被汗浸湿了大半的上衣,怪声怪气地说,"我太热了,就拿水浇了浇头。"

"哦。"林兮迟又翻了翻书包,拿出了一瓶没开过的矿泉水,"还要吗?"

"……"

林兮迟把水收起来,又问:"你还要比吗?"

"不用。"

"那你快去换衣服吧。"林兮迟往前一趴,在他背后扯出他的书包,从里边拿出他的衣服,"这天好冷的。"

许放接过衣服,憋不住问:"你干吗去了?"

"耿耿给我打电话了。"林兮迟扯了三四片纸巾,全部摊开,帮他把头上的汗擦干,动作粗鲁又快速,"这里太吵,我就出去外边接了。"

许放任由她踩躏,神态依旧透出点不爽。

过了半分钟,林兮迟终于反应过来了:"你是因为我没看你比赛生气吗?"

"你想多了。"

"别生气。"林兮迟自动将他的否认理解成相反的含意,动作轻了下来,杏眼圆而亮,笑眯眯的样子,"别人我也没看。"

"……"

"瞧你这醋劲儿。"

"……"

比赛结束后,林兮迟和许放没有跟大部队去吃饭。一出体育馆就被蒋正旭扯走,说是要让他尽一番地主之谊。

很久没见蒋正旭了,况且他方才还给她暴露了一个这么好的秘密,林兮迟对他更是热情了不少。

一路上,就他们两个不断地聊着天。

许放换回了刚来时的衣服,黑色外套和灰色运动长裤,身材高大,容貌俊朗,气质清冷微带戾气,看起来利落干净。他走在两人中间,神态懒洋洋的,听着他们笑嘻嘻地说着他的坏话。

次数多了,许放也不想忍了,捏着林兮迟的手微微加重,听到她笑着求饶了才放松,然后不动声色地给她揉了揉。

今天的天气依旧不太好,空中的云朵聚成一团,颜色偏阴,像是下一刻就要下雨,或被冷空气凝成雪。但也恰是吃火锅的好天气,三人商量了一番,决定到校外的一家牛肉火锅店吃午饭。

午饭时间人格外多,到店时,恰好赶上其中一桌吃完走人。

三人快速点了菜,之后便有一搭没一搭地说着话。

等火锅一上,蒋正旭和许放便起身到调料区去弄蘸料,留林兮迟一人在座位上看包。

玩了半天手机,林兮迟正想着他们怎么去了那么久,往调料区那边一瞥时,刚巧看到一个高高瘦瘦的女生在跟许放搭话。

女生背对着林兮迟，许放全程面无表情的。

所以她也看不出是个什么情况。

只觉得那女生光着细而长的腿，穿着绿色的宽松卫衣，看起来高挑又有气质。跟她这臃肿的模样形成了鲜明的对比。

林兮迟低下眼，没再看。

很快，许放回来了，手里拿着两碗蘸料。他习以为常地递到林兮迟的面前，示意这两碗都是给她的。

一瞬间，林兮迟的眼前映入两股十分晃眼的绿色。

是葱和香菜。

颜色像是那个女生穿的衣服，仿佛是预示着她即将戴上的绿帽子。

停滞两秒。

林兮迟抬头，正经地看着他："我不吃这个。"

许放是清楚她的口味的，扬了眉："那你要吃什么？"

"反正不要绿色的。"林兮迟鼓了下腮帮子，认真地说，"你理解一下吧。"

"什——"

他的话还没说出来，就听林兮迟继续道："我现在见不得绿。"

"……"

与此同时，蒋正旭也拿好蘸料回来。

见许放站着，他也没管，飞速坐下来，拿起一盘肥牛往漏勺里倒。在汤底里烫了十几秒后，手一抬，把漏勺挂在锅边的小钩子上。

做完这一系列流程，蒋正旭发现许放还是站着，便扬着眉道："你要站着吃？"

许放没理他，把林兮迟扯了起来，想拉着她往调料区那边走。

林兮迟挣开他的手，回到座位上，把外套脱掉，这才走过去揪着许放，到调料区弄蘸料。

许放抱着臂站在她旁边，看着她像不要钱一样疯狂地往碗里加朝天椒，再从旁边挖了几勺辣椒油。

他的眼皮一跳。

果然，下一刻，林兮迟一转身，把这碗蘸料递给他，面带深情地说："屁屁，给你。"

"……"

她的态度认真而恳切："我希望我们的爱情能像这碗东西一样红红火火。"

许放抿着唇，无波无澜地扫她一眼，没接。他蹲下身，在下方的柜子里拿了两个干净的碗，漫不经心地弄着新的蘸料。

林兮迟站在旁边瞅他。

弄好了之后，许放就往她手里塞，拿一碗新的替换了她手里的那碗。她的两只手满了，他再弄了一碗，顺手把那碗红艳艳的蘸料拿起来，往回走。

林兮迟跟在他屁股后头。

她的座位靠里，许放站在外边，停顿了下，让她先进去。

坐好之后，许放把最开始弄的那两碗蘸料放在自己面前，把新弄的三碗都给她，最后把林兮迟为"爱情"弄的那碗蘸料推到蒋正旭的面前。

蒋正旭瞅一眼："给我？"

许放伸手把漏勺里的肉全部倒进林兮迟的碗里："嗯。"

蒋正旭拿起来闻了一下，瞪他："你想辣死我啊。"

"不是。"说到这儿，许放轻轻瞥了林兮迟一眼，"我希望我们的友谊能像这碗蘸料一样，红红火火。"

"……"

"不用了。"蒋正旭把蘸料推了回去，"你这是希望我死吧。"

"哦。"许放的视线正对林兮迟，话却是对着蒋正旭说的，暗示意味强得很，"可能是吧。"

林兮迟："……"

恋爱后头一回目睹许放被搭讪这事儿，给了林兮迟一阵很强烈的危机感。

回宿舍之后，林兮迟拿着她的攻略计划小本子，开始反省了起来。整个人坐立不安，坐了又站，站了又在座位旁来回踱步。

惹来了宿舍另外三人的关注。

很快，林兮迟打开衣柜翻了翻。她的衣服基本都是高考完的那个暑假，林兮耿陪着她一起去买的。

全程林兮迟就在一旁看着林兮耿给她选，帮她试。知道她怕冷，所以林兮耿给她买的冬装大多都很厚。

虽然款式也很好看，但穿着依然会显得厚重。

林兮迟握握拳，把这些衣服全部挪到衣柜的一边，然后拿出一件羊毛衫。过了一会儿，她还是拿了一件厚外套出来。

翻了半天，林兮迟终于在其中一个收纳箱里翻到了一条裙子。

像那个女生一样光着腿是不可能的，想着，林兮迟纠结了一会儿，拿出一条加厚的秋裤，对比着搭配了起来。

聂悦咬着小零食，靠着林兮迟床边的爬梯："你干吗？"

"我在挑明天穿的衣服。"

"你平时不是随便套几件就好了吗？"

"对，但从今天开始，我要改变形象了。"

宿舍只有林兮迟和陈涵脱了单。

陈涵的对象是她同部门的一个数学系的男生，性格成熟稳重，看起来很老实，对她非常好。她脱单的时间和林兮迟差不多，都是十月中下旬。

女生在恋爱的时候总是漂亮的。

正处热恋期，陈涵过得快乐又甜蜜，整天笑呵呵的，在打扮方面也注重了些。仅仅过了一个月，就漂亮了许多。

反观林兮迟。

一跟许放在一起了，原本她还有的那么些许注意形象的念头瞬间没了。再跟许放出去依然是穿得厚而臃肿，像个球一样在他旁边蹦蹦跳跳。

除了在一起的第一天，许放说过她的形象很臃肿，还用围巾缠住了她的半张脸，之后他没再提过，林兮迟也乐得轻松。

但现在，林兮迟觉得她这个想法是不行的。

人大多都是视觉动物。

许放肯定也不例外。

聂悦看着林兮迟一脸雄心壮志，咔咔咬着嘴里的薯片："从十分肿变成八分肿吗？"

"……"

"明天会出太阳，好像不太冷，十多度吧。"聂悦凑过来帮她，把那条加厚的秋裤扔开,拿了条薄的,"穿这条就好了,然后外边——"

聂悦在她的衣柜里翻了翻:"穿这件吧。"

看着她手里的那件红白条纹的薄毛衣,林兮迟身子抖了抖:"只穿这件?真的吗?这还能出门?"

聂悦点点头:"你里边穿件保暖内衣就不冷了呀,我平时都是这么穿的。"

林兮迟满脸挣扎地看着那件衣服。

见她这样,聂悦继续说:"才十几度你就穿四五件的,等之后温度降到零下了你怎么办?"

林兮迟讪讪道:"穿六七件……"

"……"

第二天,林兮迟要早起。

起来时的气温极低,她从出了被窝就开始发抖。上厕所的时候抖,刷牙的时候抖,连洗脸都是抖着用一旁饮水机里的热水来洗的。

出门前,林兮迟实在没有勇气,在衣柜前折腾半天,还是决定按往常那样穿,最后还被聂悦嘲笑了一番。

下午上英语课前,林兮迟看到许放就穿着一件纯色卫衣,懒洋洋地趴在桌上补眠。她垂下眼,看着他的腰,顿时有了个想法:如果许放来抱着她,隔着那么多件衣服,估计就跟抱着一个桶没有任何区别。

她是一个行走的桶。

水桶迟。

林兮迟打了个寒噤。

晚上回宿舍,林兮迟又拿着小本本开始反省自己的行为。

反省完毕,林兮迟把明天要穿的衣服拿了出来,把衣柜锁上,将钥匙递给了聂悦。再三强调,不管她怎么求情都不要把钥匙给她。

聂悦欣然同意。

隔天,林兮迟没有早课,第一节课从九点半开始。她磨蹭到八点多才起来,在座位上抱着热水袋,喝了一杯热牛奶,倒也不觉得很冷。

随后她换了那身聂悦给她搭配的衣服。

林兮迟照了照镜子,蹦跶了两下,嘴角弯了起来。

确实比之前好看。

出了门，林兮迟就笑不出来了，全程抱着聂悦的手臂，躲在她的身后，试图躲开这四面八方来的风。

进了教室，全身顿时袭来一阵暖意。

但坐久了之后，林兮迟依然觉得周围阴风阵阵，时不时看向窗户，检查着是不是遗漏了哪个缝。

直到下课了，她的手都没暖起来。

林兮迟跟许放约好了中午一起吃饭，出了教学楼她便跟舍友道别，在附近找了个椅子坐下，全身发抖着在手机上跟许放联系。

两人上课的教学楼是一样的。许放也刚下课，按照林兮迟跟他说的位置，很快就看到了她的身影。

许放走了过去。

近了才发现她穿得格外少，薄毛衣，不过膝的裙子，圆头鞋。许放的神情微微一怔，眉头慢慢地皱了起来，挂着阴霾。

察觉到许放的身影，林兮迟立刻站了起来，笑眼弯弯地抓住他的手臂，说："哎，屁屁，我们去C食堂吃麻辣烫吧，我感觉——"

许放垂下眼，用另一只手抓住她握着他手臂的手，触碰起来像是块冰。他抬起眼皮，打断她的话，语气格外恶劣。

"你有病？"

林兮迟一顿，不知道他为什么发火，呆呆地嘟囔道："吃个麻辣烫怎么了……"

许放今天穿着一件黑色的大衣，没有拉链，只有并排的扣子，长度至膝盖，里边穿着件毛衣，下身穿着同色的修身长裤，看起来高大清瘦，气质凛然。

此时他的唇线抿得笔直，就连眼神都冷下了三分。

没搭理她的话，许放松开她的手，把身上的外套脱了下来，粗鲁地裹到她的身上，默不作声地给她扣着扣子。

林兮迟拍掉他的手，给他看了看自己的打扮，眨着眼问："这不好看吗？"

许放没吭声，继续扣。

"哎，"林兮迟突然有些小挫败，终于小声提起自己觉得憋闷的事情，

"屁屁,我前天看到有女生跟你要联系方式了。"

听到这话,许放才有心思瞥她一眼:"什么时候?"

林兮迟:"就在Z大那边,我们跟蒋正旭去火锅店那次。"

许放绷着张脸开始回想,没多久便冷声说:"不记得了。"

林兮迟瞪大眼:"才过去两天你就不记得了,有很多人跟你要联系方式吗?"

他的语气轻飘飘的:"你不知道?"

林兮迟连忙点头:"真的不知道。"

"……"

林兮迟舔了舔唇,小心翼翼地说:"那个女生好像很漂亮的。"

许放神情古怪:"关我——"

林兮迟连忙打断他的话:"但我打扮一下肯定比她漂亮。"

"……"

许放突然懂了她今天穿成这样的原因。

但他哪里没给她安全感?

前天知道他暗恋她还得意成那样,这还没过两天怎么就变成这样了?

林兮迟吸了吸鼻子,低声咕哝道:"我想让你多喜欢我一点儿。"

许放眼睫一颤,嘴角往上一弯,依然沉默着帮她扣扣子,从最下方扣到最上面,把她整个人包裹在里边。

大衣足够长,恰好到她脚踝的位置,但因为太大,她的骨架撑不起来,看起来松松垮垮的。

"还怎么多喜欢一点儿。"

许放低头帮她把过长的袖子折起来,淡声道:"已经很喜欢了。"